Martin Sieber

Wie entstehen die kleinen Menschen?

DIE AUSSERIRDISCHEN WOLLEN AUF DIE ERDE

novum pro

Dieses Buch ist auch als
e-book
erhältlich.

www.novumverlag.com

Bibliografische Information
der Deutschen Nationalbibliothek:

Die Deutsche Nationalbibliothek
verzeichnet diese Publikation in
der Deutschen Nationalbibliografie.
Detaillierte bibliografische Daten
sind im Internet über
http://www.d-nb.de abrufbar.

Gedruckt in der Europäischen Union
auf umweltfreundlichem, chlor- und
säurefrei gebleichtem Papier.

© 2024 novum Verlag

ISBN 978-3-99146-749-6
Lektorat: BH
Umschlagfotos: Rastan, Romolo Tavani,
Adrenalinapura I Dreamstime.com
Umschlaggestaltung, Layout & Satz:
novum Verlag
Innenabbildung: Martin Sieber
Autorenfoto:
Forel Klinik, 8548 Ellikon an der Thur

www.novumverlag.com

Druckprodukt mit finanziellem
Klimabeitrag
ClimatePartner.com/16547-2311-1001

Inhaltsverzeichnis

Teil IV

Teil V

Teil VI

Teil VII

Vorwort

Die Außerirdischen, die in diesem Sonnensystem „Fuß gefasst haben", sprechen eine Sprache, die nur sie verstehen. Niemand im Sonnensystem hatte jemals Kontakt mit ihnen. Damit hier in diesem Bericht die Vorgänge, Beobachtungen und Überlegungen der fremden Wesen beschrieben werden können, wird die Sprache der Menschen verwendet.

Teil I

Erste Erkundungen der
„Mission Erde"

1

Das erste Meeting

Der frisch ernannte Leiter der „Mission Erde", Captain Brown, bereitet sich auf die Eröffnung des ersten Meetings mit seiner künftigen Mannschaft vor, die aus über einem Dutzend Explorern besteht, alle mit einer Spezialausbildung. Anwesend sind auch seine Kollegen vom Leitungsteam sowie Commander C3. Sie sind im großen Konferenzraum der Raumstation „Mission Erde" versammelt, die vor kurzem auf dem Erdmond gelandet ist. Es geht um das Vorhaben der Explorer, den Planeten S3 zu erkunden, welcher der dritte Planet im Sonnensystem ist *(in der Sprache der Menschen ist es der Planet Erde)*. Die Explorer gehören zu derjenigen Gruppe der extraplanetarischen Lebewesen, die sich „Titaner" nennen, weil sie der Meinung sind, dass ihre Vorfahren auf dem Mond mit dem Namen „Titan" auf einer großen Basis gelebt haben. Dieser Mond ist sehr groß und gehört zum Planeten S6, dem sechsten Planeten im Sonnensystem *(Planet Saturn)*. Ursprünglich stammen sie jedoch von einem Exoplaneten eines viel weiter entfernten Sonnensystems.

Captain Brown wirkt wie immer gelassen, keine Spur von Nervosität, aber es ist ihm bewusst, dass dies ein besonderer Tag ist; die Aufmerksamkeit aller ist auf ihn gerichtet. Es ist seine erste Mission und er will sich dafür einsetzen, dass sie erfolgreich verläuft. Dies nicht zuletzt wegen seiner möglichen Beförderung zum Commander, wenn die „Mission Erde" erfolgreich ist. Damit könnte er Mitglied des Zentralrats werden und wäre somit eine beachtliche Stufe höher als jetzt. Die Chancen dazu beurteilt er positiv. Aber noch wichtiger ist für ihn die faszinierende Herausforderung, die sich auftut, wenn er für die Landung auf der Erde die Erlaubnis bekommt und dann als Leiter der Mission Erde das Geschehen vor Ort ganz in seinen Händen liegt.

Er konnte seine Mitarbeiter für die Mission Erde selbst auswählen und sie werden gemäß seiner Anweisungen die Arbeiten in Angriff nehmen. Nur er wird bestimmen können, wer wie Kontakt zu Lebewesen aufnimmt, falls es solche gibt.

Es ist ihm aber auch bewusst, dass er als Leiter der Mission Erde abgesetzt werden kann, wenn die Mission nicht den erwünschten Verlauf nimmt. Auf der großen Basisstation der Explorer, die sich zusammen mit dem Zentralrat auf dem Planeten Mars befindet, gibt es erfahrene Explorer, die diese Aufgabe gerne übernehmen möchten. Dann ist er auch nicht sicher, ob es in seinem Leitungsteam Mitglieder gibt, die ohne zu zögern in seine Fußstapfen treten würden. In seinem gewohnt sachlichen Ton beginnt Captain Brown:

„Hallo alle von der Mission Erde!"

„Ich begrüße die Leitung und die versammelten Explorer der neuen ,Mission Erde' und speziell auch unseren Gast, Commander C3, der uns vom Zentralrat auf der Marsbasis eine wichtige Botschaft überbringen wird. Wir hier freuen uns, nach einer längeren Pause diese Mission in Angriff nehmen zu dürfen, und das bei einem Planeten, der möglicherweise für uns sehr interessant ist.

Wir alle haben uns für die ,Mission Erde' beworben und sind am Ende eines langen Auswahlverfahrens ausgewählt worden. Das motiviert uns, unser Bestes für das Gelingen der Mission zu geben. Bei bisherigen Explorationen anderer Planeten konnten deren Geologie und, allerdings selten, auch deren Lebewesen erkundet werden. All das hat zu neuen Erkenntnissen geführt, die sehr nützlich sind. Ich hoffe und bin zuversichtlich, dass das auch bei der ,Mission Erde' gelingt. Nun übergebe ich das Wort Commander C3, der uns als Beauftragter des Zentralrats einiges zu sagen hat."

Commander C3 steht auf und bewegt sich nach vorne zu Captain Brown. Er wirkt etwas zögerlich, nachdenklich, im Gegensatz zu Captain Brown wenig enthusiastisch. Es scheint, als ob ihn etwas bedrücke. Zweifellos hat er von allen am meisten Erfahrung. Dies und seine Seriosität haben ihn zu einem geachteten Commander gemacht. Das war denn auch der Grund dafür, dass der Zentralrat ihn für die Leitung der „Mission Erde" angesprochen hatte, was er aber ablehnte. Commander C3 bemerkte die enttäuschte Reaktion auf seine Absage hin und anerbot sich deshalb, als Verbindungsmann zwischen dem Zentralrat und dem Leiter der „Mission Erde" tätig zu sein, was man dankend annahm.

„Hallo Captain Brown und Leitungsteam, hallo Explorer der Mission Erde", beginnt er. „Als Mitglied des Zentralrats überbringe ich Ihnen heute unsere besten Grüße an alle Mitglieder der ‚Mission Erde' und lege Ihnen dar, weshalb diese Mission für den Zentralrat wichtig ist, was Euer Auftrag ist und welche Vorschriften Ihr einhalten müsst. Über die technische Unterstützung wird Sie dann Captain Brown näher informieren.

Nun zuerst zur Bedeutung der ‚Mission Erde': Der Zentralrat, stationiert auf dem Mars, ist auf den Planeten Erde aufmerksam geworden. Wir möchten gerne näheres über diesen Planeten erfahren. Erste Beobachtungen haben nämlich ergeben, dass es auf der Erde gewisse Biosignaturen und vermutlich bewegte Objekte gibt, deren Bewegungen auf eine gewisse Intelligenz hinweisen. Analysen der Atmosphäre der Erde zeigten, dass sich darin Kleinstpartikel befinden, die auf mögliches Leben hindeuten. Die Erde kreist in einem günstigen Abstand zur Sonne, nicht zu nahe, aber auch nicht zu weit weg, günstig deshalb, weil die Entstehung von Leben damit möglich ist. Es könnte sein, dass gewisse Lebewesen über Fähigkeiten verfügen, sich auf dem Planeten zu entwickeln und zu überleben. Das möchte der Zentralrat mithilfe der ‚Mission Erde' näher erkunden. Bei der Exploration der Erde muss jedoch sorgfältig vorgegangen werden. Es soll vorderhand strikt vermieden werden, dass Lebewesen auf der Erde, so es denn überhaupt welche gibt, unsere Aktivitäten bemerken. Ferner müssen wir uns vor möglichen Gefahren schützen, zum Beispiel vor der kosmischen Hintergrundstrahlung."

Was er nicht erwähnt, ist eine Entdeckung der Kollegen auf der Marsbasis, über die der Zentralrat vor kurzem informiert wurde. Die Marsbasis hat ein kleines Flugobjekt aufgefangen, eine Art Raumsonde, auf der eine goldene Platte auf der Außenseite montiert war. Auf der Platte waren eigenartige Zeichen eingraviert, die auf die Existenz intelligenter Wesen hindeuten. *(Es handelt sich um die „Golden Records", eine Art galaktische Flaschenpost, den die Voyager 1 und 2 1977 ins All beförderten).* Das Flugobjekt mit der Platte wurde durch eine Raumfähre aufgefangen und auf die Marsbasis transportiert, um dort die eingravierte Botschaft zu entschlüsseln, was nicht gelang. Es macht aber den Anschein, dass die Zeichen von intelligenten Wesen stammen, vielleicht von der Erde. Das bestärkt die Absicht, dass die „Mission Erde" nicht erkannt werden soll.

„Vermutlich ist es die letzte Mission", fährt er fort, „die der Zentralrat mit uns Explorern durchführen wird. Künftige Landungen auf der Erde oder auf anderen Planeten sollen dann mit hochintelligenten, denkenden Robotern, den DERO, durchgeführt werden, die uns bei solchen Explorationen ebenbürtig oder sogar überlegen sind und sehr schnell lernen. Zurzeit ist man aber mit der Entwicklung dieser denkenden Roboter noch nicht so weit. Um sie besser auf die Anforderungen vorzubereiten, sind die Erkenntnisse der ‚Mission Erde', also von Euch allen, unerlässlich. Wenn es nun nach einer längeren Vorbereitungsphase um eine Landung und eine eingehende Erkundung der Erde geht, ist es unerlässlich, dass eine ausgezeichnete und schnelle Verbindung zwischen der Zentrale und den gelandeten Explorern auf der Erde besteht, und dazu ist die Verbindung zum Mars höchst ungeeignet, weil viel zu langsam. Der Erdmond bietet uns aber eine ideale Position für eine Basis, weil er sehr nahe bei der Erde ist und die Verzögerung bei der Informationsvermittlung minimal ist."

Commander C3 fährt fort: „Nun zur aktuellen Situation hier auf dem Mond: Vor kurzem haben uns Astronomen der Marsbasis über ein Phänomen unterrichtet, wonach der Mond der Erde stets nur eine Seite der Erde zuwendet und die andere Seite von der Erde aus nicht beobachtet werden kann. Das ermöglicht uns, die Basis der ‚Mission Erde' auf der Rückseite des Mondes zu errichten, welcher Ausgangspunkt der Explorationen ist.

Der Zentralrat hat deshalb die Raumstation ‚RS Mission Erde' auf der Rückseite des Mondes platziert, wo wir uns heute eingefunden haben. Sie wird bis zum Ende der ‚Mission Erde' hier stationiert bleiben. Wir sind aber in der Lage, diesen Standort jederzeit zu verändern. Die verschiedenen Teams der Erkundungsstationen, die noch gebildet werden, befinden sich in der Nähe der Raumstation."

„Nun zum Auftrag: Über folgendes möchte der Zentralrat Informationen und Erkenntnisse erhalten: Energiequellen, Rohstoffe und mögliche Lebewesen sowie deren Fähigkeiten und Intelligenz. Und natürlich möchten wir wissen, ob eine Landung auf dem Planeten Erde eine Bereicherung oder eine Gefahr für uns darstellt, ferner wo die Landung erfolgen könnte und wo eine Basis erstellt werden kann."

Um die Explorer anzuspornen, teilt er noch mit:

„Wenn einzelne Explorer von Euch besonders wichtige Beobachtungen und Erkenntnisse aufdecken, haben sie vielleicht das Glück, eine Auszeichnung zu erhalten. Die Leitung sammelt diese Erkenntnisse und wird periodisch die Gewinner dieser Auszeichnung bestimmen und an den Meetings verkünden."

Commander C3 macht noch folgende, nicht unwichtige Bemerkung: „Noch etwas zu den Auszeichnungen für besondere Leistungen: Wenn die Mission Erde gelingt und eine Landung erfolgt ist, dann stellt sich die Frage nach geeigneten Explorern, die ein ihnen zugeteiltes Gebiet überwachen und dort die Aufgaben zur Erkundung umsetzen. Diese Explorer werden zu Distrikt-Verwaltern befördert, wobei bei dieser Beförderung sicher auch Auszeichnungen für besondere Leistungen eine Rolle spielen."

In ernsterem Ton fährt er fort: „Und nun zu den Vorschriften:

Der Zentralrat muss aufgrund früherer Missionen ein Verbot aussprechen, das sehr wichtig ist und alle Explorer betrifft: Verboten sind die Landung auf der Erde und der direkte Kontakt zu möglichen Bewohnern, es sei denn, Captain Brown erlaubt oder beordert dies. Mit diesen Verboten soll verhindert werden, dass es zu unerwarteten Komplikationen kommt. Dieses Verbot gilt so lange, bis der Zentralrat eine Änderung bekannt gibt. Das Einhalten dieser Verbote wird von der Leitung überprüft. Übertretungen führen zum Ausscheiden aus dem Team und zum Verlust des Explorer-Status."

Was Commander C3 nicht erwähnt, sind die Überlegungen des Zentralrats bezüglich einer Landung auf der Erde. Er sieht nicht nur deren großen Nutzen, sondern auch mögliche Gefahren für die Explorer und die „Mission Erde", sobald sie den Boden betreten. Da bestehen verschiedene Gefahren: die Kontamination mit Mikroorganismen, gefährliche kosmische Hintergrundstrahlungen, die Ungewissheit bei Kontakten mit allfälligen Lebewesen und anderes. Deshalb steht auch eine Landung mit einem ihrer denkenden Roboter (DERO) zur Diskussion. Auch darüber äußert sich Commander C3 nicht. Die DERO sind mittlerweile in ihrer Intelligenz, ihren Fähigkeiten und ihrer kommunikativen Kompetenz so weit fortgeschritten, dass sie den Explorern in vieler Hinsicht ebenbürtig sind, teilweise sogar überlegen. Man kann ihnen einen Auftrag erteilen, den sie sehr sorgfältig angehen und auch sogleich Rückmeldungen geben, was sie gerade tun, was sie dabei sehen, ob alles problemlos verläuft oder wo es Schwierigkeiten gibt. Sogar über ihr Befinden geben sie Rückmeldung.

Diese DERO würden mit einer Raumfähre auf der Erde landen und die geplanten Erkundungen tätigen, sodann wieder einsteigen und sich während des Rückfluges in der Eingangsschleuse einer Totalreinigung unterziehen. Während der ganzen Phase stünden sie in stetigem Kontakt zur Basis, die alle Schritte mitverfolgt und aufzeichnet. Bei einer extremen Notsituation könnten der Roboter und auch die Raumfähre zerstört werden. Das wäre der kleinere Verlust, als wenn Explorer betroffen wären.

Ein Problem mit den DERO, diesen denkenden Robotern, ist jedoch, dass sie sich in neuen, ungewohnten Situationen manchmal komisch und eigenwillig verhalten, ja unberechenbar sind. Das könnte dann zu einem Problem werden, wenn sie auf unbekannte Lebewesen stoßen und ihr angelerntes Verhalten nicht mehr adäquat ist. Ein weiteres Problem ist die Kommunikation mit diesen unbekannten Wesen. Die DERO kennen lediglich die Sprache der Explorer.

Commander C3 erwähnt auch nicht, dass auf der Marsbasis in einem Labor eine künstliche Erdoberfläche nachgebildet werden soll, auf der die DERO mit ungewohnten Situationen konfrontiert werden. Ferner soll ein Fahrzeug entwickelt werden, das sich auf der Erdoberfläche bewegen kann. Da aber ungewiss ist, wie „ungewohnte Situationen" aussehen, muss man zuerst mehr über die Erde wissen. Nun hat der Zentralrat grünes Licht für die „Mission Erde" gegeben, verbunden mit dem Auftrag an Captain Brown, mehr Informationen über mögliche bewegte Objekte und Lebewesen zu beschaffen, bevor auf der Erde gelandet wird. Ganz bewusst erwähnt er nichts über diese Überlegungen zu den DERO, auch nicht gegenüber Captain Brown. Dieser würde es gar nicht schätzen, wenn nicht er mit seiner Mannschaft zuerst auf der Erde aufsetzen kann, sondern ein Roboter, der angeblich sehr intelligent ist. Deshalb hält sich Commander C3 in dieser Sache zurück und geht auf Captain Brown zu. Er fährt fort:

„Nun übergebe ich das Wort wieder Captain Brown, der alles Weitere in die Hand nehmen wird. Ich bin zuversichtlich, dass die ‚Mission Erde' ein Erfolg wird, und vertraue ganz auf Eure Einsatzbereitschaft und Loyalität gegenüber Captain Brown und dem Leitungsteam. Im Namen des Zentralrats bedanke ich mich dafür."

Er geht zu seinem Platz, dreht sich aber nochmals um und sagt: „Und noch etwas, das wichtig ist: Ihr werdet am Anfang eher eine mühsame Zeit erleben und sehr viel Geduld und Zuversicht benötigen, um bei den langen, oft ergebnislosen Beobachtungen nicht aufzugeben. Das kann sehr langweilig sein, darüber bin ich mir sicher. Erst mit der Zeit, wenn einzelne Beobachtungen miteinander in Verbindung gebracht und Zusammenhänge erkannt werden und sich dadurch erste Aha-Erlebnisse ergeben, wird es interessanter. Zuerst aber braucht es Geduld und Zuversicht. Das wünsche ich Euch."

Die anwesenden Explorer klopfen mit ihrem rechten Fuß auf den Boden, sodass ein spezielles Geräusch entsteht, das als Zeichen der Anerkennung und Wertschätzung gilt. Sodann ergreift Captain Brown wiederum das Wort:

„Nun folgen noch einige Informationen. Wir werden heute zwei Erkundungsstationen ins Leben rufen, die in zwei verschiedenen Bereichen tätig sind. Später folgen weitere, je nach Bedarf. Diese zwei Erkundungsstationen sind ebenfalls auf der

Mondrückseite platziert. Hier in der geräumigen ‚Raumstation Erde' wird die Leitung der Mission Erde arbeiten. Die Leitung befasst sich mit Infrastruktur und Logistik, ferner mit der Funktionsfähigkeit von uns Explorern und natürlich mit der Organisation der ‚Mission Erde' nach einer allfälligen Landung und anderes mehr. Wir haben einen kleinen Raumflugkörper für die Besuche bei den einzelnen Erkundungsstationen zur Verfügung, ferner einen digitalen Assistenten sowie Roboter und Drohnen für unsere eigenen Aufgaben. Sehr wichtig ist die zweite große Raumstation, die zeitgleich mit uns auf dem Mond gelandet ist. Sie ist zur Landung auf der Erde geplant und entsprechend ausgerüstet. Zurzeit ist sie noch vollgestopft mit digitalen Assistenten, Robotern und anderen Geräten, die wir benötigen.

Jede Erkundungsstation ist mobil und hat drei Räume: einen für die Arbeit, einen für die Synchronisation mit dem zentralen Kontrollorgan und der Energieversorgung, und der dritte ist der Ruheraum, wo wir uns in den Ruhemodus schalten und damit auch Energie einsparen können. Alle Erkundungsstationen haben ebenfalls einen digitalen Assistenten zur Verfügung. Dieser ist ein unbenannter, kleiner Raumflugkörper mit Antrieb, Kamera, Teleskop, Roboter und Drohne und wird von den Explorern gesteuert. Seine Aufnahmen von der Erde werden zur Erkundungsstation übertragen, zu dem er gehört.

Hier in der Raumstation befindet sich auch eine Aufnahmestation für Kollegen, deren Funktion beeinträchtigt ist oder die Beschädigungen sowie Verletzungen erlitten habe. Ferner befinden sich hier eine Reparaturabteilung für alle technischen Geräte und ein Lagerraum. Zur Wartung dieser Geräte kann ich euch noch etwas Erfreuliches mitteilen: Uns wurden zwei Gerätespezialisten zugeteilt. Sie sind vor kurzem von der Basisstation Mars bei uns gelandet, zusammen mit neuesten Geräten, die uns nun ebenfalls zur Verfügung stehen. Die beiden Explorer haben wie wir auf der Marsbasis die Ausbildung absolviert und sind nun der ‚Mission Erde' zugeteilt worden. Ich heiße sie willkommen. Sie werden hier auf der Raumstation tätig sein und sich um all unsere Geräte kümmern. Ich bitte die beiden neuen Explorer, ihre Hand nach oben zu strecken, damit man sie erkennen kann."

Er fährt fort: „Ihr habt es von Commander C3 vernommen: Der Zentralrat ist an der ‚Mission Erde' sehr interessiert. Wichtig ist aber auch, dass es dabei nicht zu Komplikationen kommt. Technisch werden wir für unsere Aufgaben mit den besten Geräten ausgestattet und, was ebenso wichtig ist, mit den besten Informatikern. Wir werden unsere sensibelsten Aufnahmegeräte einsetzen können und verfügen über schnelle Rechner mit großer Speicherkapazität, sodass wir viele Aufnahmen erstellen und analysieren können. Wir müssen uns vorderhand auf die Beobachtung beschränken, was unsere Möglichkeiten stark einschränkt, aber das ist nun mal so. Eine Landung auf der Erde steht, wie ihr wisst, zurzeit nicht zur Diskussion.

Es ist uns wichtig, wie bereits gesagt, dass uns intelligente Objekte auf der Erde nicht erkennen können. Wir bleiben deshalb mit unseren Erkundungsstationen auf der Rückseite des Erdmondes stationiert. Da der Mond immer mit derselben Seite der Erde zugewandt ist, ist die Mondrückseite der ideale Platz für uns. Mit den kleinen, unbemannten digitalen Assistenten, ausgerüstet mit Teleskop und Roboter, können wir uns im Raum vor dem Mond flexibel bewegen und Aufnahmen von verschiedenen Standorten erstellen. Unsere digitalen Assistenten sollen jedoch genügend Distanz zur Erde einhalten, um nicht entdeckt zu werden.

Im Anschluss an dieses Meeting werden wir die Zuteilung von je drei Explorern zu den beiden neuen Erkundungsstationen vornehmen. Sie werden mich und die Leitung direkt über ihre Arbeiten informieren. Was jetzt noch ansteht, ist die Vereidigung aller Explorer, die bekunden, dass sie ihre Aufgabe nach bestem Wissen und getreu dem Auftrag ausführen. Commander C3 hat bereits darauf hingewiesen, dass eine Landung und ein Kontakt mit allfälligen Lebewesen auf der Erde nur mit Erlaubnis stattfinden dürfen. Zudem muss folgendes beachtet werden: Alle wichtigen Vorkommnisse und Entdeckungen sind mir und dem Zentralen Kontrollorgan ZKO zu melden. Alle Explorer werden sich regelmäßig für den Datenaustausch mit dem

ZKO verbinden und dabei auch ihre Funktionskontrolle durchführen. Bei Problemen muss die Reparaturabteilung aufgesucht werden. Ebenfalls müssen alle Explorer regelmäßig die im Körper angesammelten Abfallprodukte entsorgen. Dazu steht in jeder Erkundungsstation ein spezieller Anschluss zur Verfügung. Ihr kennt ja diesen Vorgang.

Um die ‚Mission Erde' zu einem Erfolg zu bringen, müssen wir gewisse Regeln einhalten. Treffen mit anderen Explorern sind nur erlaubt, wenn es sich um die erteilten Aufträge handelt. Bezüglich der Kommunikation wird allen Explorern Meinungsfreiheit zugestanden, sofern es dabei um die Arbeit und die Aufträge geht. Persönliche Bemerkungen und Bewertungen über Kollegen oder die Leitung sind nicht erwünscht. Bei Problemen oder Beschwerden muss man sich ausschließlich an mich wenden. Alle Mitteilungen, Bemerkungen, Kommentare, Ergebnisprotokolle und dergleichen werden im ZKO gespeichert und sind von der Leitung einsehbar. Das betrifft auch alle mündlichen Informationen. Es ist erwünscht, dass die Explorer ein persönliches Tagebuch erstellen. Aber auch das ist von der Leitung einsehbar. Nun bitte ich alle, sich zur Vereidigung auf einer Linie aufzustellen."

Die Explorer beeilen sich bei dieser Aufstellung. Es ist eine Reihe von beinahe identisch aussehenden Spezialisten, die alle mehr oder weniger gleich groß sind und auch die gleiche Kleidung tragen. Die Ausnahme sind ein Explorer, der deutlich kleiner ist als die anderen, und ein anderer, der größer ist. Vorne an der Brust ist ihre Bezeichnung fixiert, bestehend aus einer Nummer. Captain Brown fährt fort:

„Bei der Vereidigung erklärt jeder Einzelne von Euch, dass er die ihm auferlegten Aufgaben nach bestem Wissen und getreu dem Auftrag ausführen will. Er sagt dazu laut und deutlich ‚Ja ich will', hebt seine rechte Hand in die Höhe und berührt mit seiner linken Hand seine Stirn."

Nun stellt sich Captain Brown vor den ersten Explorer in der Reihe und spricht laut: „Willst du die dir auferlegten Aufgaben nach bestem Wissen und getreu dem Auftrag ausführen?" Dann wartet er auf die Antwort „Ja ich will" und schreitet zum Nächsten und so weiter, bis alle ihr „ja" abgegeben haben.

Nach dieser Zeremonie verabschiedet sich Commander C3, sodann erfolgt die angekündigte Zuteilung der Explorer zu den zwei Erkundungsstationen mit je drei Explorern. Diese Explorer bekommen zur Unterscheidung zusätzlich eine Nummer zugeteilt. *(Da sich das Zahlensystem der Explorer vom Zahlensystem der Menschen unterscheidet, wird hier das Zahlensystem der Menschen verwendet).* Die Nummerierung ist fortlaufend und beginnt bei 1. Es sind dies:

Erkundungsstation „ES-Geografie" (ES-Geo) der Erde: Zuteilung: Explorer 1, 2 und 3. Erkundungsaufgaben: mögliche Landeplätze für die Landung auf der Erde, Bodenbeschaffenheit, Rohstoffe, Energiequellen, mögliche Probleme beim Anflug und nach der Landung, die zu beachten sind. Entfernung der Erde vom Mond, vom Mars, Dauer einer Umkreisung der Erde um die Sonne. Ferner: eigene Erkundungsaktivitäten nach Ermessen der Explorer.

Erkundungsstation „ES-Bewegte Objekte" (ES-BO): Zuteilung: Explorer 4, 5 und 6. Aufgaben: Welche Typen von Lebewesen, von bewegten Objekten gibt es? Häufigkeit, Funktion, Kompetenzen, Entwicklungsstand. Welche Bedeutung haben sie für die Explorer? Ferner: eigene Erkundungsaktivitäten nach Ermessen der Explorer.

Captain Brown fährt fort:

„Für die ES-Geo habe ich drei Spezialisten ausgesucht, die eine entsprechende Ausbildung erhalten haben." Er ruft sie auf und bittet sie vorzutreten. Sie erhalten nun folgende Bezeichnung: „Explorer 1 ES-Geo" respektive Explorer 2 respektive 3. Dann heftet er das prächtige Namensschild mit der neuen Bezeichnung an die Brust der Explorer. Das gleiche Vorgehen erfolgt bei den drei Explorern der Erkundungsstation ES-BO mit Explorer 4, 5 und 6.

„Die Explorer der beiden neu gebildeten Erkundungsstationen haben eine Erkundungsstation zur Verfügung, von wo aus sie arbeiten und sich regelmäßig mit dem zentralen Kontrollorgan ZKO verbinden müssen. Zu den Explorern, die jetzt nicht zugeteilt wurden, ist Folgendes zu sagen: Sie stehen in Reserve. Es werden bald weitere Erkundungsstationen gebildet, um mehr Informationen über die Erde zu erhalten. Bis dahin sollen sich diese Explorer mit den neuen Geräten vertraut machen, ferner ihre Informatikkenntnisse erweitern und die Übungen mit den Prüfungsfragen durchgehen."

„Nun schließe ich dieses Meeting und wünsche allen einen guten Start. Die Mission Erde beginnt jetzt, genau jetzt! Und wenn wir mal nicht im hellen Sonnenlicht sind, sondern im Dunkeln, geht unsere Arbeit trotzdem weiter. Also: an die Arbeit!"

Die Explorer klopfen wiederum anerkennend mit ihrem Fuß auf den Boden und verlassen den Konferenzraum. Einer bemerkt, dass er den Hinweis auf Hell und Dunkel nicht verstanden habe.

2

Die Erkundungsstation
Geografie ist perplex

Die drei Explorer 1, 2 und 3 der Erkundungsstation ES-Geo bereiten ihren digitalen Assistenten für die Beobachtung der Erde vor und kontrollieren den Antrieb, die Steuerung, die Kameras und das eingebaute Teleskop. Es ist das erste Mal, dass sie miteinander arbeiten, was für sie kein Problem darstellt, weil sie wissen, dass alle drei gemeinsam die Arbeit angehen und für die Leitung zufriedenstellend erledigen wollen. Wie die allermeisten Explorer sind sie sehr sachorientiert. Meinungen werden emotionslos geäußert, Entscheide sachlich begründet.

Bei den Apparaten scheint alles zu funktionieren. Nun soll der digitale Assistent mit den Aufnahmen von der Erde beginnen. Explorer 3 fragt: „Wo über der Erde und in welcher Entfernung wollen wir den digitalen Assistenten platzieren?" Explorer 1 meint, dass man ihn zunächst auf der Mondoberfläche, die der Erde zugewandt ist, parken und mit den Aufnahmen beginnen solle. Die beiden anderen nicken zustimmend.

Nun starten sie den Antrieb ihres unbemannten digitalen Assistenten, schalten die Kameras ein und steuern ihn auf die andere Seite des Mondes, die schwach von der Sonne beleuchtet wird. Die Aufnahmen von der Erde werden zu den Explorern in der ES-Geo, hinter dem Mond stationiert, weitergeleitet. Die drei sind hoch erstaunt über das, was sie sehen. So präzise haben sie die Erde noch nie gesehen. Ihr Erstaunen ist aber kaum bemerkbar. Es äußert sich lediglich in einem Blick zum Nachbarn, der mit einem kurzen Kopfnicken reagiert. Erstaunen zeigen ist nicht ihre Stärke, das der anderen Explorern aber auch nicht.

Die Aufnahme der Erde ist allerdings nicht ganz optimal, weil nur eine Seite der Erde hell erleuchtet ist. Es ist die Seite, die der Sonne zugewandt ist. Auf der anderen Seite ist es dunkel, nichts ist zu erkennen. Den Explorern ist dies jedoch von anderen Planeten bekannt, bei denen auch nur ein Teil von der Sonne beleuchtet wird.

Bei ihren Beobachtungen konnten sie nach einer gewissen Zeit auf der Erdoberfläche gewisse Konturen, eine Art Zeichnung erkennen. Deshalb haben sie begonnen, eine „Landkarte" zu zeichnen. Besonders aufgefallen ist ein Gebiet, das die Form eines „Stiefels" mit einem hohen Absatz hat und wie ein „Bein" aussieht. Diesen „Stiefel" konnten sie auf den Aufnahmen leicht erkennen.

Explorer 1 meldet sich plötzlich mit kräftiger Stimme: „Da findet etwas Eigenartiges statt: Zuerst war der Stiefel gut sichtbar, dann hat er sich langsam in den dunklen Teil der Erde verschoben und schließlich ist er ganz verschwunden; das ist sehr komisch! Dafür sind neue Teile der Erde sichtbar geworden. Nach einer längeren Unterbrechung ist der Stiefel wieder erschienen, zum Glück! Meine Vermutung ist, dass sich die Erde um ihre eigene Achse dreht."

Explorer 3 ist auch perplex: „Das ist neu für mich. Ich dachte, die Erde drehe sich nicht um sich selbst, lediglich um die Sonne. Günstig für uns ist, dass diese Phasen von Hell zu Dunkel und wieder zu Hell nicht sehr lange dauern."

(Für eine Drehung der Erde um ihre eigene Achse verwenden die Explorer einen speziellen Begriff in ihrer eigenen Sprache. Er bedeutet so etwas wie „Hell-Dunkel-Einheit". Wir verwenden hier den Begriff „Tag", für die Umkreisung der Erde um die Sonne den Begriff „Jahr").

Die Explorer wollen nun die Erde aus einer besseren Position beobachten. Dazu steuern sie ihren digitalen Assistenten in den Raum zwischen Sonne und Erde, und zwar so, dass die Erde voll belichtet ist. Aufgrund ihrer Beobachtungen stellen sie folgendes fest: Auf der Erdoberfläche gibt es drei dominante Hell-Dunkel-Unterschiede: hell, grau und dunkel. An den Polen gibt es große Gebiete, die hell sind. Das ist vermutlich ein weißes Gestein, das auch auf dem Mond und anderen Planeten zu finden ist. Hier wäre eine Landung möglich.

Bei den grauen Gebieten handelt es sich möglicherweise um einen Untergrund, auf dem sich eine Vegetation entwickeln kann. Diese Gebiete sind deshalb für die Explorer von besonderem Interesse. Es sind Gebiete, die häufig von dünnen, schwarzen „Adern" durchzogen sind, die sich alle in Richtung der großen schwarzen Flächen erstrecken und dabei auch breiter werden *(Flüsse)*. Explorer 2 meint, bei diesen riesigen dunklen Flächen könnte es sich um hochinteressante Rohstoffe handeln.

An den schwarzen Adern entlang existieren oft graue Gebiete, die aus sehr vielen rechteckigen Flecken bestehen. Dies ist eigenartig, weil es sehr regelmäßig geformte, rechteckige Flecken sind, was unüblich ist. Oft gibt es mehrere rechteckige Flecken, die genau gleich groß sind. Auf anderen Planeten und auf dem Mond haben sie so etwas noch nie beobachtet. Was könnte das sein? Die Explorer möchten dazu weitere Beobachtungen anstellen.

Im Raum über der Erde, aber mit deutlichem Abstand, wurden zahlreiche kleine, meteorähnliche Körper festgestellt, welche die Erde umkreisen. Dabei gibt es auch Körper, die sich eigenartigerweise genau synchron zur Erde bewegen. Sie verglühen nicht, was dafür spricht, dass es keine Meteoriten sind. Aber was dann?

Zur Frage, wo auf der Erde die Explorer landen könnten, konzentrieren sie sich auf den Untergrund an verschiedenen Orten, damit sie Captain Brown geeignete Landeplätze unterbreiten können. Beim nächsten Meeting wollen sie sich zudem erkundigen, weshalb es auf der Mondrückseite in letzter Zeit immer dunkler wurde. Als sie zu Beginn auf dem Mond gelandet waren, war der Boden hell erleuchtet. Nun ist alles grau und zunehmend im Dunkeln.

3

Lebendige Wesen erkannt

Bevor die drei Explorer 4, 5 und 6 der Erkundungsstation ES „Bewegte Objekte" mit ihrer Arbeit beginnen, erläutert ihnen Captain Brown den Auftrag. Er holt weit aus und beginnt: „Wenn auf der Erde intelligente Wesen existierten, die für uns Explorer interessant sind oder aber eine Bedrohung darstellen, dann wären es Wesen, die sich bewegen und wenn möglich in den Raum vorstoßen können. Deshalb haben bewegte Objekte, insbesondere intelligente bewegte Objekte, bei der Beobachtung Priorität. Intelligente Bewegungen erkennen wir daran, dass bei ihren Bewegungen bezüglich Ort, Zeit und Geschwindigkeit ein regelmäßiges Muster zu erkennen ist. Es sind also nicht bloß zufällige Bewegungen."

„Die Leitung", fuhr er fort, „interessiert sich deshalb für die intelligenten bewegten Objekte, wie häufig sie auftreten, wie schnell sie sich bewegen und über welche Distanzen. Wie erfolgen ihre Energieversorgung und Steuerung? Allgemein geht es um eine erste Einschätzung der Fähigkeiten und Intelligenz dieser Objekte, ihren Nutzen und ihre möglichen Gefahren für uns Explorer. Dies kann aber jetzt noch nicht beantwortet werden, weil wir uns zuerst Detailwissen aneignen müssen. Das heißt für uns und für Euch deshalb: Beobachten, beobachten und nochmals beobachten. Das ist mein Anliegen und mein Auftrag an Euch, ja an alle."

Die drei Explorer haben das verstanden und warten nur darauf, endlich mit dem Beobachten beginnen zu können. Sie dirigieren von ihrer Erkundungsstation hinter dem Mond ihren unbemannten digitalen Assistenten auf die Vorderseite des Mondes, der dort landet. Sein Teleskop wird auf die Erde gerichtet und es entstehen prächtige Aufnahmen der Erde, welche die drei Explorer ebenso bestaunen wie die Kollegen der ES-Geo.

Explorer 6 meldet sich nun: „Ich schlage vor, für weitere Aufnahmen den stationären Ort zu verlassen und vom Mond aufzusteigen, um bei den Aufnahmen flexibler zu sein. Auch sind wir dann näher bei der Erde und können kleinere Objekte besser erfassen."

„Ja, gute Idee", meint Explorer 4, „allerdings müssen wir dabei immer noch in der Nähe des Mondes bleiben, wie es befohlen wurde. Ich bin gespannt auf die Bilder, der digitale Assistent hat ja ein gutes Teleskop und wir können die Aufnahmen zu unserer Erkundungsstation übermitteln und dort vergrößern."

Bei den nun begonnenen intensiven Beobachtungen konnten die drei Explorer nach längerer Beobachtungszeit feststellen, dass es auf der Erde fünf verschiedene Typen bewegter Objekte gibt. Explorer 6 berichtet, was für ihn eindrücklich ist. „Mir gefallen die großen länglichen Formationen, die wie ein langgezogener rechteckiger Strich aussehen. Ich gebe ihnen vorläufig den Namen ‚Bewegte Objekte lang' (Typ 1). Sie sind auf der Erdoberfläche deutlich sichtbar, setzen sich langsam in Bewegung und halten nach einiger Zeit wieder an, manchmal legen sie auch längere Strecken zurück. Ihre Bewegung ist recht einförmig und es macht den Eindruck, als ob sie sich auf einer Art ‚Schiene' bewegen. Die Variabilität ihres Verhaltens ist nicht besonders groß, aber beeindruckend ist ihre Länge. An den Orten, von welchen diese Objekte wegfahren, aber auch an den Zielorten, befindet sich oft eine Ansammlung von großen, rechteckigen Körpern, eine Art Zentrum."

Explorer 4 fährt fort: „Wenn du den Namen ‚*Bewegte Objekte lang*' verwendest, dann möchte ich auf kleine, rechteckige Körper aufmerksam machen und diesen den Namen ‚*Bewegte Objekte kurz*' (Typ 2) verleihen. Sie sind außerordentlich häufig anzutreffen, sie erreichen eine beachtliche Geschwindigkeit und sind in der Lage, in kurzer Zeit wieder anzuhalten. Im Gegensatz zu den ‚Bewegten Objekte lang' sind sie viel wendiger und ‚eigenwillig', da sie plötzlich nach links oder rechts abbiegen. Bei ihnen gibt es eine große Vielfalt in Größe und Form. Sie benützen mehrheitlich eine für sie präparierte Piste mit geraden Strecken und Kurven. In den Zentren sind die Kurven eng, außerhalb langgezogen. Das sieht dann recht imposant aus."

Explorer 5 drängt vor: „Wenn du von imposanten Kurven sprichst, dann muss ich dich auf Objekte aufmerksam machen, die sich in noch viel größeren Kurven bewegen. Ich nenne sie ‚*Fliegende bewegte Objekte*' oder ‚*Flugobjekte*' (Typ 3), deren Größe zwischen den beiden genannten Typen liegt. Das besondere Merkmal ist ihre Fähigkeit, von der Erdoberfläche abzuheben und sich im Raum oberhalb der Erde zu bewegen, und das mit deutlich höherer Geschwindigkeit als bei allen anderen. Besonders schön sind dabei die wunderbaren Kurven, die sie vollführen. Diese Flugobjekte sind in der Lage, innerhalb kurzer Zeit große Distanzen zurückzulegen, bevor sie wieder auf dem Boden landen. Sie bewegen sich weder auf Schienen noch auf Pisten, sondern sind autonome Objekte, die sich im Raum frei bewegen können. Ich habe Aufnahmen und ihr werdet staunen. Für mich sind es ohne Zweifel intelligente bewegte Objekte."

Explorer 4 schaltet sich wieder ein: „Als ich die ‚Bewegten Objekte kurz' beobachtete, sind mir kleine Objekte aufgefallen, die sich immer in deren Nähe befanden. Sie waren auch dort zu sehen, wo die ‚Bewegten Objekte lang' angehalten hatten, also in den großen Zentren. Auf den Aufnahmen erscheinen sie entweder als Punkt oder, von der Seite her beobachtet, als Strich. Ich schlage vor, dass man sie ‚*Strichobjekte*' benennt (Typ 4). Sie sind kleiner als die ‚Bewegten Objekte kurz', schmal und sehr beweglich. Wenn das Teleskop sich senkrecht über der Erde befindet, erscheinen diese ‚Strichobjekte' als Punkte. Ist der Einfallswinkel nicht senkrecht, sondern schräg geneigt, werden aus den Punkten Striche, deshalb ‚Strichobjekte'. Ihre wahre Gestalt entspricht eher einem Strich als einem Punkt. Darauf weist auch das Schattenbild."

Explorer 4 ergänzt: „Es sind einfach Striche, die sich bewegen. Diese Strichobjekte sind auf der Erde fast überall anzutreffen, jedoch außerordentlich häufig bei Ansammlungen von rechteckigen Gebäuden (Häuser), also in den Zentren. Sie können sich nicht so schnell bewegen. Häufig haben ihre Bewegungen etwas Zielgerichtetes, Uniformes und es scheint, als ob sie Beine und Arme haben. Dies ist besonders in den Zentren zu beobachten, wo viele Strichobjekte zielstrebig in die gleiche Richtung gehen. Weil sie eine Ähnlichkeit zu unseren Robotern haben, könnte man sie auch als ‚Strichroboter' bezeichnen."

Explorer 6 will noch andere Objekte beobachtet haben. „Ich habe ja oft die ‚Bewegten Objekte lang' beobachtet und ihre Reisen hinaus aus den Zentren auf das Land. Dabei habe ich verschiedenartige bewegte Objekte gesehen, die voluminöser sind als die Strichroboter, teilweise größer, teilweise kleiner. Ihr Körper ist eher rundlich und nicht senkrecht aufgerichtet, wie bei den Strichrobotern. Sie sind nicht so zahlreich und vor allem nicht in den Zentren anzutreffen, sondern auf dem Land. In der Regel bewegen sie sich etwa gleich schnell wie die Strichroboter, manche Objekte sind aber auch deutlich schneller, und im Gegensatz zu den Strichrobotern sind sie praktisch nie in der Nähe der anderen bewegten Objekte zu beobachten. Ihre Bewegungen sind kaum je zielgerichtet. Ich würde sie als ‚Rundobjekte' (Typ 5) bezeichnen."

Nun folgt ein Austausch über die Charakteristik der fünf Typen. Die beiden Explorer 5 und 6 finden, dass die Flugobjekte von allen fünf Typen die am weitesten entwickelten Objekte sind. Auch haben sie haben eine gewisse Ähnlichkeit zu ihren Raumflugkörpern. „Die sollten wir uns näher anschauen", bemerkt Explorer 5. Explorer 6 ist von den ‚Bewegten Objekte lang' begeistert, weil sie die furchige Erdoberfläche so präzise durchqueren. Für die Strichroboter und Rundobjekte besteht kaum ein Interesse.

Explorer 6 hat ein Anliegen: „Ich wünschte mir, dass die digitalen Assistenten viel näher an die Erde gebracht werden könnten. Die Nähe zur Erde würde es erlauben, dass von den Strichrobotern und Rundobjekten bessere Aufnahmen erstellt werden könnten, aber auch von den anderen Objekten." Explorer 5 reagiert positiv: „Wir könnten Captain Brown dieses Anliegen vortragen. Vielleicht ist er ja einverstanden. Dann sollten wir von ihm auch erfahren, welche bewegten Objekte wir prioritär beobachten sollen. Wir können ja nicht mit einem Teleskop alle fünf Typen der bewegten Objekte gleichzeitig beobachten." Explorer 4 nickt zustimmend.

Eine unerwartete Entdeckung, die zuerst Explorer 6 machte, irritierte die drei Explorer sehr. Es sind Aufnahmen von ihrem Teleskop, das stationär auf der Vorderseite des Mondes platziert ist: „Seht ihr: derjenige Teil der Erde, der von der Sonne hell erleuchtet wird, ist kleiner geworden. Er wird jeden Tag etwas kleiner. Zuerst glaubte ich meinen Beobachtungen nicht, dann aber, als an den nachfolgenden Tagen dieser helle Teil der Erde noch kleiner wurde, bin ich mir sicher geworden. Ich befürchte, dass wir in einigen Tagen gar nichts mehr von der Erde sehen. Wie sollen wir die Erde beobachten, wenn sie verschwindet?"

Und er fährt fort: „Ich habe mich mit den Kollegen der ES-Geo in Verbindung gesetzt, die kennen sich mit den Planeten besser aus. Explorer 2 erklärte mir, die Erde sei nicht verschwunden, sie zeige dem Mond, also uns, lediglich ihre dunkle Seite. Die andere Seite werde aber nach wie vor von der Sonne beleuchtet. Wir müssten uns gedulden, die Erde werde schon wieder erscheinen."

Explorer 5 bemerkt: „Ich verstehe nicht recht, weshalb die Erde verschwindet und dann wieder erscheint. Was mich aber mehr interessiert, ist die Frage, wann wir die Erde wieder sehen? Das kann ja lange dauern, bis wir sie wieder voll belichtet beobachten können, da wird es mir langweilig. Ich verstehe nicht, weshalb wir nicht einfach auf der Erde landen können. Ich jedenfalls wäre dabei und wir würden auch schneller Fortschritte erzielen."

Dazu Explorer 4: „Mir ist das auch nicht so klar. Aber offenbar will man das nicht. Commander C3 hat uns ja ausdrücklich ein Landeverbot auferlegt."

Und Explorer 5 ergänzt: „Das Verbot ist ihm sehr wichtig. Erinnert ihr euch noch, wie wir alle einzeln geloben mussten, dass wir die Vorschriften einhalten werden? Diese Zeremonie mit der ‚Vereidigung' war doch recht überrissen."

„Ja, einverstanden", bemerkt Explorer 4, „es sei denn, es verbirgt sich dahinter etwas sehr Ernsthaftes, über das man uns nicht informieren will."

„Da ist noch etwas", fährt er fort, „das könnte uns die langweilige Wartezeit ersparen. Der Kollege von der ES-Geo hat uns empfohlen, unseren digitalen Assistenten im Raum zu verschieben und so zu platzieren, dass er die Erde wieder von der beleuchteten Seite aufnimmt. Dann könnten wir unsere Beobachtungen fortsetzen. Das finde ich eine gute Idee." Die beiden Kollegen nicken zustimmend. „Aber eine Erklärung für das Verschwinden der Erde, und das über eine längere Zeit, hätte ich schon gerne", bemerkt Explorer 5.

4

Soll eine Drohne auf der Erde landen?

Captain Brown eröffnet das Meeting wiederum im Beisein aller Explorer, der Leitung und Commander C3 auf der Raumstation „Mission Erde". Er weist vorab auf den Ablauf des Meetings.

„Hallo zusammen! Willkommen zu unserem Meeting", beginnt er. „Als Leiter der ‚Mission Erde' werde ich jeweils über aktuelle Beobachtungen berichten und dabei auch die Rückmeldungen vom Leitungsteam einbeziehen. Ihr wisst ja, dass alle euere wichtigen Erkenntnisse sofort der Zentrale gemeldet werden müssen. Die Leitung erstellt dann den aktualisierten Erkenntnisstand zur ‚Mission Erde', der uns allen zugänglich ist. Unsichere Erkenntnisse, Vermutungen oder Interpretationen werden jedoch nicht aufgenommen. Wenn einzelne Explorer Fragen, Anregungen oder einfach nur Bemerkungen vorbringen möchten, dann soll das mir direkt auf dem üblichen Informationsweg mitgeteilt werden.

Zum aktuellen Meeting fordere ich nun die Explorer der beiden neuen Erkundungsstationen auf, über ihre Arbeit zu berichten. Die Erkundungsstation Geografie soll beginnen."

Explorer 1 der ES-Geo beginnt: „Die erste Überraschung für uns war, als wir realisierten, dass sich die Erde um ihre Achse dreht. Damit hatten wir nicht gerechnet. Gewisse gut erkennbare Regionen waren plötzlich nur noch teilweise erkennbar, dann gar nicht mehr, später kamen sie wieder zum Vorschein. Die Erde dreht sich also um die eigene Achse, so wie wir das vom Planeten Mars kennen."

Captain Brown: „Das ist für uns wichtig, diese Drehung der Erde mit den Hell-Dunkel-Phasen. Falls wir auf der Erde landen werden, müssen wir wissen, wie lange diese Dunkelphase dauert. Habt ihr das inzwischen herausfinden können?" Explorer 2 meldet sich: „Gemäß unserer Zeitmessung ist die Eigenrotation der Erde fast gleich lang wie diejenige des Mars, die uns ja bekannt ist". „Gut", bemerkt Captain Brown, „nun wissen wir, was uns auf der Erde erwartet. Wir müssen damit rechnen, dass es nach kurzer Zeit dunkel wird und unsere Arbeit dann für eine gewisse Zeit erschwert oder unmöglich gemacht wird."

Explorer 1 fährt mit der Berichterstattung fort: „Dann ist da bei uns noch eine Frage aufgetaucht: Als wir zu Beginn auf dem Mond gelandet waren, war der Boden hell erleuchtet. Nun ist alles grau und zunehmend im Dunkeln. Weshalb ist es auf der Mondrückseite in letzter Zeit immer dunkler geworden?"

Captain Brown: „Das wird klarer, wenn wir über die Rotationen sprechen. Wie wir wissen, wendet sich ja der Mond immer mit derselben Seite der Erde zu. Daraus könnte man schließen, dass sich der Mond nicht um die eigene Achse dreht, sondern stabil bleibt. Dem ist jedoch nicht so. Der Mond dreht sich auch. Wir alle haben das bemerkt, als es bei uns auf der Rückseite des Mondes langsam immer dunkler wurde und erst nach einiger Zeit wieder heller und dann ganz hell. Dieser Wechsel von Hell auf Dunkel findet somit auch auf dem Mond statt, nur viel langsamer als auf der Erde oder dem Mars. Wenn wir hier auf dem Mond in einer Dunkelphase sind, dann gibt es auf der Erde in dieser Zeit 14 ‚Erd-Rotationen'. Während einer vollen Hell-Dunkel-Phase auf dem Mond sind es auf der Erde 28 ‚Erd-Rotationen'. Als wir hier auf dem Mond in eine Dunkelphase kamen, hatten einige unter uns fälschlicherweise befürchtet, dass bei uns auf dem Mond das Licht ganz ausgeht, und sich deswegen besorgt an mich gewandt. Aber diese Befürchtung ist natürlich nicht eingetroffen."

Explorer 1 fährt fort: „Bei einer weiteren Überraschung haben wir und die Kollegen der ES ‚Bewegte Objekte' etwas beobachtet, was wir auch nicht erklären können. Es geht um folgendes: Zu Beginn unserer Beobachtungen war ungefähr die Hälfte der Erde von der Sonne hell beleuchtet, die andere blieb im Dunkeln, ungeachtet der Eigenrotation. Nun haben wir nach einiger Zeit festgestellt, dass dieser hell beleuchtete Teil immer kleiner wurde und die Erde schließlich ganz verschwunden war. Aber glücklicherweise ist sie nach einer längeren Phase wieder erschienen. Wir wissen jedoch nicht, weshalb das so ist."

Captain Brown fährt fort: „Der Mond dreht sich sehr langsam um die Erde. Dadurch sehen wir auf dem Mond die Erde jeweils nur dann als volle runde Scheibe, wenn er sich zwischen Erde und Sonne befindet und die Erde hell erleuchtet ist. Hat der Mond eine halbe Erdumdrehung hinter sich gebracht, ist nichts von der Erde erkennbar. Bei einem Viertel einer Erdumdrehung wird nur ein Teil gesehen und so weiter. Dieses Größer- respektive Kleinerwerden der Erde ist natürlich störend, aber dazu haben wir digitale Assistenten, die wir im Raum bewegen und somit günstig platzieren können. Aber wir können beruhigt sein:

Die Erde verschwindet nicht! Für uns ist es noch wichtig zu wissen, wie viele Umdrehungen die Erde um die eigene Achse im Laufe einer vollen Umkreisung um die Sonne macht. Aufgrund meiner Berechnungen sind es 340 Umdrehungen. Dies ist eine erste Schätzung, die wir später noch präzisieren werden. Beim Mars sind es bei einer Umkreisung *(Marsjahr)* fast doppelt so viele Rotationen."

Nun wünscht Captain Brown, dass die ES-Geo über weitere Beobachtungen informiert. Dazu erwähnen die Explorer Folgendes: Im Raum sehr nahe bei der Erde wurden zahlreiche kleine, meteorähnliche Körper festgestellt, welche die Erde synchron umkreisen. Sie bleiben somit stets über dem gleichen Gebiet der Erde stationiert. *(In der Sprache der Menschen sind es geostationäre Satelliten)*. Möglich wäre, dass es sich um Meteoriten handelt. Aber die synchrone Bewegung sei für Meteoriten ungewöhnlich, meinen die Explorer. Aber was sind sie dann? Captain Brown bemerkt dazu, die Leitung werde diesem Phänomen nachgehen.

Die Explorer 1, 2 und 3 wollen sodann noch ihre Empfehlungen zu einer Landung abgeben, die sich aufgrund ihrer Beobachtungen ergeben haben. Explorer 1 hält sich kurz: „Eine Landung wäre aus unserer Sicht auf den sehr hellen Gebieten an den Polen realistisch. Zur Suche nach Bodenschätzen schlagen wir vor, bei der grauen Masse *(Lava der Vulkane)* mithilfe eines Roboters Bodenproben zu entnehmen. Was die großen schwarzen Flächen *(Meere)* betrifft, vermuten wir, dass es sich hier möglicherweise um Gebiete mit wichtigen Bodenschätzen handelt. Das sollte unserer Meinung nach erkundet werden."

Captain Brown nimmt dazu eher kritisch Stellung: „Eine Landung auf den weißen Gebieten an den Polen kommt zurzeit sicher nicht infrage. Dazu gibt es noch zu viele ungeklärte Fragen, und der Zentralrat würde aus diesem Grund sicher nicht das Landeverbot aufheben. Dasselbe gilt für Bodenproben bei der grauen Masse mithilfe eines Roboters."

Captain Brown beauftragt sodann die ES-Geo, eine „Weltkarte" zu erstellen. Das sei ein großes und längerfristiges Unterfangen und beinhalte Angaben über die Kontinente, Gesteine und

Mineralvorkommen, die Temperaturzonen und Windgürtel, die Vegetation, die Ausbreitung der bewegten Objekte und der großen Zentren. Die Erkundungsstation solle sich dafür Zeit nehmen und sich melden, wenn sie dazu einen ersten Entwurf habe.

Nun erteilt er das Wort den Explorern der Erkundungsstation „ES Bewegte Objekte". Sie berichten über ihre Einteilung der bewegten Objekte in fünf Gruppen und schildern kurz deren Hauptmerkmale. Schließlich bemerkt Explorer 4: „Wir sind überrascht gewesen, dass wir so deutlich unterschiedliche Typen gefunden haben. Aufgrund der verschiedenen Fähigkeiten liegt unser Interesse bei den Flugobjekten, weil sie am weitesten entwickelt sind und die Erde verlassen können. Ferner aber auch, weil sie intelligent und unseren Raumstationen in gewisser Weise ähnlich sind und eine Kontaktaufnahme mit ihnen wohl am ehesten realistisch wäre. Die Frage ist, wie wir mit ihnen Kontakt aufnehmen könnten."

Captain Brown bedankt sich für ihre Beobachtungen. Er teile ihr Interesse für die intelligenten Flugobjekte und führt weiter aus: „Ich gehe davon aus, dass alle fünf Typen ein Organ für die Wahrnehmung der Umgebung besitzen und ihr Verhalten danach ausrichten. Damit können sie flexibel auf die aktuell vorliegende Situation reagieren. Sie haben deshalb eine gewisse Intelligenz und Eigenständigkeit. Deshalb sind zunächst alle fünf Typen der bewegten Objekte für uns interessant, obwohl mich die Flugobjekte mehr interessieren. Bei den Flugobjekten sind die Vielfalt der Bewegungsmöglichkeiten, die Geschwindigkeit und vor allem die Fähigkeit, die Erdoberfläche zu verlassen, sehr bemerkenswert. Das spricht dafür, dass sie bei der weiteren Erforschung prioritär untersucht werden."

Die Explorer der Erkundungsstation „Bewegte Objekte" wollten eigentlich am Meeting ein technisches Problem ansprechen, aber dazu hatten sie keine Gelegenheit. Deshalb wagen sie es, Captain Brown nach dem Meeting darauf anzusprechen, und er signalisiert dazu auch seine Bereitschaft.

Explorer 5 schildert das Problem: „Zurzeit können wir die bewegten Objekte auf der Erde nur mangelhaft beobachten.

Eine Möglichkeit zur Verbesserung bestünde darin, dass wir einen digitalen Assistenten in der Nähe der Erde, in geringer Distanz zur Erdoberfläche, für eine einmalige Aufnahme-Exkursion platzieren. Von dort aus würde eine Drohne auf den Boden der Erde geschickt, welche – möglichst versteckt – Aufnahmen erstellt."

„Eine andere Möglichkeit wäre", ergänzt Explorer 6, „den digitalen Assistenten ebenfalls in geringer Distanz zur Erdoberfläche zu platzieren und von dort Aufnahmen zu erstellen, ohne dass eine Drohne auf der Erde landet."

Captain Brown zeigt sich nicht abgeneigt, diese bereits ausdifferenzierten Ideen aufzunehmen, aber die erste Variante mit dem Betreten der Erde mittels einer Drohne kommt für ihn nicht infrage. Zur zweiten Variante gibt er seine Einwilligung, einen einmaligen Versuch durchzuführen. Der digitale Assistent kann dazu in der Nähe der Erde eingesetzt werden.

Die drei Explorer bedanken sich bei ihm und sind froh, dass er nicht zusätzliche Einschränkungen und Auflagen ausgesprochen hat.

5

Ein Flugobjekt beschlagnahmen?

Die Explorer der Erkundungsstation ES-Geo sind mit der Aufgabe, eine Weltkarte und einen Weltatlas zu erstellen, vollauf beschäftigt, während dessen die Kollegen der Erkundungsstation ES Bewegte Objekte mit viel Elan bei ihrer Arbeit sind, weil sie nun deutlich näher an der Erde Aufnahmen erstellen können, die faszinierend sind.

Explorer 4 wendet sich an seine Kollegen: „Die Flugobjekte, die ja für die Leitung das Zentrale darstellen, sind die einzigen bewegten Objekte, die sich vom Boden abheben und in allen drei Dimensionen bewegen können. Offensichtlich sind sie in der Lage, sich von oben ein präzises Bild von der Beschaffung der Erdoberfläche zu machen. Sie müssen auch in der Lage sein, den Landeanflug präzise zu steuern. Ich finde das sehr beachtlich."

„Hast du eine Idee, wie das funktioniert?", fragt Explorer 6.

„Ich vermute", antwortet Explorer 4, „dass vorne im Flugobjekt ein Steuerungsapparat platziert ist, aber das ist nur eine Vermutung. Wir müssten ein Flugobjekt untersuchen können, aber wir dürfen ja die Erde nicht betreten." „Ich habe eine Idee", entgegnet Explorer 6. „Wir könnten ein Flugobjekt auf seinem Flug in Beschlag nehmen, auf der Mondrückseite bei unserer Basisstation absetzen und anschließend in Ruhe das Kontrollorgan analysieren. Sollen wir das Captain Brown vorschlagen?" Die anderen beiden zögern mit ihrer Antwort.

Explorer 4 entgegnet: „Und was ist, wenn beim gekaperten Flugobjekt, das dann auf dem Mond analysiert wird, plötzlich Strichroboter auftauchen, die zuvor auf der Erde dem Flugobjekt zugestiegen sind?"

„Captain Brown könnte sie willkommen heißen, sie freundlich begrüßen, sich erkundigen, wer sie sind. Irgendwie wird das schon gehen", entgegnet Explorer 6, „wir sollten etwas mutiger sein, sonst kommen wir nicht voran. Aus meiner Sicht bist du zu zögerlich."

„Aber wir können ja gar nicht mit ihnen kommunizieren!", konfrontiert ihn Explorer 4. „Wir müssen es einfach mal probieren", meint Explorer 6.

Explorer 5: „Ich möchte noch etwas zu den ‚Bewegten Objekten Kurz' erwähnen. Sie sind bei ihren Bewegungen sehr flink. Kommt ihnen ein anderes Objekt zu nahe oder steht ein Strichroboter im Weg, können sie blitzartig ausweichen. Sie warten nicht, bis ein anderes Objekt in sie hineingefahren ist, sondern weichen aus. Ferner verfügen sie über beachtliche geografische Kenntnisse. Wenn sie ihre täglichen Routinefahrten beginnen und sich herausstellt, dass ein Hindernis den Weg blockiert, sodass sie einen Umweg fahren müssen, sind sie trotzdem in der

Lage, ihr Ziel zu erreichen. All das deutet auf eine beachtliche Intelligenz der ‚Bewegten Objekte Kurz'. Sie besitzen wie die Flugobjekte ein autonomes Kontrollorgan und sind mit einem übergeordneten Kontrollorgan verbunden, das auch ein Zeitsystem beinhaltet."

Und nun hat Explorer 6 einmal mehr eine gewagte Idee: „Wenn wir ein ‚Bewegtes Objekt Kurz' entwenden und hier auf dem Mond absetzen, könnten wir nach dem Kontrollorgan suchen. Vielleicht würde die Entwendung gar niemand bemerken, wenn wir ein auf dem Lande verlassenes, abgestelltes Objekt kapern." Explorer 4 ist anderer Meinung: „Ich finde das keine gute Idee. Wir verstoßen damit gegen die Vorschriften."

Explorer 6 fährt fort: „Da habe ich noch eine Bemerkung zu den ‚Bewegten Objekte Lang'. Mir fällt auf, dass sie von allen bewegten Objekten am meisten Gegenstände aufnehmen und transportieren können, aber sich nicht so schnell bewegen wie die Flugobjekte. Da sie oft nach einem vorgegebenen Zeitplan fahren, muss hier ein Bezug zu einem Zeitsystem bestehen. Ferner reagieren sie auf Signale mit den Leuchten hell, grau und dunkel. *(Die Außerirdischen können keine Farben erkennen).* Weil sie auf vorgegebenen Verbindungslinien *(Schienen)* fahren, sind sie viel weniger flexibel als die anderen Objekte. Ihr Kontrollorgan ist vermutlich nicht so differenziert, orientiert sich aber an einem Zeitsystem. Ich frage mich, wie sie die Zeit messen."

Explorer 5 äußert sich zu den Strichrobotern: „Bei den Strichrobotern konnten wir einzelne Objekte über eine gewisse Zeitspanne beobachtet und ihr Bewegungsprofil aufzeichnen. So haben wir beobachtet, dass sie in den Zentren häufig ein bestimmtes Gebäude als Ziel anstreben und das möglichst schnell erreichen wollen. Das ist vor allem morgens, wenn es hell wird, festzustellen. Deshalb wird morgens eine sehr hohe Aktivität auf den Verbindungslinien festgestellt. Zu diesen Zeiten sind vermehrt auch Bewegte Objekte Kurz und Lang zu erkennen, die außerhalb der Städte starten und ins Zentrum der Städte hineinfahren, wo die Strichroboter aussteigen und in den Gebäuden verschwinden. Abends geht es wieder zurück dahin, von wo sie morgens gestartet sind."

„Es fällt auf, dass die Strichroboter sehr oft mit allen Typen der bewegten Objekte in direktem Kontakt sind. Das Umgekehrte trifft jedoch nicht zu. Es sind immer Strichroboter dazwischengeschaltet", meint Explorer 6. Und Explorer 5 ergänzt: „Diese kleinen Dinger mischen sich offenbar überall ein. Strichroboter scheinen eine spezielle Bedeutung oder Aufgabe zu haben. Es entsteht der Eindruck, dass sie von einem fernen Kontrollorgan gesteuert werden. Vielleicht sind die Strichroboter eine Art Informationsträger. Sie bringen eine bestimmte Information von einem Ort zu einem anderen. Ich bin auch überzeugt, dass die Strichroboter immer dort nützlich sind, wo etwas gebaut oder erstellt wird, und dass sie dabei Informationen übermitteln, die von einem externen Kontrollorgan stammen. Dieses Kontrollorgan gibt ihnen auch den Weg vor, den sie einschlagen müssen, um die Informationen zum Zielort zu bringen." Explorer 4: „Wenn die Strichroboter von einem übergeordneten Kontrollorgan gelenkt werden, dann stellt sich die Frage, wo das stationiert ist." Die anderen nicken zustimmend.

Über die Rundobjekte wissen die Explorer sehr wenig, da bisher primär die Strichroboter beobachtet wurden. Rundobjekte befinden sich fast ausschließlich auf dem Lande, aber nicht in den Zentren. Sie sind wohl kaum mit einem übergeordneten Kontrollorgan verbunden. Ihre Bewegungen sind nicht an ein vorgegebenes Zeitraster gebunden, nicht zu vergleichen mit der Pünktlichkeit der anderen bewegten Objekte, zu denen sie keinen Kontakt haben, im Gegensatz zu den Strichrobotern. Insgesamt sind die Rundobjekte für die Explorer von geringerem Interesse.

Die drei Explorer unterhalten sich darüber, was sie Captain Brown im Hinblick auf das kommende Meeting mitteilen wollen. Explorer 4 beginnt: „Wir sind uns ja einig, dass die Flugobjekte am weitesten entwickelt sind, die Strich- und Rundobjekte am wenigsten. Die ‚Bewegten Objekte Kurz' sind auf einer zweiten Entwicklungsstufe einzuordnen, weil sie über ein autonomes Kontrollorgan verfügen. Bei den ‚Bewegten Objekte Lang‘ ist das unklar. Die Strichroboter sind auf der Entwicklungsstufe der ‚Hilfsobjekte‘ einzustufen, gesteuert von einem externen Steuerungssystem. Die Rundobjekte sind für uns von geringerem Interesse. Es ist wohl klar, dass wir uns weiterhin primär auf die Flugobjekte konzentrieren. So ungefähr würde ich das Captain Brown vorlegen“, endet Explorer 4. Die anderen Kollegen haben nichts dagegen einzuwenden.

Explorer 6 ergänzt: „Wir müssen Captain Brown unseren Wunsch nach einem stärkeren Teleskop vorbringen. Vielleicht unterstützt er uns ja. Dann geht es auch um unsere Idee, ein Flugobjekt auf seinem Flug in Beschlag zu nehmen, auf der Mondrückseite zu platzieren und anschließend das Kontrollorgan zu analysieren. Ich bin gespannt, ob ich mit meiner Vermutung richtig liege, dass er ein Flugobjekt beschlagnahmen will, um so die ‚Mission Erde‘ einen Schritt weiterzubringen. Auch die Idee, ein ‚Bewegtes Objekt Kurz‘ zu kapern, sollten wir ihm vorlegen.“

Explorer 5 macht sich noch bemerkbar: „Ich habe eine völlig andere Frage: Captain Brown erwähnte doch im Meeting, dass die ES-Geo sich mit dem Erstellen einer Weltkarte beschäftigen soll. Nun habe ich mich gefragt, ob wir, also wir Explorer, wir ‚Titaner‘, auch eine Art ‚Weltkarte‘ haben, auf der die wichtigen Planeten und unsere verschiedenen Basisstationen aufgezeichnet sind. Ich jedenfalls habe nie eine solche Karte gesehen.“

Die beiden Kollegen sind erstaunt und bemerken, dass ihnen ein solcher Gedanke noch nie gekommen sei und sie hätten auch nie eine solche Weltkarte gesehen. „Wir könnten doch Captain Brown fragen, ob eine solche Weltkarte existiert und ob wir sie ansehen könnten“, meint Explorer 5.

Explorer 4: „Ich finde das nicht so gut, zumindest jetzt zum aktuellen Zeitpunkt nicht. Captain Brown würde uns ermahnen, bei unserem Auftrag zu bleiben und nicht abzuschweifen. Vielleicht würde er uns auch vor allen anderen Kollegen kritisieren. Wir sollten das lieber sein lassen. Der Wunsch nach einem Teleskop ist wichtiger.“

„Ihr wisst, ich sehe das nicht so eng", schaltet sich Explorer 6 ein, „wir dürfen doch Fragen stellen und deswegen vernachlässigen wir noch lange nicht unsere Aufgaben. Mehr Mut schadet nicht, das ist meine Meinung." Explorer 4 erkennt, dass sein Kollege nicht genauso denkt wie er. Vielleicht wird die Zusammenarbeit mit ihm schwierig.

„Mir geht es nicht nur um eine ‚Weltkarte der Titaner'", bemerkt Explorer 5. „Mich interessiert auch, was sich vor unserer Zuteilung zur ‚Mission Erde' in der Basis auf dem Mars ereignet hat, ob Missionen auf anderen Planeten erfolgten und mit welchem Erfolg. Aber ich weiß nichts darüber. Es muss doch so etwas wie eine ‚Geschichte der Titaner' geben. Aber im zentralen Datenspeicher habe ich keine Informationen dazu gefunden. Ich vermute, dass das bei euch beiden auch zutrifft." Die beiden andern nicken zustimmend, etwas gedankenversunken. Und er ergänzt noch: „Warum wissen wir überhaupt nichts darüber?"

Teil II

Neuorientierung der Leitung

6

Die Leitung bremst das
forsche Vorgehen der Explorer

Captain Brown begrüßt alle anwesenden Explorer und die Leitung zum neuen Meeting.

„Hallo alle zusammen!"

„Heute informiere ich über Beschlüsse der Leitung zur Zielsetzung unserer Mission und zu technischen Verbesserungen. Wie Ihr wisst, beschäftigt sich die Leitung mit der Frage, bei welchen bewegten Objekten der Schwerpunkt unserer Beobachtungen und Analysen angesetzt werden soll. Die Explorer der Erkundungsstation Bewegte Objekte, die ES-BO, haben uns dazu einige neue Informationen geliefert, die für uns wichtig sind. Es geht dabei um die Fähigkeiten und den Entwicklungsstand der fünf Typen bewegter Objekte, aber auch um die Frage, wie und woher ihre Aktivitäten gesteuert werden.

Ich gehe hier nicht auf die Details ein, aber die Explorer sind nach wie vor der Meinung, dass die Flugobjekte am weitesten entwickelt sind und das Geschehen auf der Erde dirigieren. Neu ist jedoch ihre Beurteilung der Strichroboter, die zwar keine autonom funktionierenden Wesen sind und in vieler Hinsicht eine Hilfsfunktion innehaben, die aber – und das ist hier wichtig – überaus häufig und in verschiedensten Funktionen präsent sind. Die Kollegen sind der Ansicht, dass sich diese kleinen Dinger überall einmischen, und das sei sehr auffällig. Es scheint, dass ihre primäre Funktion die Informationsübermittlung an diverse Zielorte ist. Es sind Boten, die ihr Ziel aufsuchen."

„Wir haben dies in der Leitung diskutiert", fährt er fort. „Strichroboter scheinen eine spezielle Bedeutung oder Aufgabe zu haben; vielleicht sind sie auch bei der Energieversorgung relevant. Deshalb wollen wir eine neue Erkundungsstation bilden. Sie trägt den Namen ‚Erkundungsstation ES-Alpha Strichroboter' und besteht aus zwei Explorern. Ich bitte alle noch nicht eingesetzten Explorer sich zu überlegen, ob sie hier einsteigen wollen. Interessierte sollen sich bei mir melden. Wenn sich niemand meldet, werde ich zwei bestimmen."

Captain Brown fährt fort: „Nun habe ich noch einige Bemerkungen zu unserem Vorgehen. Die drei Explorer der ES-BO haben zur Thematik der Steuerungssysteme bei den bewegten Objekten etwas gewagte Ideen geäußert. Bei einer Idee geht es darum, ein ‚Bewegtes Objekt Kurz' zu kapern, um an das Kontrollorgan heranzukommen. Es würde hier auf die Mondbasis gebracht, damit es analysiert werden kann."

„Die zweite Idee", fährt er fort, „umschreiben sie folgendermaßen: Man könnte ein Flugobjekt auf seinem Flug mithilfe unserer Raumstation in Beschlag nehmen und abtransportieren, dann auf der Mondrückseite deponieren und das Kontrollorgan analysieren."

„Dazu habe ich eine kritische Haltung: Wir wollen keine risikobehafteten Erkundungen starten und keine Objekte kapern. Was machen wir mit einem gekaperten Flugobjekt, wenn sich darin möglicherweise Strichroboter befinden? Auch besteht die Gefahr, dass wir dabei entdeckt werden. Deshalb lassen wir beide Ideen so stehen. Wir werden sie nicht umsetzen." Die Anwesenden nicken zustimmend. Explorer 6 ist enttäuscht, dass seine Idee mit der Kaperung nicht aufgenommen wurde.

Im Meeting gibt Captain Brown noch folgendes bekannt: „Die Leitung bewilligt Beobachtungen mit dem digitalen Assistenten in der Nähe der Erde, dort wo sich die Meteoriten befinden. Die Bewilligung gilt für alle Erkundungsstationen. Ein erster Versuch hat sich bewährt und ermöglicht wesentlich bessere Aufnahmen. Und noch eine zweite gute Nachricht: Allen Erkundungsstationen steht demnächst ein neues, sehr gutes Teleskop zur Verfügung, das in den digitalen Assistenten eingebaut wird. Die bewilligten Teleskope mussten zuerst von der Basis Mars zum Mond verschoben werden, was einige Zeit beanspruchte. Bei dieser Lieferung haben wir auch ein großes stationäres Teleskop erhalten. Es wird auf derjenigen Mondseite stationiert, die von der Erde gesehen werden kann, aber nur dann in Betrieb genommen, wenn es im Dunkeln und somit nicht sichtbar ist. In der übrigen Zeit muss das Teleskop getarnt werden. Wir freuen uns, dass wir technisch nun noch besser ausgerüstet sind."

„Nun komme ich noch zu den Aufträgen", fährt Captain Brown fort. „Die neue ‚Erkundungsstation ES-Alpha-Strichroboter' soll die Strichroboter eingehend beobachten und beschreiben. Was ist mit der Vermutung, wonach sie sich möglicherweise periodisch mit Energie versorgen und mit einem übergeordneten Kontrollorgan synchronisieren? Ferner erhält die neu gebildete ES-Alpha Zugang zum neuen, deutlich leistungsfähigeren stationären Teleskop, wobei sie den anderen Erkundungsstationen auch Gelegenheit gibt, das Teleskop zu benützen. Die digitalen Assistenten bleiben nach wie vor im Einsatz."

Das Meeting ist zu Ende und die anwesenden Explorer verlassen den Konferenzraum. Da meint Explorer 6, es sei doch eigenartig, da werde plötzlich eine neue Erkundungsstation für die nicht sonderlich relevanten Strichroboter gebildet, dabei sei doch der Fokus auf die Flugobjekte gelegt worden. Die Leitung sei offenbar verunsichert. Es sei ihm zudem auch nicht klar, was eigentlich die Aufgabe der Leitungsmitglieder sei. Besteht sie darin, uns zu beaufsichtigen?

Explorer 5 meint: „Captain Brown und die Leitung könnten durchaus etwas transparenter sein. Wir wissen nicht recht, was in ihnen vorgeht. Ich habe keine Ahnung, woran die Leitung konkret arbeitet. Waren sie an einer anderen Mission auf einem anderen Planeten beteiligt? Wo gibt es überhaupt noch andere Basisstationen außer auf dem Mars? Der ES-Geo haben sie den Auftrag erteilt, eine ‚Weltkarte' der Erde zu erstellen. Aber ich möchte auch mal eine ‚Weltkarte' derjenigen Planeten sehen, die wir erobert haben. Ich weiß, ich wiederhole mich, habe das ja schon mal erwähnt, aber das ist meine Meinung."

Die anderen Kollegen hören aufmerksam, aber kommentarlos zu und verteilen sich sodann auf ihre Arbeitsplätze.

7

Explorer 7 und 8 sind nachdenklich

Für die neu gebildete Erkundungsstation „ES-Alpha Strichroboter" meldeten sich bei Captain Brown lediglich zwei Explorer. Er fragte sie nach dem Grund für ihr Interesse. Sie erklärten, dass sie sich über diese komischen bewegten Objekte, die Strichroboter, unterhalten hätten und dabei der Eindruck entstanden wäre, dass mehr hinter diesen Strichrobotern stecke als man vermute. Deshalb würden sie beide gerne bei dieser Aufgabe einsteigen.

Damit war die Sache für Captain Brown klar: Sie sind geeignet und übernehmen ab sofort als Explorer 7 und 8 die Leitung der dritten Erkundungsstation „ES-Alpha Strichroboter". Nachdem die beiden die neue Erkundungsstation mit allen technischen Geräten einschließlich des neuen Teleskops übernommen haben, beginnen sie mit ihrer Arbeit. Nun ist es für sie auch möglich, dass sie ihren digitalen Assistenten näher an der Erde in Position bringen können und dadurch genauere Aufnahmen der Strichroboter möglich werden. Es sind sogar einzelne Körperteile erkennbar. Die Strichroboter variieren in ihrer Größe. Es gibt eine Gruppe unter ihnen, die deutlich kleiner ist als der Durchschnitt. Auffallend ist auch, dass sich diese Kleinen morgens in einem Gebäude *(Schule)* versammeln, in dem sich ausschließlich kleine Strichroboter einfinden. Es ist nicht klar, weshalb es diese Größenunterschiede gibt und wozu dies nützlich ist. *(Die Explorer haben nicht erkannt, dass sich kleine Strichroboter entwickeln können und somit wachsen)*.

Was für die beiden Explorer zu einem großen Erstaunen führt, sind folgende Beobachtungen: Alle Strichroboter haben zwei Beine und zwei Arme, die oben und unten am mittleren Körperteil befestigt sind. Für ihre Fortbewegung benützen sie die beiden Beine. Zwischen den Armen ist ein runder Körperteil ersichtlich *(Kopf)*, der mit dem markanten Mittelteil verbunden ist. Am Kopf sind zwei dunkle Flecken, eine Art Linsen, gerade noch erkennbar *(Augen)*. Der Kopf wird sehr oft bewegt, und zwar in die Richtung, in der sich das Strichobjekt bewegt. Die Explorer vermuten, dass sie ihre Umgebung mit den beiden Linsen im Kopf abtasten und die Information dem Kontrollorgan weiterleiten, ähnlich wie das bei ihnen auch funktioniert. Ihre Bewegungen sind flink und präzise. Die normal großen Strichroboter sind problemlos in der Lage, in bewegte Objekte einzusteigen. Ob sie dabei quasi „eingesogen" werden oder aus eigenem Antrieb zusteigen, ist unklar.

(Weil wir die Sprache der Explorer nicht verstehen, verwenden wir fortan die Bezeichnungen „Arme", „Beine", „Kopf" und so weiter, die in der Sprache der Menschen verwendet werden).

Explorer 7 ist sprachlos, als er das alles erkennt, und schaut seinen Kollegen an, dem es genauso ergeht. Er wendet sich an Explorer 8: „Ich hätte nie gedacht und bin jetzt auch sehr verwirrt, dass die Strichroboter solche Körperteile aufweisen, die unseren Gliedern sehr ähnlich sind. Auch sie haben einen Körper, oben einen Kopf, ferner je zwei Arme und Beine, die sie in Bewegung setzen. Wie kann das sein? Besteht eine Art Verwandtschaft? Aber sehr kleine Exemplare gibt es bei uns nicht."

Die Explorer sind es im Allgemeinen nicht gewohnt, über innere Vorgänge wie Erstaunen oder Sprachlosigkeit zu sprechen. Sie verspüren solche inneren Regungen entweder gar nicht oder nur in geringem Ausmaß. Bei Explorer 7 und 8 scheint dies jedoch anders zu sein. Sie nehmen solche Regungen wahr und tauschen sich darüber aus.

Explorer 8 nimmt Bezug auf die Bemerkung zur Verwandtschaft. „Mir geht es ähnlich wie dir, ich kann fast nicht glauben, wie ähnlich uns die Strichroboter sind. Der Gedanke einer Verwandtschaft ist mir auch gekommen und lässt mich nicht mehr los. Wäre es möglich, dass es vor sehr langer, langer Zeit bei unseren Vorfahren schon einmal eine ‚Mission Erde' gegeben hat, die auf der Erde gelandet und dort geblieben ist? Vielleicht haben sie sich auch mit der dortigen Bevölkerung vermischt und so sind die Strichroboter entstanden? Aber warum wissen wir überhaupt nichts davon?"

Explorer 7: „Wir wissen ja überhaupt fast nichts von unseren Vorfahren, und von den Kollegen auf der Basisstation Mars auch nicht viel. Offenbar gibt es eine Verbindung zum Mond ‚Titan‘, von dem wir ja unsere Bezeichnung ‚Titaner‘ erhalten haben. Aber mehr als das ist uns nicht bekannt. Ich habe den Eindruck, dass wir hier auf eine ganz zentrale Frage gestoßen sind.“

Explorer 8 konzentriert sich wieder auf die Gegenwart: „Wie werden die Kollegen und Captain Brown reagieren, wenn sie diese Ähnlichkeit auch erkennen? Und sollen wir überhaupt unsere Gedanken zu den Vorfahren erwähnen? Sollen wir uns nur an Captain Brown wenden oder an Commander C3, der vermutlich von uns allen am meisten darüber Bescheid weiß?“

Explorer 7: „Wenn wir mit Commander C3 darüber sprechen, fühlt sich Captain Brown übergangen. Das ist heikel.“

Explorer 7 bemerkt sodann: „Es stört mich, dauernd den Begriff ‚Strichroboter‘ oder ‚Strichobjekte‘ zu verwenden. Diese Begriffe sind abwertend, wenn man an all die Eigenschaften denkt, die wir bei ihnen beobachten können. Und nun erkennen wir hier auch noch die Ähnlichkeit zu uns. Die Bezeichnung ‚Roboter‘ ist nicht stimmig, weil unsere Roboter nicht so intelligent sind wie die Strichobjekte, die mehr Ähnlichkeiten mit uns aufweisen als mit unseren Robotern.“

Explorer 8 nickt zustimmend. Er möchte einen Begriff aus ihrer Sprache verwenden, den wir aber nicht verstehen. Übersetzt lautet er „Erdbewohner“. Die beiden setzen sich mit Captain Brown in Verbindung und unterbreiten ihm diesen Vorschlag, berichten ihm aber noch nicht über ihre Entdeckung zur Ähnlichkeit.

Captain Brown hat nichts gegen eine Präzisierung der Begriffe einzuwenden, findet jedoch die Bezeichnung „Erdbewohner“ nicht ganz korrekt, weil die anderen bewegten Objekte, die restlichen vier Typen, ja auch „Erdbewohner“ sind. Die beiden Explorer nicken zustimmend. Es bleibt somit beim Begriff „Strichobjekte“.

(Da es für das Verständnis der künftigen Beobachtungen und Entdeckungen hilfreich ist, dieselben Begriffe wie die Menschen auf

der Erde benützen, verwenden wir hier die Bezeichnungen „Mensch"
oder „Menschen" anstelle der Bezeichnungen „Strichobjekte" oder
„Strichroboter").

Die beiden Explorer fahren mit ihren Beobachtungen fort.
Die Strichobjekte, also die Menschen, tragen eine Umhüllung
von sehr unterschiedlicher Größe. Dabei sind manchmal auch
Teile des Körpers unbedeckt. Eine minimale Umhüllung betrifft
den unteren Körperteil *(Bauch)* sowie teilweise auch den Brust-
bereich. Diese Bereiche sind immer umhüllt. Bei einer maxima-
len Umhüllung sieht man Arme und Beine nicht mehr und auch
der Kopf ist bedeckt.

Die Umhüllung der Menschen ist in den Bereichen beider
Erdpole deutlich ausgeprägter. Dies könnte mit der Sonneneinstrahlung in Zusammenhang stehen. Es gibt an den Polen Gebiete, in denen es oft kaum dunkel ist und wo die Sonne somit
länger strahlt. Die Menschen wollen sich vermutlich vor diesen
Strahlen schützen und tragen deshalb stärkere Umhüllungen.

Es gibt aber auch Bereiche am Äquator, wo Menschen mit
großer Umhüllung beobachtet werden. Dies sind Bereiche mit
großer, direkter Sonneneinstrahlung und demzufolge sind Umhüllungen ein Strahlenschutz. Allerdings beobachten sie dort
auch Menschen mit geringer Umhüllung, trotz der Sonneneinstrahlung. Erklärungsbedürftig ist auch, wie die Energie der
Sonne auf Menschen und die anderen bewegten Objekte übertragen und dort umgesetzt werden kann. Die Sonne als Ener-
giespender ist für die Explorer plausibel und übereinstimmend
mit ihren Kenntnissen aus dem All.

Mehrere Beobachtungen hatten schon darauf hingedeutet,
dass es drei verschiedene Menschentypen gibt, die sich durch
Größe, Umhüllung und Tätigkeit unterscheiden. Das ist aber oft
nicht eindeutig. Aber tendenziell ist ein Menschentyp größer,
hat eher eine uniforme, graue Bekleidung und ist oft ein „bau-
endes Objekt" respektive ein „bauender Mensch". Er ist oft dort
anzutreffen, wo ein Haus oder eine Straße gebaut wird. Der zweite Typ ist etwas kleiner, hat in der Regel eine helle oder dunkle
Umhüllung und ist nicht beim Bauen betätigt.

(Die Explorer hatten diesen beiden Typen einen Namen gegeben. In der Sprache der Menschen sind es „Männer" oder „Frauen" respektive Mann, Frau).

Die beiden Explorer sind ob dieser Entdeckung, sollte sie sich als richtig erweisen, ziemlich erstaunt, da die Explorer den Menschen zwar ähnlich sind, aber keine zwei Typen haben wie Mann und Frau. Sie sind gespannt, wie die Leitung und die anderen Explorer darauf reagieren werden.

Die beiden Explorer 7 und 8 unterhielten sich sodann über den dritten Typ, die kleinen Menschen, die kleiner und teilweise nur etwa ein Drittel so groß sind wie die „normalen" Menschen. Sie empfanden das Verhalten der kleinen Menschen als belustigend. Ihr Getue, ihre zum Teil impulsiven Bewegungen erregten bei ihnen eine Faszination, die sie bei der Beobachtung der normal großen Menschen nicht verspürten. Immer und immer wieder schauten sie auf dem Monitor Aufnahmen an, auf denen sich kleine und sehr kleine Menschen bewegten und mit den Armen gestikulierten. Besonders interessierten sie sich auch für Aufnahmen, auf denen mehrere kleine Menschen miteinander agierten *(spielten)*. Die beiden Explorer erlebten jeweils ein eigenartig prickelndes, durchaus angenehmes Gefühl, das sie nicht näher beschreiben konnten. Aber sie realisierten, dass sie beide offenbar das Gleiche empfanden.

Sie machen einen Kollegen auf diese kleinen Menschen aufmerksam und zeigen ihm Aufnahmen, aber dieser verspürt keinerlei Belustigung, wenn er den Kleinen zuschaut. Er bemerkt, das werde von den beiden Explorern übertrieben dargestellt und sie sollten doch etwas sachlicher an die Dinge herangehen. Das erstaunt die beiden; sie fühlen sich etwas gekränkt. Sie zeigen die Aufnahmen noch einem zweiten Kollegen, der aber ähnlich reagiert. Für ihn seien kleine Menschen fremde Objekte, so wie andere auch, er könne nichts mit ihnen anfangen und finde sie nicht lustig, kommentiert er.

Explorer 7 meint: „Ich habe den Eindruck, dass wir zwei anders funktionieren als die übrigen Explorer." „Das habe ich auch gerade gedacht", antwortet der Kollege. „Das stimmt mich auch nachdenklich, genau wie unsere Beobachtung der Ähnlichkeit von Menschen mit uns Explorern, was das Aussehen betrifft."

„Wir müssen wohl Captain Brown über diese Ähnlichkeit informieren, aber über unseren Eindruck, dass wir zwei anders sind als die anderen Explorer, würde ich nichts verlauten lassen", meint Explorer 7.

8

Kommunikation, Raum und Zeit werden wichtig

Im Meeting auf der Raumstation „Mission Erde" informiert Captain Brown kurz über die neuen Beobachtungen der Erkundungsstation ES-Alpha mit Explorer 7 und 8. Die Beobachtungen der beiden zeige, dass zwischen uns Explorern und den Strichobjekten, also den Menschen, offenbar eine gewisse Ähnlichkeit bestehe. Das betreffe die Körperteile Beine, Arme und Kopf. Ferner sind die beiden Explorer der Meinung, dass es drei unterschiedliche Typen von Menschen gebe.

Captain Brown berichtet weiter: „Die beiden Explorer 7 und 8 haben auf diese beobachtete Ähnlichkeit etwas eigenartig reagiert. Sie beschäftigen sich sehr mit der Frage, wie das möglich sei, dass zwischen uns Explorern und den Menschen eine solche Ähnlichkeit besteht und warum respektive wozu es drei Typen gebe, Männer, Frauen und kleine Menschen. Es handle sich hier um eine ganz zentrale Frage, meinen sie. Es fällt mir auf, dass sie sich oft mit Fragen wie „warum und wozu" beschäftigen. Sie wollen einer Sache auf den Grund gehen."

Captain Brown ergänzt dazu etwas nüchtern: „Es gibt offenbar auf dem Planeten Erde Lebewesen, die Menschen, die sehr ähnlich gebaut sind wie wir Explorer und eine nicht unbedeutende Rolle beim Funktionieren der bewegten Objekte auf der

Erde innehaben, obwohl ihre kognitiven Fähigkeiten nicht so imponieren, ja eher bescheiden sind. Die Aufgabe unserer beiden Explorer ist jedoch, zu beobachten und nicht zu philosophieren. Und es ist fraglich, ob man überhaupt von verschiedenen Typen von Menschen sprechen kann. Die beiden Explorer sollen zuerst die Tätigkeiten dieser Menschentypen beobachten und beschreiben, dann sind wir einen Schritt weiter."

Captain Brown wendet sich nun an Commander C3, der von allen Anwesenden die größte Erfahrung hat, und fragt ihn, ob er sich diese Ähnlichkeit erklären könne. Der Commander zögert mit seiner Antwort, als ob er nach Worten suchen müsse, was unüblich für ihn ist. Schließlich bemerkt er mit eher schwacher Stimme, dass er für diese Ähnlichkeit keine Erklärung habe. Seine Antwort ist jedoch nicht überzeugend, ja sie weckt geradezu den Verdacht, dass er etwas weiß, das er verheimlicht.

Captain Brown will noch ein anderes Thema ansprechen. „Es geht dabei um die Beobachtung, wonach bei praktisch allen bewegten Objekten immer auch Menschen involviert sind, bei Flugobjekten und den bewegten Objekten, lang und kurz."

(Für die Begriffe „Bewegte Objekte Lang" und „Bewegte Objekte Kurz" verwenden wir fortan die Begriffe „Eisenbahn, Bahn" respektive „Auto, Bus", wie bei den Menschen).

„Die Menschen sind", fährt Captain Brown fort, „eine Art Bindeglied zwischen diesen Objekten. Deshalb muss ich annehmen, dass die bewegten Objekte mit den Menschen in einem Informationsaustausch stehen, in einer Art Kommunikation. Auch beim Bau von Häusern und Straßen, woran sich viele Menschen beteiligen, muss kommuniziert werden, oft auch sehr schnell."

„Es soll deshalb erkundet werden, wie die Kommunikation der bewegten Objekte und insbesondere der Menschen stattfindet. Zwischen den Autos muss es beispielsweise eine Kommunikation geben, sonst würden sie dauernd ineinander prallen. Das gilt auch für die Bahnen, wenn sie in einen ‚Bahnhof' einfahren. Hier muss untereinander abgesprochen werden, welche Bahn welchen Weg nimmt, um im Bahnhof ohne Kollision anzukommen. Auch bei den Flugobjekten ist die Absprache wichtig, damit abfliegende und ankommende Flugobjekte nicht miteinander kollidieren. Ich vermute, dass das interne Kontrollorgan mit einem externen übergeordneten Kontrollorgan verbunden ist, das eine Leitungsfunktion hat und das Handeln, mit Ausnahme von Sofortreaktionen in Notsituationen, bestimmen kann, so wie das bei uns auch ist. Wir sind stets mit dem übergeordneten Kontrollorgan verbunden und erhalten mehrmals täglich Informationen und Anweisungen. Unsere Autonomie und Freiheit sind beschränkt. In gewissen Situationen haben wir die Freiheit, uns für oder gegen etwas zu entscheiden und entsprechend zu handeln. Aber wir haben zum Beispiel nicht die Freiheit, uns gegen das übergeordnete Kontrollorgan zu wenden. Aber ob das bei den bewegten Objekten auf der Erde auch so ist, wissen wir nicht."

„Wir von der Leitung möchten nun wissen, wie das autonome und das externe, übergeordnete Kontrollorgan bei allen bewegten Objekten der Erde funktionieren und miteinander verknüpft sind, und wo sich das autonome System in den einzelnen Objekten befindet. Das zu ermitteln, scheint aber sehr schwierig zu sein. Deshalb versuchen wir nun den Weg der Kommunikation anzugehen. Es geht dabei um Fragen wie: Wer übermittelt wem Informationen? Wo besteht keine Kommunikation? Wie funktioniert die Kommunikation innerhalb der einzelnen bewegten Objekte? Können daraus Erkenntnisse über das interne und externe Kontrollorgan gewonnen werden? – Das alles sind die Gründe, weshalb wir nun eine eigene Erkundungsstation Kommunikation zusammenstellen wollen."

„Dann ist da noch ein anderer Punkt, den ich heute einbringe", fährt er fort. „Die Leitung war ja erstaunt über die Orientierungsfähigkeit der Flugobjekte. Sie müssen über eine Vorstellung von Distanz, Raum und Zeit verfügen, um ihre Bewegungen mit dieser Präzision überhaupt durchführen zu können. Im Gegensatz zu den Bahnen und Autos müssen sie sich auch in der Höhendimension orientieren können, und zwar sehr genau, sonst gelingt die Landung nicht. Hier stellt sich für uns die Frage nach den Dimensionen von Raum und Zeit sowie nach den Einheiten, die beim Messen zur Anwendung gelangen. Ohne eine Definition dieser grundlegenden Dimensionen und Maßeinheiten ist es meiner Meinung nach kaum möglich, präzise und aufeinander abgestimmte Vorgänge durchzuführen."

Er fährt fort: „Ferner interessierte sich die Leitung auch für die Orientierungsfähigkeit der Menschen. Der Bau von Häusern und Straßen, an denen die Menschen maßgeblich beteiligt sind, weisen darauf hin, dass sich die Menschen auch in Raum und Zeit orientieren können, sei es durch ein externes Steuerungssystem, das ihnen alle Handlungen vorgibt, oder durch ein eigenes, im einzelnen Menschen eingebautes Steuerungssystem, oder beides.

Diese Fragen sind für uns wichtig. Deshalb soll eine weitere Erkundungsstation gebildet werden, die ‚Erkundungsstation ES Raum und Zeit'. Wir haben somit ab heute zwei neue Erkundungsstationen: die ES Kommunikation mit Explorer 9 und 10 sowie die ES Raum und Zeit mit Explorer 11 und 12." Captain Brown bittet wiederum, die noch nicht im Einsatz stehenden Explorer und mitarbeiten wollen, sich bei ihm zu melden. Vier Explorer werden gesucht. Die Tätigkeit der bereits im Einsatz stehenden Erkundungsstationen soll unvermindert fortgeführt werden. Damit schließt er das Meeting.

Die beiden Explorer 7 und 8 der ES-Alpha reagieren sehr positiv auf die neu gebildete ES Kommunikation, weil sie vermuten, dass Menschen bei der Kommunikation eine wichtige Rolle spielen und ihre Arbeit über die Erkundungen zu den Menschen damit unterstützt wird. Für die „ES Raum und Zeit" interessieren sie sich jedoch nicht.

Nachdem das Meeting beendet wurde, bemerkt ein Kollege zu Explorer 7, er frage sich immer noch, was eigentlich die Mitglieder der Leitung die ganze Zeit machen, und ob ihre Aufgabe darin bestehe, sie alle zu überwachen. Explorer 7 bemerkt, dass er sich das auch schon gefragt habe, und Explorer 5 nickt zustimmend und ergänzt: „Allerdings habe ich kürzlich ein Leitungsmitglied außerhalb der Raumstation gesehen der Bodenproben entnommen hat, die er dann in den Labortrakt der Raumstation brachte, vermutlich zur Analyse. Aber was die anderen der Leitung tun, davon habe ich keine Ahnung."

9

Interessantes von der „Erkundungsstation Kommunikation"

Explorer 9 und 10 meldeten sich bei Captain Brown für die neue „Erkundungsstation Kommunikation". Die beiden hatten früher Kurse in den Bereichen Sprache und Kommunikation besucht, allerdings sei das schon lange her, meinten sie. Geblieben sei ihnen aber der Satz „Man kann nicht nicht kommunizieren." Captain Brown versteht nicht recht, was damit gemeint sein könnte, aber die beiden sind ihm willkommen.

Sie beschäftigen sich nun mit der Kommunikation der bewegten Objekte. Nach einer längeren Einarbeitungsphase treffen sie sich zu einem ausführlichen Austausch. In ihrem gewohnt sachlichen Diskurs wird ersichtlich, dass ihr Interesse nicht auf dieselben Objekte gerichtet ist. Umso interessanter ist ihr Meinungsaustausch, den beide gerne pflegen.

Explorer 9: „Obwohl die Flugobjekte natürlich sehr beeindruckend sind, wenn sie beim Start von der Erde abheben und den Luftraum durchqueren, finde ich die Autos intelligenter. Wie ich sehe, bist du da offenbar anderer Meinung. Nun, du weißt ja, ich habe die Autos in letzter Zeit intensiv beobachtet. Sie können untereinander mit Lichtsignalen und Blinkern kommunizieren und damit auch Menschen ein Zeichen geben, ferner Lichtsignale an den Ampeln interpretieren und Schilder entlang der Straße lesen. Das hilft ihnen, ein ganz bestimmtes Ziel zu erreichen, und das auf dem kürzesten Weg, auch wenn es weit entfernt ist. Autos sind somit ziemlich klug."

Explorer 10: „Was meinst du mit ‚Schilder lesen'?"

Explorer 9: „Es sind die Schilder, die entlang der Autostraßen platziert sind. Diese Schilder gibt es überall auf der Erde, an der Seite und über den großen Straßen. Sie sind stets so platziert, dass die Autos die darauf ersichtlichen Zeichen mit ihren zwei Linsen vorne erkennen. Auf den Schildern gibt es drei

Arten von Zeichen. Erstens die Zeichenmuster, also ein Muster von einzelnen Zeichen *(Buchstaben, Worte)*, dann zweitens die Zahlenzeichen *(Zahlen respektive Zahlenmuster)* und dann noch die Spezialzeichen *(Pfeile, Symbole, zum Beispiel für „Airport", „Hospital" und anderes)*. Ich habe sehr viele Schilder mit verschiedensten Zeichenmuster aufgenommen und in unserem Rechner abgespeichert. Hilfreich waren mir dabei unser digitaler Assistent und eine Drohne, mit der die Aufnahmen gemacht wurden. Dazu bin ich manchmal sehr nahe zur Erde vorgedrungen, was vielleicht nicht ganz korrekt war. Aber das braucht ja niemand zu wissen."

Explorer 10 nickt zustimmend. „Kannst du das mit den Zeichen näher erklären?"

Explorer 9: „Zuerst zu den Zeichen: Bei den Buchstaben handelt es sich um rund 25 Zeichen, die in ganz verschiedenen Gruppen zusammengefasst werden. Mit den einzelnen Zeichen konnte ich nicht viel anfangen, jedoch mit den Mustern *(Worte)*, gebildet aus den Zeichen. Ich habe diese Zeichenmuster in unseren Computer eingegeben. Dabei hat sich gezeigt, dass gewisse Muster, also Buchstabengruppen, sehr häufig auftreten, z. B. EXIT, MILE, STOP, LEFT TURN, AIRPORT, CITY. Es sind Muster, deren Bedeutung ziemlich klar ist. Das Wort STOP wurde auch am Boden der Straßen vorgefunden und es bedeutet, dass die Autos anhalten müssen."

Explorer 9 fährt fort: „Bei den rund 25 Zeichen habe ich gesehen, dass diese innerhalb eines Gebietes auf der Erde einheitlich waren, in anderen Gebieten jedoch andere Formen hatten. Es macht den Eindruck, dass auf der Erde verschiedene Zeichentypen *(Schriftarten)* verwendet werden. Das erschwert uns die genauere Analyse erheblich. Zur Vereinfachung wählte ich deshalb ein Gebiet auf der Erde aus, das sehr groß ist und die gleiche Sorte von Buchstaben und Zahlen, und vermutlich auch die gleiche Sprache verwendet.

Auf den Schildern, die entlang der Straße platziert sind, waren oft ganz bestimmte Wörter erkennbar. Solche Wörter waren zum Beispiel: New York, Miami, New Orleans, San Diego,

Los Angeles, San Francisco. Interessant ist, dass gewisse Worte mehrmals nur in einer bestimmten Region mit vielen Häusern und Zentren vorkommen, in anderen Regionen jedoch nicht. Zum Beispiel NEW YORK in einer bestimmten Region, LOS ANGELES in einer anderen Region. Ich verwende diese Bezeichnungen für bestimmte Regionen. Dadurch ist es mir gelungen, eine Art Landkarte mit den verschiedenen Regionen zu erstellen, was besonders die Kollegen von der Erkundungsstation Geografie interessierten dürfte."

Explorer 10: „Und was ist nun mit den Autos?"

„Die Autos verfügen offenbar über eine Art Landkarte mit den Namen der Zentren und Städte, wonach sie ihre Fahrt planen und steuern. Sie können einen bestimmten Zielpunkt ansteuern und ihn ohne Umwege finden. Auch, wenn er weit entfernt ist. Das habe ich aufgrund von Langzeitbeobachtungen erkannt und ich finde das beachtlich!"

Explorer 10: „Du hast noch von Ziffern und Zahlenzeichen gesprochen. Was ist damit?"

Explorer 9 fährt fort: „Bei den Ziffern auf den Schildern handelt es sich um 10 verschiedene Ziffern, auch Zahlzeichen oder Zahlen genannt. Es sind dies die Ziffern 5 2 8 6 1 4 9 3 0 7, die alleine stehen oder ebenfalls in Gruppen, die Zahlen, manchmal gefolgt von einem Wort, zum Beispiel ‚22 miles' oder ‚Los Angeles 485 miles'. Bemerkenswert ist, dass die Zahlen auch in anderen Gebieten der Erde beobachtet wurden. Offenbar sind es universell gebräuchliche Zeichen. Die Ziffer 0 scheint eine spezielle Bedeutung zu haben, da sie häufig vorkommt."

(Die Bedeutung der Ziffern hatten die Explorer bisher nicht erkannt, ebenso nicht diejenige der Zahlen. So war es ihnen schleierhaft, was der Unterschied zwischen dem Muster „Los Angeles 22 miles" und „Los Angeles 485 miles" bedeutet. Dass die Zahl als Distanzmaß verwendet werden kann, ist ihnen ebenfalls nicht bewusst).

Explorer 10: „Dann hast du auch noch von Spezialzeichen und Symbolen gesprochen. Was ist damit?"

Explorer 9: „Am Boden sehr vieler Straßen habe ich auch weiße Streifen an den Seiten links und rechts sowie in der Mitte festgestellt. Die Streifen sind unterschiedlich: ausgezogen, unterbrochen, doppelte Streifen und anderes. Offenbar haben sie eine bestimmte Bedeutung für die Autos, sie vermitteln eine Information. Am einfachsten zu interpretieren sind die Pfeile auf den Schildern, zum Beispiel bedeutet der Pfeil nach rechts, dass das Auto nach rechts abbiegen soll. Ebenfalls simpel sind Signalampeln mit hellen, grauen und dunklen Lichtern, welche STOP resp. FAHREN signalisieren. Dann gibt es auch sich schnell bewegende Autos mit sehr kräftigen Lichtquellen *(Blinklichter der Polizei, Feuerwehr, Sanitäter)*. Die Blinklichter an den beiden Seiten der Autos sind überall erkennbar."

Explorer 10: „Ja, das ist eindrücklich. Nun hast du gesagt, die Autos können ‚lesen‘. Da bin ich nicht ganz einverstanden. Sie können bestimmte Muster von Buchstaben interpretieren, zum Beispiel STOP, aber das ist doch noch nicht das, was wir als lesen bezeichnen. Wir haben eine sehr differenzierte Sprache. Anhand vieler Wörter können wir einen komplexen Sachverhalt mitteilen und in schriftlicher Form kann er gelesen werden. Das ist doch nicht dasselbe wie einfach nur ein Muster erkennen und dieses interpretieren!"

Explorer 9: „Gut, ich will nicht über die Bedeutung von ‚lesen‘ streiten. Ich nehme das ‚Lesen‘ zurück, aber die Autos können die Muster, die auf den Schildern erscheinen, erkennen und richtig interpretieren. Mustererkennung ist für sie möglich und sie richten ihr Verhalten danach aus, und das funktioniert. Deshalb bin ich der Meinung, dass Autos eine beachtliche Intelligenz haben."

Explorer 10: „Ja, da bin ich deiner Meinung, und was du bezüglich der Worte, Zahlen und der Regionsbezeichnungen herausgefunden hast, finde ich toll. Aber die Menschen sind aus meiner Sicht bezüglich der Kommunikation noch weiter entwickelt als die Autos."

Explorer 9: „Wie denn das? Da bin ich wirklich sehr gespannt, was du dazu vorzubringen hast."

Explorer 10: „Bei Ansammlungen von Menschen zeigen meine Aufnahmen, dass oft ein gegenseitiger Informationsaustausch stattfindet. Dies wird an den Gesten der Menschen ersichtlich, die auf einen anderen Menschen gerichtet sind und von diesem auch wieder mit Gesten beantwortet werden, zum Beispiel mit einem Zuwinken. Es gibt auch Menschen, die den Verkehr regeln und mit den Armen zeigen, wann Autos fahren und Menschen die Straße überqueren dürfen und wann nicht. Oder die Verkehrsregelung bei einem Unfall.

Es ist ein Hin und Her von Gesten, mit den Armen, den Händen und der Kopfneigung. Das hat mich erstaunt, weil wir so etwas nicht kennen, oder nur ansatzweise beim Kopfnicken. Die Menschen scheinen hier über einen besonderen Kommunikationskanal zu verfügen."

Und der Explorer fährt fort: „Dann will ich die Kommunikation beim Bau eines Hauses ansprechen. Ich habe den Bau eines großen Gebäudes mitverfolgt und gesehen, wie komplex die Koordination der verschiedenen Menschen ist, die am Bau arbeiten. Dabei setzen sie wiederum ihre Gestik ein, winken anderen Menschen zu, damit sie ihnen bei ihrer Arbeit Unterstützung leisten, oder sie winken Fahrzeuge (Lastwagen) herbei, die ihnen Werkstoffe anliefern, die sie für den Bau benötigen, und so weiter.

Dieses Hin und Her von Hinweisen und Anweisungen, also das eigentliche Kommunizieren, das sehe ich bei den Autos nicht. Sie können verschiedene Signale und Muster von Buchstaben erkennen, eben im Sinne der Mustererkennung, aber sie können nicht richtig kommunizieren. Zumindest habe ich das bisher noch nicht gesehen.

Die Menschen können die Signale und Schilder, die du erwähnt hast, auch erkennen und interpretieren. Sie überqueren die Straße auch erst, wenn die Signalampel auf hell gestellt ist. Sie erkennen auch die Schilder, zum Beispiel am Bahnhof. Sie gehen dort in den Bahnhof hinein, wo sich das Schild ENTER befindet, und nicht beim Schild EXIT. Aber sie sind nicht nur Empfänger von Signalen, sondern auch Sender von Anweisungen, wie zum Beispiel durch Zuwinken. Das finde ich etwas Besonderes."

„Und da ist noch eine andere wichtige Beobachtung", fährt Explorer 10 fort: „Es macht den Anschein, als ob Menschen längere Texte mit sehr vielen Worten verstehen. In den großen Zentren mit vielen hohen Gebäuden, wo es auf den Straßen nur noch Menschen gibt und keine Autos, sind an den Häusern Leuchttafeln, auf denen Worte, Zahlen und Bilder aufleuchten. Dort sieht man, wie Menschen diese Texte ‚lesen', einige bleiben sogar stehen, um den fortlaufenden Text zu lesen. Das sind nicht nur einzelne Worte und Begriffe, wie auf den Schildern entlang der Straßen, sondern auch längere Texte mit sehr vielen Worten.

Daraus kann man meines Erachtens entnehmen, dass die Menschen dort auf den Leuchttafeln die langen Textstellen verstehen und nicht bloß einzelne Begriffe oder Zeichen. Menschen können Texte vermutlich besser interpretieren als Autos. Und sie können abgestimmt auf das Gelesene Entscheidungen treffen. Das ist eine revolutionäre Beobachtung, finde ich."

Nach diesen langen Ausführungen bemerkt Explorer 9: „Ja, ich bin beeindruckt von dem, was du da über die Menschen festgestellt hast. Da stellt sich die Frage: Könnten wir Explorer diese Form der Kommunikation von Menschen auch lernen? Die Symbole und Zahlen sind ja nicht so schwer zu erlernen, aber diese ganzen Texte auf den Leuchttafeln? Das wird dann schon sehr schwierig."

Explorer 10 nickt zustimmend. „Aber es gibt noch mehr offene Fragen: Wer schreibt die Tafeln, Schilder, Texte für die Leuchtreklametafeln? Was bedeuten die Zahlen?"

Explorer 10 bemerkt: „Ich habe beobachtet, wie Menschen Schilder an der Straßenseite aufgestellt haben, auf denen der Text schon geschrieben stand. Ich frage mich, ob es die Menschen sind, die diese Texte schreiben, die dann andere Menschen und auch Autos erkennen. Wenn dem so wäre, könnten sich die Menschen in einer Sprache verständigen, lesen und schreiben, so wie wir. Und sie könnten gewisse Informationen den Autos vermitteln."

Explorer 9: „Es ist doch eigenartig! Wir haben jetzt über die Flugobjekte und die Bahnen gar nicht gesprochen."

Explorer 10: „Ja, sie geben uns aber auch kaum neue Aufschlüsse zur Kommunikation. Die Bahnen orientieren sich an Signalen, aber damit hat es sich. Die Flugobjekte kommunizieren sicher bei ihrer Landung mit der Flugzentrale und auch mit anderen Flugobjekten, aber wie das geht, konnten wir bisher noch nicht erkennen."

Explorer 9: „Vielleicht ist es sinnvoll, wenn wir uns die Texte auf den Leuchttafeln genauer ansehen, nach und nach mehr Buchstabengruppen erkennen und damit eine Art Wörterbuch erstellen. Die Texte beinhalten ja eine Botschaft. Vielleicht helfen uns unsere Rechner, diese Botschaften zu entschlüsseln."

Explorer 10: „Das finde ich eine ausgezeichnete Idee. Packen wir das doch an!"

10

Die Vorstellung von Raum und Zeit wird konkreter

Bei Captain Brown hatten sich zwei Explorer für die neue Erkundungsstation „ES Raum und Zeit" gemeldet. Ihre Kenntnisse in Mathematik und Physik hatten Captain Brown imponiert. Nun sind sie als Explorer 11 und 12 aufgenommen. Explorer 11 konzentriert sich auf die Messung der Ausdehnungen und Distanzen, Explorer 12 tastet sich an die Erfassung der Zeit heran.

Die beiden sind überzeugt, dass auf der Erde andere Maßeinheiten verwendet werden als dies bei ihnen der Fall ist. Bemerkenswert ist, dass die Menschen eine ähnliche Vorstellung haben über die Dimensionen Raum und Zeit. Das ist ja nicht selbstverständlich. Explorer 11 hörte von Kollegen der Erkundungsstation Kommunikation, dass sie begonnen hätten, eine Art Landkarte mit den Namen verschiedener Zentren zu erstellen. Sie verwenden dazu die „Weltkarte", die von der ES-

Geo erstellt und dauernd verfeinert wird. Dabei sind ihnen gewisse Bezeichnungen auf den verschiedenen Schildern entlang der Straßen aufgefallen, die nebst der Bezeichnung der Zentren auch zusätzliche Angaben enthielten. Sie nannten dazu ein Beispiel: „Los Angeles 22 miles" und „Los Angeles 484 miles". Dann erwähnten die Kollegen noch, dass es zwei Kategorien von Zeichen gebe: Buchstaben und Ziffern.

Hier nun ist Explorer 11 hellhörig geworden. Die Zahlen 22 und 484 vermitteln vermutlich eine ganz andere Information als die Buchstaben bei „Los Angeles", die auf das Zentrum verweisen. Als mathematisch geschulter Explorer vermutet er, dass es sich bei den Zahlen um eine Mengenangabe handeln könnte, vermutlich die Entfernung des Schildes vom Zentrum „Los Angeles". Er nimmt deshalb mit seinen Kollegen von der ES Kommunikation Kontakt auf und bittet sie, auf der Landkarte, die sie entwerfen, anzugeben, wo sich die beiden Schilder „Los Angeles 22 miles" und „Los Angeles 484 miles" befinden. Ideal wäre zudem, wenn sie noch mehr solche Schilder mit der Aufschrift „Los Angeles --- miles" ausfindig machen und auf der Landkarte einzeichnen könnten. Vielleicht resultieren daraus Hinweise, was die verschiedenen Zahlen bedeuten.

Nach kurzer Zeit melden sich Explorer 9 und 10 der ES Kommunikation mit der Landkarte. Darin sind nun mehrere Punkte eingetragen, mit Angaben zu „Los Angeles" und „... miles". Neu dazu kommen Schilder mit den Zahlen 92, 250 und 360. Explorer 11 bedankt sich sehr für ihre prompte Hilfe, die für ihn sehr aufschlussreich sei. Er sieht nun auf der Landkarte, dass das Schild „Los Angeles 22 miles" sehr nahe beim Zentrum von Los Angeles ist und das Schild „Los Angeles 484 miles" sehr weit entfernt. Die Zahlen sind offenbar ein Maß für die Entfernungen zu Los Angeles.

Dazwischen sind die drei weiteren Schilder mit den Zahlen 92, 250 und 360 auf der Landkarte eingetragen. Nun misst er auf der Landkarte – so gut das überhaupt möglich ist – die Distanz zwischen dem Zentrum und den Punkten 22 respektive 92 und sieht, dass die 22 rund viermal in der Zahl 92 enthalten ist und die Zahl 92 rund viermal in der Zahl 360. Damit bekommt er einen Eindruck, wie das Zahlensystem möglicherweise aufgebaut ist, aber er hat es noch nicht genau erfasst.

Eine Hilfe sind ihm Schilder bei anderen Zentren, so zum Beispiel die Schilder „Santa Monica 3 miles" und „Santa Monica 6 miles". Hier erkennt er, dass die Distanz 6 miles doppelt so groß ist wie diejenige von 3 miles. Auch beim Zentrum „Santa Barbara" gibt es mehrere Schilder. Dies und verschiedene andere Schilder helfen ihm schließlich, die Zahlenreihe und das Zahlensystem zu erkennen. Die Zahlenreihe mit jeweils gleichen Abständen geht von 1, 2, 3, 4, 5, 6, 7, 8, bis 9. Überraschend ist nun, dass für den nächsten Schritt die Kombination von zwei Zeichen verwendet wird, nämlich 1 und 0, also die Zahl 10. Dann geht es weiter mit 10, 11, 12 und so fort bis 19, gefolgt von nun logischerweise 20. Bei 99 geht es weiter mit 100. Damit erkennt er das Zehnersystem.

Bei der Zahl 484 gibt es, (*übersetzt in die Sprache der Menschen*), 4 Einer, 8 Zehner und 4 Hunderter. In der Zahl 484 ist die Zahl 121 viermal enthalten. Er erkennt nun auch die vier Rechenoperationen Addition und Subtraktion sowie Multiplikation und Division, bezogen auf das Zehnersystem.

Dann gibt es hier noch das Rätsel um das Wort „miles". Was bedeutet das? Es muss eine Streckeneinheit sein.

(*Die Explorer verwenden auch Streckenmaße und haben dafür spezielle Einheiten respektive Namen, die wir natürlich nicht verstehen. Deshalb sprechen wir bei Distanzen von „Meilen" und verwenden den Begriff in der Sprache der Menschen*).

Explorer 11 versteht nun, welche Distanz die Einheit „Meile" umfasst. Er kann auch die Distanz zwischen Los Angeles und New York schätzen, wobei diese Schätzung nicht genau ist. Eine Meile ist eine beachtlich große Einheit für die Distanz. Vermutlich gibt es kleinere Einheiten, die einen Bruchteil einer Meile repräsentieren. Aber er hat diesbezüglich keine Anhaltspunkte gefunden. Er vermutet, dass man dort eine kleinere Maßeinheit findet, wo etwas gebaut wird, ein Haus oder eine Straße. Deshalb konzentriert er sich nun auf Menschen, die mit dem Bau beschäftigt sind. Er erkennt, dass vor Baubeginn auf dem Boden mittels hell-dunkel markierter Masten die Umrisse eines Hauses oder die Linienführung einer Straße abgesteckt werden. So ist ersichtlich, wo gebaut werden soll.

Die Menschen verwenden bei der Ausmessung eine Art Stab, der etwas größer ist als sie selbst und Hell-Dunkel-Markierungen aufweist *(Messlatte)*. Mit dem Stab bestimmen sie die Distanz zwischen zwei Masten, indem sie den Stab mehrere Male auf den Boden legen, je nach der Größe des Hauses oder der Straße. Explorer 11 vermutet deshalb, dass diese Messlatte eine weitere Maßeinheit für die räumliche Ausdehnung ist.

Explorer 11 berichtet seinem Kollegen über die Erkenntnisse, die er gewonnen hat. Für ihn bestehen keine Zweifel: „Die Autos können die Schilder entlang der Straßen lesen, verstehen die Distanzangaben in Meilen, kennen das Zahlensystem und können dadurch addieren und subtrahieren. Vermutlich kennen sie auch Multiplikation und Division. Autos sind zweifellos kluge Objekte. Erinnerst du dich noch, wie sich seinerzeit Explorer 9 über die Autos geäußert hat? Er sagte: ‚Obwohl die Flugobjekte natürlich sehr beeindruckend sind, wenn sie beim Start von der Erde abheben und den Luftraum durchqueren, finde ich die Autos intelligenter‘. Da bin ich mit Explorer 9 gleicher Meinung: Die Autos sind die klügsten bewegten Objekte auf der Erde."

„Aber schau mal auf die Menschen", fährt Explorer 12 fort: „Sie verwenden eine Messlatte als Maßeinheit für die räumliche Ausdehnung. Das deutet darauf hin, dass sie ebenfalls eine Vorstellung von Distanz haben. Ungewiss ist aber, wie viele Messlatten es für eine Meile braucht und ob sie ebenfalls die vier Grundoperationen der Mathematik kennen."

Explorer 11 nickt zustimmend. Er hat mit großem Interesse zugehört und meint, dass sie dank dieser Beobachtungen einen bedeutenden Schritt vorangekommen seien, auch wenn sich nun neue Fragen ergeben haben.

Nun erläutert Explorer 12 seine Überlegungen zur Zeit. „Bei den Bahnen haben wir festgestellt, dass sie sich nach einem bestimmten Zeitplan bewegen, den sie oft präzise einhalten, das gilt auch für Busse. Dies deutet darauf hin, dass sie eine bestimmte Vorstellung von Zeit haben und sich alle danach ausrichten. Zu einem bestimmten Zeitpunkt haben alle die gleiche Zeit, was ihnen vermutlich von einem übergeordneten Steuerungssystem vermittelt wird."

„Der Bau von Häusern und Straßen, an denen Menschen und Autos maßgeblich beteiligt sind, weisen darauf hin, dass sich Menschen und Autos bezüglich der Zeit orientieren können, sei das durch ein externes Steuerungssystem, das ihnen die Zeit vorgibt, oder durch ein eigenes, im einzelnen Menschen und in Autos eingebautes Steuerungssystem, oder beides. Es macht Sinn, dass alle bewegten Objekte, mit Ausnahme der ‚bewegten Objekte rund', mit einem externen Steuerungssystem verbunden sind, das ihnen die genaue Zeit vermittelt, wonach sie sich ausrichten können. Aber wo ist dieses externe Steuerungssystem und wie erfasst es die genaue Zeit? Offenbar wird die Zeit sehr präzise erfasst, wenn man an die Eisenbahnzüge denkt, die alltäglich zum genau gleichen Zeitpunkt wegfahren."

Explorer 11 nimmt den Gedanken auf: „Für die bewegten Objekte der Erde muss der Tag-Nacht-Rhythmus, eine alltäglich erlebbare Veränderung der Zeit, eine wichtige zeitliche Orientierung sein. Viele Aktivitäten beginnen morgens, wenn es hell wird, und enden abends, wenn es eindunkelt. Es ist deshalb naheliegend, dass sie diese Tag-Nacht-Einheit als eine übergeordnete Zeiteinheit betrachten, die sie in kleine Einheiten unterteilen. Aber wie geschieht diese Unterteilung?"

Explorer 12: „Ich könnte mir vorstellen, dass die Methode mit den Schattenstäben eine erste Orientierung geben kann. Dabei wird ein Stab in den Boden eingesteckt, der einen Schatten auf den Boden wirft, wenn die Sonne kräftig scheint. Im Laufe des Tages verändert sich der Schatten und zeichnet auf dem Boden eine Kreisbewegung, die man in Abschnitte unterteilen kann. (Sonnenuhr). Damit hat man einen Anhaltspunkt, welche Zeit ungefähr ist. Das ist aber eine sehr ungenaue Methode und sie funktioniert nicht, wenn die Sonne verdeckt ist.

Ein anderes Vorgehen wäre der Einsatz eines sehr grossen Pendels. Letzteres würde mittags beim höchsten Sonnenstand angestoßen und sodann dauernd in Bewegung gehalten. Dann kann man die Anzahl Pendelbewegungen zählen, die bis zum höchsten Sonnenstand am darauffolgenden Tag stattfinden. Eine Pendelbewegung ist dann die Zeiteinheit. Die aktuelle Zeit entspricht dann der Anzahl der Pendelbewegungen, die bis zu diesem Zeitpunkt stattgefunden haben. Fragt man sich zum Beispiel bei Sonnenuntergang nach der aktuellen Zeit, wird man eine niedrige Zahl an Pendelbewegungen erhalten, weil seit dem höchsten Sonnenstand am Mittag noch nicht viel Zeit verstrichen ist. Erkundigt man sich bei Sonnenaufgang am darauffolgenden Tag nach der Zeit, wird man eine hohe Pendelzahl erhalten. Diese Methode ist jedoch auch nicht sehr genau und hat zudem eine Reihe anderer Nachteile."

„Dann wissen wir also nicht, welche Zeiteinheit auf der Erde verwendet wird und mit welcher Methode dies bestimmt wird? Und wie die genaue aktuelle Zeit allen bewegten Objekten übermittelt wird?", fragt Explorer 11.

„Ja, ich sehe das auch so. Das ist eines der vielen Rätsel, die wir noch nicht gelöst haben", antwortet sein Kollege.

Inzwischen unterhielt sich Explorer 12, als er vor kurzem die Erkundungsstation Geo besuchte, mit den drei Kollegen und erwähnte dabei auch das Thema der Zeitmessung und der ungelösten Fragen. Da bemerkte Explorer 2, dass er eine Beobachtung gemacht habe, die vielleicht interessant sein könnte.

„Bei der genaueren Beobachtung der großen Zentren sind mir eigenartige Häuser und Gebäude aufgefallen, die einen Turm hatten, der höher war als die umliegenden Häuser und Gebäude. Oft war der Turm schmal und hoch und unterschied sich dadurch von den anderen Gebäuden. Das hat mich interessiert, aber auch deshalb, weil an sechs Tagen nur sehr wenige Menschen in das Gebäude eintraten, aber am siebten Tag sehr viele.

Mehrere dieser Turmgebäude hatten an der Seite zur Straße eine große, runde Tafel oben an der Wand. Außen an der runden Tafel waren Zeichen und in der Mitte waren zwei Stäbe montiert, die sich langsam im Kreis bewegten. Der größere Stab (Zeiger) drehte sich schneller. Wenn er drei volle Kreisbewegungen durchlaufen hatte, hatte der kleine Stab lediglich ein Viertel des Kreises zurückgelegt. Aufgefallen ist mir auch, dass diese Stäbe ebenfalls an allen nachfolgenden Tagen in Bewegung waren, auch nachts." Explorer 12 war erstaunt und erkundigte sich, ob davon Aufnahmen erstellt wurden und ob er sie ansehen könne. Das wurde bejaht.

Explorer 12 bekam nun eine Zusammenstellung von Aufnahmen mit Turmgebäuden, alle mit einer runden Tafel an der Wand. Dabei konnte er feststellen, dass der dargestellte Kreis immer in 12 Teile aufgeteilt war, meistens beschriftet mit den Zeichen I, II, III, IV, V, VI, VII, VIII, IX, X, XI und XII. Dieses letzte Zeichen stand immer ganz zuoberst, das Zeichen VI immer zuunterst nahe beim Erdboden. Vereinzelt hatte es auch bloß die Zeichen 3, 6, 9, 12, oder aber die zwölf Zeichen 1, 2, 3, 4, 5, 6, 7, 8, 9, 10, 11, 12. Wenn sich der große Stab einmal ganz gedreht hat, legt der kleine Stab lediglich einen der 12 Schritte zurück. Interessant war, dass die Zahlenreihe hier bis zur 12 geht und nicht bis zur 10.

Explorer 12 entdeckte noch etwas: „Wenn die Sonne aus der Sicht des Ortes, wo das Turmgebäude stand, ungefähr den höchsten Punkt erreicht hatte, befinden sich beide Stäbe oben beim Zeichen XII oder auf der Zahl 12. Ist der kleine Stab, der sich langsam bewegt, nach zwei vollen Umdrehungen wieder bei 12 angekommen, ist genau ein Tag verstrichen und die Sonne hat auch wiederum den höchsten Punkt erreicht. Ein Tag hat somit 24 Einheiten, bezogen auf den kleinen Stab."

Ferner beobachtete er, dass sich in großen Zentren oft hohe Säulen befinden, an denen oben ebenfalls eine runde Tafel mit einem Kreis eingebaut ist, auch in 12 Einheiten aufgeteilt. Die großen und kleinen Stäbe hatten die gleiche Position wie die Stäbe an den Turmgebäuden. Es gibt auch runde Tafeln, die haben nicht nur 12 Einheiten, sondern insgesamt 60, dargestellt mit kleinen Strichen. Explorer 12 folgert daraus, dass es auf der Erde ziemlich sicher folgende Zeiteinteilung gibt:

1 Tag hat zweimal 12 = 24 Schritte beim kleinen Stab *(24 Stunden)*

1 Schritt entspricht einer vollen Drehung des großen Stabes und umfasst 60 kleine Striche *(60 Minuten)*

Explorer 11 bemerkt, dass auf der Erde offenbar verschiedene Zählarten verwendet werden. Bei den Meilen wird das Zehnersystem verwendet, mit den Zahlen 0 bis 9, bei der Zeit jedoch 24 Schritte, bezogen auf einen Tag, und 60 kleine Striche, bezogen auf einen Schritt. Ein einheitliches Zählen wäre doch sinnvoller, meint er. Es ist ihm nicht klar, was der Grund ist und wo die Vorteile für die verschiedenen Zählarten liegen.

Nun weist Explorer 12 noch auf etwas hin, das unstimmig und nicht logisch ist. „Diese runden Tafeln sind immer dort anzutreffen, wo sich viele Menschen befinden. Dies könnte bedeuten, dass die Menschen sich an diesen Tafeln zeitlich orientieren, die Autos, Bahnen und Flugobjekte jedoch nicht, weil sie mit einem unabhängigen Steuerungssystem in Verbindung stehen und so zeitlich orientiert werden. Aber bisher haben wir angenommen, dass alle bewegten Objekte mit demselben, übergeordneten Kontrollorgan verbunden sind, auch die Menschen. Etwas ist nicht stimmig bei unseren Überlegungen."

Explorer 11 und 12 sind jedoch zufrieden mit all die Entdeckungen, die sie gemacht haben. Sie staunen, was Autos und Menschen alles kennen und wie sie sich organisieren. Für Explorer 11 sind Autos die klügsten bewegten Objekte auf der Erde. Explorer 12 ist der Meinung, dass die Bewertung der Menschen revidiert werden muss, weil sie deutlich mehr können als bisher angenommen.

11

Können Menschen Autos steuern?

Bei den Explorern 4, 5 und 6 der Erkundungsstation „ES Bewegte Objekte" konzentriert sich ein Schwerpunkt ihrer Arbeit auf die spezifischen Kompetenzen der Flugobjekte, Autos und Menschen. Für sie, aber auch für die anderen Explorer, ist klar, dass Menschen „Hilfsobjekte" sind, sich nicht autonom verhalten und von einem übergeordneten Kontrollorgan geleitet werden. Im Gegensatz dazu sind Flugobjekte und Autos zwar auch von einem übergeordneten Kontrollorgan beeinflusst, können sich jedoch weitgehend autonom bewegen und haben eine höher entwickelte Intelligenz als Menschen. Ihr autonomes Verhalten lässt die Frage aufkommen, ob bei ihnen so etwas wie eine authentische Individualität entstanden ist, ein authentisches Ich, das weitgehend unabhängig von der technologischen Steuerung des übergeordneten Steuerungssystems vorhanden ist und frei Entscheidungen treffen kann, so etwa wie bei ihnen, den Explorern. Oder ob es sich bei Flugobjekten und Autos um hochintelligente Roboter handelt, die gemäß dem Plan des übergeordneten Steuerungssystems handeln.

Die Explorer kommen bei diesen Gedanken und Fragen nicht weiter und konzentrieren sich wieder auf die Menschen. „Den Menschen, den ‚Hilfsobjekten', muss autonomes Verhalten jedenfalls abgesprochen werden", meint Explorer 3. „Aber Roboter, so wie wir sie verwenden, sind sie auch nicht. Deshalb haben wir ja auch die Bezeichnung ‚Strichroboter' aufgegeben. Wäre es möglich, dass sie eine Art denkende Roboter sind, also DERO, ähnlich wie sie bei uns auf der Marsbasis zurzeit in Entwicklung sind?"

Die Rolle der Menschen als Hilfsobjekt ist auf jeden Fall klärungsbedürftig, da sie bei erstaunlich vielen Aktionen in Erscheinung treten. Dies geht nun aus den zunehmend detaillierteren Beobachtungen der Menschen hervor, die dank der besseren Teleskope möglich sind.

Solche Beobachtungen wurden zum Beispiel beim Bau von Häusern und Straßen gemacht, bei den zahlreichen präzisen Interaktionen der Menschen mit Autos. Bei den Aufnahmen hat Explorer 4 ein Fahrzeug gesehen, das einem Auto gleicht, aber kein Dach hat. Das Fahrzeug wurde beim Bau einer Straße gesehen, wo es immer hin und her fuhr und dabei Erde auf- und an einem anderen Ort wieder ablud (Bagger). Hier war auch erkennbar, dass das Fahrzeug von einem Menschen gesteuert wurde, der mittels Hebel das Ladegut auskippte und mit dem Steuerrad das Fahrzeug lenkte, manchmal beides zusammen. Es handelt sich somit um Aktivitäten, die vom Menschen selbst vorgenommen wurden.

Auf dem Lande konnten die Explorer Menschen in einem Fahrzeug ebenfalls ohne Dach beobachten, die auf dem Feld hin und her fuhren *(Traktoren)*. Es war deutlich ersichtlich, dass diese Fahrzeuge sich nur dann in Bewegung setzten, wenn ein Mensch aufgestiegen war und das Lenkrad betätigte. Schließlich beobachteten sie auch gewöhnliche Autos ohne Dach, in dem sich ein Mensch befand, manchmal auch mehrere.

Und da war noch eine weitere Beobachtung: An vielen Orten in den Zentren, aber auch außerhalb, wurden neuartige bewegte Objekte mit nur zwei Rädern beobachtet, die nicht so groß sind wie Autos, sich aber sehr flink auf den Straßen bewegen. Eigenartig ist, dass sie sich erst dann bewegten, wenn ein Mensch sie ergriffen hatte und aufgestiegen war *(Motorräder, Fahrräder)*. Daraus vermuten die drei Explorer, dass es die Menschen sind, die diese kleinen Fahrzeuge steuern. All dies macht den Anschein, als ob zumindest diese Menschen Fahrzeuge ohne Dach sowie Motorräder lenken können. Und da stellt sich die Frage, ob Menschen nicht alle Autos lenken können, nicht nur jene ohne Dach.

Explorer 4 wendet sich an seine Kollegen: „Diese Beispiele zeigen mir, dass Menschen in vielen Situationen autonomes Verhalten zeigen. Ich bin mir deshalb nicht mehr so sicher, ob nur Autos und Flugobjekte autonome Wesen sind, so wie wir das bisher vermutet haben. Vielleicht müssen wir Menschen in puncto Intelligenz höher einstufen. Es scheint mir, dass Menschen in vielen Situationen eine nicht unbedeutende Rolle spielen. Aber welche?"

Explorer 5 meldete sich: „Ich habe noch eine andere bemerkenswerte Beobachtung gemacht: In der Nacht werden an vielen Orten große Busse auf Plätzen abgestellt. Morgens bei Tagesanbruch konnte ich feststellen, dass Menschen zu den Bussen kamen und darin verschwanden, worauf die Busse kurze Zeit später weggefahren sind. Sie fuhren immer erst dann weg, wenn mindestens ein Mensch zugestiegen war.

Daraufhin habe ich diesen Vorgang auch bei den Bahnen untersucht, die nachts außerhalb der Bahnhöfe abgestellt sind. Auch hier konnte ich feststellen, dass die Bahnen sich erst dann fortbewegten, wenn ein Mensch vorne am Zug zugestiegen war. Für mich ist es klar: Es sind Menschen, die Züge, Autos und Busse selber in Bewegung setzen und steuern. Der Vorgang der Lenkung liegt ganz in ihren Händen. Und deshalb sind sie den Zügen und Autos überlegen, also intelligenter."

„Das würde bedeuten", meint Explorer 6, „dass Menschen tatsächlich oft diejenigen sind, welche diese Objekte in Bewegung setzen, also zum Beispiel ein Auto steuern. Aber meiner Meinung nach läuft es anders: Die Menschen sind Hilfsobjekte und signalisieren dem Objekt, dass aus ihrer Sicht der Start erfolgen kann. Sie überbringen lediglich die Nachricht, dass gestartet werden kann. Das Objekt selbst löst den Start aus und übernimmt die Steuerung, und nicht der Mensch." Die beiden sind sich nicht einig. Sie stimmen jedoch darin überein, dass der Mensch so oder so eine nicht zu übersehende Bedeutung hat. Die Menschen stellen eine notwendige Bedingung für den Start, aber keine notwendige und hinreichende Bedingung dar.

Explorer 4 fasst zusammen: „Diese verschiedenartigen Aktivitäten der Menschen deute ich so, dass Menschen vermutlich deutlich komplexer und intelligenter sind als Flugobjekte und Autos, aber irgendwie auch chaotischer. Ich bin gespannt, wie Captain Brown und die Kollegen der Erkundungsstation Alpha, Explorer 7 und 8, darauf reagieren."

„Ich vermute, dass Menschen für die bewegten Objekte eine Energiequelle sind, ohne die keine Bewegung stattfindet. Erst wenn die Energieversorgung gegeben ist, kann das bestehende Kontrollorgan aktiviert und somit die Bewegung ausgelöst werden", bemerkt Explorer 6 und fährt fort:

„Es ist für uns schwierig, bei den Fragen nach der Energieversorgung und dem Kontrollorgan weiter voranzukommen. Würde es uns helfen, wenn wir einen auf dem Land abgestellten Traktor kapern, ihn mit dem digitalen Assistenten und einem Roboter in unsere Basisstation bringen und dort auseinandernehmen? Ich hatte diese Idee ja schon einmal vorgebracht. Wir würden damit nicht gegen das Landeverbot verstoßen, weil die Aktion aus der Luft erfolgen würde."

„Wir könnten das ja Captain Brown vorschlagen, er kann nicht mehr als nein sagen", antwortet Explorer 5 und fährt fort: „Ich verstehe nicht, wieso es auf der Erde so viele Bewegungen von Flugobjekten, Bahnen, Autos und Menschen gibt. Wozu dient das alles? Es leuchtet mir ein, dass es beim Bau von Gebäuden und Straßen Transporte und Bewegungen geben muss. Aber das erklärt nicht, wieso es dermaßen viele Bewegungen gibt, die nicht mit dem Bau in Verbindung stehen. Viele der täglich zu beobachteten Bewegungen haben etwas mit den großen Gebäuden in den Zentren zu tun. Warum fahren morgens so viele Bahnen, Busse, Autos zusammen mit Menschen in diese großen Zentren, und warum gibt es am Abend eine gegenläufige Bewegung? Wozu dient das?"

Explorer 4 meint dazu: „Das ist interessant, was du sagst. Ich habe mir das noch nie überlegt und ich habe auch keine Antwort. Es zeigt mir, dass wir sehr, sehr viel noch nicht verstehen. Vielleicht können wir diese Frage, wozu das alles dient, Captain Brown vorlegen. Er hat ja mehr Kenntnisse über die ‚Mission Erde' als wir." Die Kollegen nicken zustimmend und Explorer 6 ergänzt: „Die Frage, wozu etwas dient, ist eine schwierige Frage, genauso wie die Frage nach dem Warum. Da gibt es viele Überlegungen und Vermutungen, die uns auf eine falsche Fährte führen können und uns nicht weiterbringen. Konzentrieren wir uns auf das Beobachten und Beschreiben, was ja auch nicht immer so einfach ist."

12

Neues Meeting:
Mehr Interesse für die Menschen

„Hallo Kollegen", eröffnet Captain Brown das Meeting.

„Zuerst erfolgt eine Mitteilung in eigener Sache: Die Raumstation muss sich verschieben, da sie plötzlich von der Erde aus gesehen werden könnte. Es hat sich gezeigt, dass die Rückseite des Mondes nicht ganz geschützt ist vor Einblicken von der Erde. Warum dies so ist, wissen wir nicht. Beim nächsten Meeting wird sich deshalb die Raumstation an einem anderen Ort befinden, aber nicht weit von hier entfernt. Diese Situation ist auch für unsere Erkundungsstationen wichtig, da sie sich eventuell ebenfalls verschieben müssen. Es darf nicht sein, dass wir Teile der Erde von hier aus sehen und man uns deshalb von der Erde aus auch erkennen kann. Ich bitte, das zu beachten."

„Nun zu den aktuellen Ereignissen: Die Leitung hat bei ihren Bodenproben auf dem Mond Substanzen gefunden, die möglicherweise die Entstehung von Leben ermöglichen. Es geht darum, diese Substanzen näher zu analysieren. *(In der Sprache der Menschen sind es die Stoffe Kohlenstoff, Wasserstoff, Sauerstoff, Stickstoff, Schwefel und Phosphor.)* Was die Erkundungsstationen betrifft, so sind wir in der Leitung sehr zufrieden mit ihren Beobachtungen. Von der ES-Kommunikation erfahren wir, dass Autos und Menschen Schilder und Signale lesen können. Dabei werden auf der Erde offenbar verschiedene Schriftarten und Zählsysteme verwendet. Explorer 10 hat herausgefunden, dass es eine weit verbreitete Schrift mit 25 Buchstaben und ein Zählsystem mit 10 verschiedenen Ziffern gibt. Sein Vorschlag ist, dass wir versuchen sollten, die Sprache der Menschen auf der Erde besser zu verstehen. Das nehmen wir gerne auf."

„Auch von der Erkundungsstation Raum und Zeit erhalten wir spannende Informationen", fährt er fort. „Von den Explorern 11 und 12 erfahren wir, dass auf der Erde die Distanz mit dem Begriff ‚Meile' erfasst wird. Die einzelnen Regionen auf der Landkarte können nun vermessen werden und man versteht, was mit der Bezeichnung ‚Los Angeles 250 miles' gemeint ist. Dann haben die beiden Explorer auch noch das Distanzmaß ‚Messlatte' erkannt, welches die Menschen beim Bau von Häusern und Straßen verwenden."

„Auch bei der Frage nach der Zeitmessung sind wir weitergekommen. Vieles spricht dafür, dass die Menschen den Tag in zweimal 12 Abschnitte unterteilen, und diesen nochmals in 60 kleine Zeitabschnitte. Wir wissen aber nicht, ob das für die anderen bewegten Objekte auch gilt und ob ein übergeordnetes Steuerungssystem besteht, das diese Zeitmessung ebenfalls verwendet."

Captain Brown fährt fort: „Von der Erkundungsstation Bewegte Objekte erfahren wir, dass Menschen offensichtlich Autos ohne Dach, ferner Motorräder, Traktoren und Bagger selbstständig lenken können. Bei den normalen Autos sind sich die beiden Explorer 5 und 6 nicht einig. Explorer 5 behauptet, dass Menschen Autos und Busse selber lenken können, ohne Beeinflussung von außen. Der Vorgang der Lenkung eines Objektes liege ganz in ihren Händen. Explorer 6 sieht das nicht so. Seiner Meinung nach starten Menschen lediglich das Steuerungssystem, das sich in den bewegten Objekten befindet. Von diesem Moment an übernimmt das Kontrollorgan die Steuerung, nicht der Mensch."

Captain Brown bemerkt zu diesen Unklarheiten kritisch: „Nur weil Menschen in einen Bus einsteigen und dieser dann wegfährt, ist noch nicht bewiesen, dass es Menschen sind, die den Bus auch steuern. Das muss nochmals genauer überdacht werden."

Des Weiteren berichtet er, dass die Explorer 4, 5 und 6 sich Gedanken über das Kontrollorgan der Menschen gemacht hätten. „Die drei kommen zum Schluss, dass Menschen über ein autonomes Kontrollorgan verfügen, aber gleichzeitig auch von einem übergeordneten Kontrollorgan geleitet werden. Ferner – und das ist nun neu – sind sie der Meinung, dass Menschen deutlich kompetenter und intelligenter sind als Flugobjekte, Autos und Bahnen. Dies begründen sie mit der großen Vielfalt ihrer Aktivitäten. Ferner hegen sie die Vermutung, dass Menschen für die bewegten Objekte eine Energiequelle sind, ohne die keine Bewegung stattfindet."

Es sei klar geworden, meint Captain Brown, dass Menschen bei sehr vielen Aktivitäten involviert sind und daher über breitgefächerte Fähigkeiten verfügen. Sie müssen deshalb in einem neuen Licht gesehen werden. Für die Leitung ist es sehr bemerkenswert, dass Menschen:

- wie Autos auch lesen und darauf basierend Entscheidungen treffen können,
- eine Vorstellung von Raum und Zeit haben und die aktuelle Zeit kennen,
- selbstständig gewisse Fahrzeuge lenken können,
- eventuell bewegte Objekte mit Energie versorgen können,
- bei ihren Tätigkeiten vermutlich von einem autonomen und einem übergeordneten Kontrollorgan gesteuert werden.

Interessant sei auch die Idee, so Captain Brown, wonach wir die Sprache der Autos und Menschen besser kennenlernen sollten, auch um später mit ihnen in Kontakt zu treten. Dazu wäre es gut, zu wissen, wer die Schilder und Plakate schreibt. Diese Schreiber wären sicher wichtige Ansprechpartner, zu denen eine Kommunikation gesucht werden müsste.

Captain Brown berichtet nun abschließend: „Die Leitung ist über die große Komplexität und Intelligenz der Menschen erstaunt. Das führte zu unserem Entschluss, die Beobachtungen der Menschen fortzusetzen. Die Leitung ist unsicher geworden, ob es richtig war, die Prioritäten auf die Flugobjekte zu richten. Die Menschen müssen in einem neuen Licht betrachtet und deshalb mehr in den Fokus gestellt werden. Dies ist auch deshalb wichtig, weil die Ressourcen zur Entdeckung der Erde für die ‚Mission Erde‘ begrenzt sind und wir deshalb die richtigen Schwerpunkte setzen müssen.

Ich habe deshalb der Leitung einen Beurteilungskatalog für eine Neubewertung vorgelegt. Es geht um die Wichtigkeit der verschiedenen bewegten Objekte, wie Flugobjekte, Bahnen, Autos und Menschen, im Hinblick auf künftige Beobachtungen. Alle Mitglieder der Leitung und Commander C3 haben sich an der Neubewertung beteiligt. Die Antworten zeigen deutlich, dass Menschen mit Priorität beobachtet werden sollen, an zweiter Stelle stehen die Flugobjekte. Dann habe ich noch einen Auftrag für die Erkundungsstation ES-Geo: Es sollen etliche Proben der Erdatmosphäre beschafft werden, die von der Leitung anschließend analysiert werden. Die Art der Zusammensetzung und die Häufigkeit der einzelnen Bestandteile geben uns Auskunft über die Beschaffenheit des Planeten Erde."

Mit diesen Bemerkungen schließt Captain Brown das Meeting, hat jedoch noch Anliegen: Alle sollen darüber nachdenken, wie man vorgehen könnte, um eine Kommunikation zu den bewegten Objekten herzustellen. Und was die Leitung betrifft, wünscht er sich, dass diese sich stärker auf die Belange bezüglich der Erde konzentriert und nicht so sehr auf ihr Lieblingsthema, die dunkle Materie und die dunkle Energie im Universum. Und dass es in der Milchstraße rund 400 Milliarden Sterne gibt, sei im Moment auch nicht von zentraler Bedeutung.

Commander C3 ist mit dem neuen Erkenntnisstand zufrieden. Er kann dem Zentralrat auf der Marsbasis berichten, dass es auf der Erde fünf verschiedene bewegte Objekte, also Typen von Lebewesen gibt, wovon die Flugobjekte und nun auch die Menschen im Vordergrund stehen. Er kann ebenfalls detailliert die Fähigkeiten dieser fünf Typen beschreiben. Für den Zentralrat ist das wichtig, weil er sehr mit der ständigen Verbesserung der DERO, der „Denkenden Roboter", beschäftigt ist, die vielleicht als erste auf die Erde geschickt werden, noch vor den Explorern der „Mission Erde". Die hochintelligenten DERO müssen für eine Kontaktaufnahme mit den fünf Typen bewegter Objekte vorbereitet werden, vor allem bezüglich der Flugobjekte und der Menschen. Das erfolgt im Labor auf der Marsbasis. Ganz bewusst wird er Captain Brown und der Leitung nichts von den Aktivitäten mit den DERO berichten. Er will sie bei ihrem Einsatz der „Mission Erde" nicht demotivieren. Sie sollen glauben, dass sie die ersten sein werden, die auf der Erde landen, und nicht ein Roboter, mag er noch so intelligent sein.

13

Wie entstehen kleine Menschen?

Die beiden Explorer 7 und 8 der Erkundungsstation Alpha konzentrieren sich mit neuem Elan auf verschiedene Aktivitäten der Menschen, was auch im Sinne der Leitung ist. Das betrifft zum Beispiel die Bewegungsaktivität der Menschen, ihren Tagesablauf, der sich an den Tagen 6 und 7 verändert *(Wochenende)*, ihre Wohnsituation *(Wohnung, Haus)*, die häufigen kleinen Ausflüge von ihrer Wohnung in ein nahe gelegenes Zentrum, wo sie kurz darauf mit vollen Taschen zurückkehren *(Einkaufszentrum)*, ferner das Zusammensein mit anderen Menschen, oft ein Mann mit einer Frau, die Frau manchmal zusammen mit einem sehr kleinen Menschen.

Ihr eigentliches Interesse aber liegt bei den sehr kleinen Menschen, ferner bei den beiden Menschentypen Männer und Frauen. Diese Unterschiede gibt es ja bei den Explorern nicht. Aber es gibt noch einen anderen Grund für ihr Interesse: Wenn sie auf ihren Aufnahmen Männer und Frauen betrachten, die sich mit ihren Körpern sehr nahe kommen, sich berühren und mit den Armen umschlingen, dann haben beide Explorer eigenartige Gefühle. Sie beobachten dann ganz genau, was die beiden tun, und wiederholen dabei oft die gleichen Aufnahmen.

Explorer 7 bemerkt: „Ich sehe, dass du bei unseren Aufnahmen immer wieder diese Situation der Frau mit dem kleinen Kind anschaust. Ist das für dich besonders interessant und belustigend?"

„Ja, ich finde das irgendwie lustig, aber auch berührend. Und du?"

„Ja auch, aber ebenso die Aufnahmen von Umarmungen von einem Mann und einer Frau. Irgendwie ist es etwas komisch, dass wir diese Aufnahmen so ausführlich betrachten. Wir selbst würden das ja nie wollen, diese Umarmungen. Sollen wir die Aufnahmen Kollegen zeigen, sie kommen ja demnächst auf Besuch?"

„Ja, warum nicht?"

Die Kollegen besuchen sie hin und wieder, so auch jetzt. Sie schauen sich die Aufnahmen an, finden aber nichts Besonderes dabei. Sie verstehen nicht, weshalb die beiden Explorer 7 und 8 in diesen Aufnahmen etwas Belustigendes sehen. Die Menschen seien ohnehin komische Wesen, meinen sie, aber sicher nicht belustigend.

Explorer 7 und 8 Explorer realisieren einmal mehr, dass ihr Empfinden nicht dasselbe ist wie das der anderen. Da war ja schon einmal eine solche Situation mit den Kollegen, die eine Aufnahme anders wahrgenommen hatten als sie beide, und dann meinten, die beiden Explorer sollten bei ihren Beobachtungen sachlicher sein.

Sie beide haben aber zweifellos dieses eigenartig prickelnde Gefühl, das sie beim Abspielen der Aufnahmen von sehr kleinen Menschen empfinden. Diese Gefühle lösen sich auch nicht in Luft auf, wenn Kollegen das nicht so sehen und sie belächeln. Dass sie diese Empfindungen haben, ist auch ein Grund dafür, weshalb sich die beiden nun intensiver mit den kleinen Menschen befassen wollen. Ein weiterer Grund dafür wurzelt im Rätsel, woher die kleinen Menschen kommen und wozu sie nützlich sind. Und dazu gesellt sich ein weiteres Rätsel, das sie seit kurzem beschäftigt: Woher kommen wir Explorer?

Explorer 7 meint, dass sie diesen zweiten Punkt jetzt nicht angehen können, weil dies nicht zu ihrem Auftrag gehöre, aber die Erkundungen bezüglich der Menschen schon. Deshalb wollen sie hier weiter dranbleiben und der Frage nachgehen, woher die kleinen Menschen kommen und wie sie entstehen.

Auf der Suche nach einer Antwort beobachten sie die sehr kleinen Menschen, die in Behältern mit Rädern (*Kinderwagen*) liegen und von einem Menschen geschoben werden. Oft kommen diese Menschen mit dem kleinen Ding auf dem Arm aus einem Haus, legen es in den Wagen und bewegen sich in Richtung eines größeren Platzes (*Kinderspielplatz*) oder eines Zentrums (*Einkaufszentrum*), das sie zusammen mit dem sehr kleinen Menschen betreten, und kommen nach einer gewissen Zeit wieder heraus, um denselben Weg zurück zu dem Haus anzutreten. Die beiden Explorer vermuten, dass die sehr kleinen Menschen im Zentrum mit Energie versorgt werden. *(Wir bezeichnen fortan den sehr kleinen Menschen als „Kind").*

Sie erkennen zudem, dass die sehr kleinen Menschen, also die Kinder, mehrheitlich in Zusammenhang mit einer Frau gesehen werden und seltener mit einem Mann. Auch beobachten sie, dass diese kleinen Dinger manchmal an der Vorderseite der Frau angeheftet sind, genauer an zwei Wölbungen an der Vorderseite *(Brust),* die aus der Kleidung herausragen. Die Frau hält das kleine Kind jeweils eine Zeitlang an ihre Brust gedrückt, in ruhender Position. Bei einem Mann konnten sie dies jedoch nie beobachten.

Diese und andere Beobachtungen führen zur Überlegung, dass die Frau eine spezielle Bedeutung für das Kind hat, im Gegensatz zum Mann. Explorer 7 äußert den Gedanken, dass Kinder möglicherweise aus der Brust der Frau kommen und sie mithilfe der Brust mit Energie versorgt werden. Er kann sich aber nicht recht vorstellen, wie kleine Kinder, die so klein auch wieder nicht sind, aus der Brust der Frau kommen. Wie sollte das geschehen?

Die beiden Explorer 7 und 8 beschäftigten sich nun mit der Frage, wie es dazu kommt, dass gewisse Frauen plötzlich mit einem kleinen Kind aus dem Haus treten, vorher aber nie. Wo haben sie das Kind erhalten?

Explorer 8 meint: „Dazu müsste man aber erfahren, was sich bei diesen Frauen vorher ereignet hat, ob irgendetwas in ihrem vorangegangenen Verhalten auffällig war. Wenn es möglich wäre, Frauen über eine längere Zeit zu beobachten und dies aufzuzeichnen, würde man auf Frauen stoßen, die plötzlich ein Kind in den Armen halten. Bei diesen Frauen müsste man sodann die vorangegangene Zeitspanne genauer analysieren."

Explorer 7: „Aber wie wäre das technisch überhaupt möglich?"

Explorer 8: „Meine Idee ist folgende: Die Menschen sollen weiter beobachtet werden, aber nun mit einer zusätzlichen, neuen Methode. Es sollen einzelne Menschen über einen größeren Zeitraum beobachtet und dies nach Möglichkeit auch aufgezeichnet werden. Wir benötigen Langzeitbeobachtungen. Dies wäre ein Quantensprung in der Beobachtung der Menschen."

Explorer 7: „Einverstanden, gute Idee! Aber wie können wir einzelne Menschen über längere Zeit beobachten, wenn wir immer wieder dabei unterbrochen werden? Wir können sie ja nachts und bei schlechter Witterung nicht beobachten."

Explorer 8: „Ja, aber wir könnten es trotzdem versuchen. Wichtig ist, dass es Menschen sind, die aufgrund ihrer Größe, ihrer Bekleidung, ihres Wohnortes und ihres Bewegungsmusters gut identifiziert werden können. Wir haben ja mit unseren Computern bei der Mustererkennung große Fortschritte erreicht."

Dies leuchtet ein und nun richten sie sich mit ihrer Idee an Captain Brown. Er findet die Idee konstruktiv und will sie mit der Leitung besprechen, die sodann grünes Licht erteilt. Die beiden erhalten Apparate, die eine große Zeitspanne aufnehmen können und dazu eine große Speicherkapazität aufweisen.

Beide sind sehr erfreut über diese Unterstützung. Sie wollen nun Frauen und in zweiter Linie Männer mittels Langzeitbeobachtungen aufnehmen, und herausfinden, wie sie zu einem Kind kommen. Dazu ist es notwendig, dass sie möglichst viele Frauen beobachten, denn Frauen mit einem Kind sind wesentlich seltener zu sehen als Frauen ohne ein Kind.

Bei ihren Langzeitaufnahmen konnten sie mit einem gewissen Aufwand einige Frauen finden, die plötzlich mit einem Kind in den Armen gesehen wurden. Dies war nun der Zeitpunkt, wo die Detailanalyse beginnen konnte, in dem die Aufnahmen vor und nach diesem Zeitpunkt genauer betrachtet wurden.

Die Aufnahmen *nach* diesem Zeitpunkt zeigten, dass diese Frauen wie bereits beschrieben oft mit dem Kind aus einem bestimmten Haus heraus kamen, es in einen Wagen legten und sich in Richtung eines Zentrums *(Einkaufszentrum)* bewegten, das sie zusammen mit dem kleinen Menschen betraten, und nach einer gewissen Zeit wieder herauskamen und nach Hause zurückkehrten.

Zur Frage, woher die Kleinen kommen, war es nun naheliegend zu vermuten, dass Kinder genau wie viele andere Gegenstände, die Menschen regelmäßig in Behältern von großen Zentren nach Hause bringen, in einer Tragetasche mit nach Hause gebracht werden. Auf den zurückliegenden Aufnahmen war jedoch nie eine Frau zu erkennen, die das Zentrum ohne Kind betrat und beim Herauskommen ein Kind in der Tasche hatte.

Die Aufnahmen *vor* dem genannten Zeitpunkt, als die Explorer erstmals Frauen mit einem Kind erkannt hatten, zeigten jedoch etwas Eigenartiges: Bei zwei Frauen war zu beobachten, dass sie in den Tagen zuvor mit einem Kind aus einem sehr großen Gebäude kamen, zusammen mit einem Mann, der sie beide zu ihrem Wohnort begleitete. Bei einer der beiden Frauen konnte auch beobachtet werden, dass sie einige Tage zuvor in dieses große Gebäude hineingegangen war, und zwar ohne Kind, wiederum begleitet von einem Mann. Bei der anderen Frau bestanden keine Aufnahmen.

Weitere Analysen bei mehreren anderen Frauen zeigten, dass diese jeweils dasselbe Gebäude *(Geburtsklinik, Spital)* betraten, und zwar ohne Kind, und einige Tage später zusammen mit einem Kind herauskamen und zu ihrem Wohnort zurückkehrten. Warum dies jeweils einige Tage dauerte, blieb offen. Dieser Vorgang wurde immer nur bei Frauen festgestellt, nie bei Männern. Die Explorer hatten deshalb den Eindruck, dass die Frauen möglicherweise in diesem großen Gebäude das Kind erhalten und es dann zu ihrem Wohnort bringen.

Unklar blieb, wie die kleinen Kinder in das große Gebäude *(Spital)* kamen. Mehrere Transportmittel *(Auto, Lieferwagen)* fuhren täglich zum großen Gebäude, aber ob sehr kleine Menschen abgeliefert wurden, blieb ungewiss. Völlig offen blieb auch die Frage, wieso gewisse Frauen in das große Haus gehen und einen sehr kleinen Menschen erhalten und andere nicht. Vielleicht hat es mit einer besonderen Auszeichnung zu tun, für die sie sich verdient gemacht hatten. Das Kind wäre dann die Belohnung dafür, die sie im großen Gebäude abholen dürfen. Unklar war, wie die Unterschiede zwischen Männern und Frauen erklärt werden sollte.

Auf den weiteren Langzeitaufzeichnungen entdeckten die Explorer 7 und 8 noch etwas Unerwartetes: Es gibt offenbar

Frauen, die verlassen wie andere auch jeden Morgen ihr Zuhause. Eines Tages aber, völlig unerwartet, haben sie plötzlich ein Kind in den Armen. In den Langzeitaufnahmen ist nirgends zu erkennen, dass das Kind zuvor in einem großen Gebäude abgeholt wurde, auch nicht vom Mann, der oft mit der Frau zusammen beobachtet wurde. Dies passt nicht zur Vermutung der Explorer, wonach die Frauen das Kind ausschließlich im großen Gebäude erhalten und es dann zu ihrem Wohnort bringen.

Nun wurden Frauen, die plötzlich mit einem Kind aus dem Haus traten, rückwirkend über eine längere Zeit analysiert. Nichts deutet darauf hin, dass ein Kind im großen Gebäude *(Spital)* abgeholt worden wäre. Möglich wäre, dass das Kind vom großen Gebäude zum Wohnort der Frau in einem geschlossenen Behälter transportiert wird. Aber dafür gab es in den Aufzeichnungen keine Anhaltspunkte. Wie also kommt es, dass gewisse Frauen ein Kind erhalten, obwohl das große Gebäude überhaupt nicht involviert ist?

Die Explorer 7 und 8 wurden noch auf eine weitere Beobachtung aufmerksam. Die vielen Aufnahmen von Frauen, die während der gesamten Beobachtungszeit kein Kind hatten, wurden mit denjenigen Frauen verglichen, die nach einer gewissen Zeit ein Kind bekommen hatten. Die Analysen zeigten, dass die Frauen der ersten Gruppe ohne Kind sich im Erscheinungsbild kaum ändern. Die Frauen jedoch, die später im Laufe der Beobachtung ein Kind erhielten, hatten sich verändert. Wenn sie aus dem Haus traten, war gut sichtbar, dass sie eine deutliche Wölbung nach vorne in der Mitte ihres Körpers hatten *(dicker Bauch).* Ferner war erkennbar, wenn auch weniger deutlich, dass sich oberhalb der Körpermitte zwei kleinere Wölbungen *(Brüste)* abzeichneten. Diese Wölbungen sind schon in Erscheinung getreten, nämlich bei den Beobachtungen der Frauen, wenn sie das Kind an diese Wölbungen, an ihre Brust drückten und dann eine Zeit lang in dieser Position verharrten. Das hat die beiden Explorer beeindruckt und wiederum ein spezielles, prickelndes Gefühl bei ihnen hervorgerufen.

Bauch und Brüste werden somit zu einem wichtigen Merkmal für Frauen mit einem Kind. Die Explorer vermuten, dass der gewölbte Bauch der Frau ein Energiereservoir für die Zeit nach dem Erscheinen des Kindes ist; die Brüste dienen zur Übermittlung der Energie ans Kind.

Explorer 7 meint: „Diese Langzeitanalysen haben uns wirklich etwas geholfen. Es scheint so, als ob sich der Körper und das Leben der Frauen, die plötzlich ein Kind erhalten haben, sehr verändern."

„Ja", antwortet Explorer 8, „aber wir haben nicht herausgefunden, woher die kleinen Menschen effektiv kommen. Das Gebäude *(Spital)* könnte hier die Antwort sein, aber eindeutig ist das ja nicht. Nicht alle Frauen hatten ihr Kind im großen Gebäude abgeholt, einige hatten es zu Hause erhalten. Und wenn das Kind im Spital entsteht und der Frau übergeben wird, wie ist es möglich, dass das Kind im Spital entsteht? Gibt es dort mehrere kleine Menschen, die zur Auswahl zur Verfügung stehen? Und wie ist es bei denjenigen Frauen, die ihr Kind zu Hause erhalten? Was geht da vor?"

„Ja, ich verstehe was du meinst.", reagiert Explorer 7. „Es stellen sich so viele Fragen, auf die wir keine schlüssigen Antworten haben. Wir kommen effektiv nicht viel weiter. Wir haben nicht einmal den Ansatz einer Theorie. Was mir aber aufgefallen ist, und wir haben auch schon darüber gesprochen: Es sind unsere Reaktionen auf diese Beobachtungen. Wir haben eine besondere Vorliebe für die Aufnahmen von Frauen mit ihren sehr kleinen Kindern. Ich verstehe nicht recht, weshalb uns gerade diese Vorgänge so sehr interessieren. Was geht in unserem Kontroll- und Steuerungsorgan vor sich, dass wir solche Reaktionen erfahren? Werden da bestimmte Erinnerungen von früheren Erlebnissen aktiviert, die uns nicht bewusst sind?"

Die beiden Explorer sind etwas enttäuscht, weil sie zu ihren Beobachtungen keine Erklärung finden. Die für sie persönlich interessanten Fragen kreisen um die Unterschiede zwischen Männern und Frauen sowie die Bedeutung der sehr kleinen Menschen. Am liebsten würden sie auf der Erde landen, Menschen aus nächster Nähe beobachten und versuchen, mit ihnen zu kommunizieren. Aber eine Landung würde Captain Brown sicher nicht gestatten. Etwas verunsichert sehen sie dem nächsten Meeting entgegen, weil sie keine aussagekräftigen Erkenntnisse und Erklärungen zu etlichen zentralen Fragen vorlegen können.

Teil III

Das Leben auf dem Land

14

Neues Meeting:
Tiere sollen beobachtet werden

Captain Brown eröffnet das Meeting und berichtet über neue Beobachtungen und Erkenntnisse. Er fasst zusammen:

„Die allgemeinen Informationen über die Menschen finde ich interessant, ebenso, dass die Frauen im Gegensatz zu den Männern für die kleinen Kinder eine spezielle, wichtige Bedeutung haben. Auch die Idee der Langzeitaufnahmen bei den Menschen ist sehr nützlich. Mühe habe ich dagegen bei Vermutungen und Interpretationen der Explorer 7 und 8. Da wird davon gesprochen, dass Kinder in einem Zentrum *(Einkaufszentrum)* mit Energie versorgt werden, oder dass die Brust der Frau die Kinder mit Energie versorgt."

Und er fährt fort: „Zur Frage, woher die Kinder überhaupt kommen, bestehen gemäß den Explorern verschiedene Vermutungen: Sie kommen aus der Brust der Frau, sie werden im großen Zentrum abgeholt, sie stammen aus dem großen Gebäude *(Spital)* oder die Kinder werden den Frauen nach Hause gebracht. Das ist doch reichlich spekulativ. Dass die Kinder vom großen Gebäude kommen, basiert auf der Beobachtung sehr weniger Frauen.

Dann verstehe ich nicht, weshalb die beiden Explorer den Kindern eine so große Bedeutung zuschreiben und sich ausschweifend über Bauch und Brüste auslassen. Ich ermahne die beiden, mehr bei der Sache zu bleiben und weniger bei Spekulationen."

Die beiden Explorer 7 und 8 möchten sich gerne rechtfertigen und ihre Argumente für ihre Vermutungen dargelegt. Aber sie getrauen sich nicht, Captain Brown vor allen Anwesenden mit ihren Gegenargumenten zu konfrontieren. Das wäre wohl als Kritik an seiner Person und als illoyal bewertet worden. Zudem ist es nicht erwünscht, dass Explorer in den Meetings Bemerkungen anbringen oder kritische Fragen stellen.

Aus der Sicht der beiden Explorer ist der Fokus auf Menschen und insbesondere sehr kleine Menschen, die Kinder, gerechtfertigt. Die Kinder werden von einer Frau betreut, die ihnen Energie vermitteln kann, von Bauch via Brust. Das hilft den Kindern vermutlich zu wachsen und zu richtigen Menschen zu werden. Bei den anderen bewegten Objekte gibt es zwar auch kleine Objekte wie kleine Flugobjekte, Bahnen, Autos, aber die werden nicht von einem großen Objekt betreut und mit Energie versorgt, wie das bei Frauen und Kinder der Fall ist, und sie werden auch nicht größer. Es gibt bei Flugobjekten, Bahnen und Autos keine „Frauen", die ein „Kleines" umsorgen; es entstehen keine neuen Objekte wie bei den Menschen. Ihnen und insbesondere auch den Kindern kommt deshalb eine ganz spezielle Bedeutung zu, die es zu erkunden gilt.

Bei den sehr kleinen Menschen stellen die beiden eine Entwicklung fest vom sehr kleinen Wesen bis zum immer größer werdenden Kind und schließlich zum normalen, großen Menschen. Parallel dazu entwickeln sich ihre Fähigkeiten vom kleinen, gänzlich abhängigen Wesen bis zum selbstständig handelnden Menschen. Während all dieser Zeit erlernt das Kind enorm viele Fähigkeiten und sein Kontrollorgan entwickelt sich zu einem leistungsfähigen Rechner, vermutlich basierend auf dem Erkennen wichtiger Muster, die miteinander verknüpft werden. Das Kontrollorgan der Menschen beinhaltet somit die Fähigkeit des Wachstums und der Entwicklung. Das ist eine ganz andere Qualität, als dies bei den Steuerungsorganen der anderen bewegten Objekte der Fall ist. Und Wachstum ist eine Fähigkeit, die Explorer nicht kennen, weil sie sich nicht von einem kleinen Explorer mit beschränkten Fähigkeiten zu einem großen, intelligenten Explorer entwickeln. Zumindest ist ihnen diese Vorstellung gänzlich fremd. Bei den Menschen handelt es sich somit um Lebewesen, die bezüglich ihrer Entwicklungsmöglichkeiten einer ganz anderen Kategorie zugeordnet werden müssen als bewegte Objekte wie Flugobjekte, Autos, Bahnen.

Und die Gedanken von Explorer 7 gehen noch weiter: „Wenn wir Explorer erkennen können, wie dieser Lernprozess bei den

Kindern erfolgt, wäre das möglicherweise ein Weg, dass auch wir diese Fähigkeiten, Erkenntnisse und Kompetenzen uns durch Lernen aneignen könnten. Deshalb sind die kleinen Menschen für uns Explorer ganz zentral. Und dazu stellt sich auch gleich zu Beginn die Frage: Woher kommen die kleinen Kinder überhaupt? – Vielleicht bietet sich ja demnächst eine Möglichkeit, diese Überlegungen Captain Brown näherzubringen."

Während Explorer 7 sich mit all diesen Gedanken beschäftigt, geht das Meeting weiter. Captain Brown fährt fort: „Die beiden Explorer 7 und 8 sind enttäuscht, weil sie bezüglich der Frage nach der Herkunft der sehr kleinen Menschen eigentlich nicht weitergekommen sind. Die Leitung und ich sehen das nicht so negativ. Ich verweise auch auf die vielen Beobachtungen und Erkenntnisse anderer Explorer. Es ist normal, dass man manchmal an einen Punkt gelangt, wo man nicht weiterkommt. Ich bitte deshalb weiterhin alles zu geben, um neue Erkenntnisse zu gewinnen. Es könnte plötzlich eine Beobachtung gemacht werden, die sich bei der Entdeckung der Erde als Meilenstein erweist."

Commander C3 äußert sich ebenfalls in diesem Sinne und ermuntert die beiden Explorer 7 und 8, ihre Arbeit mit gleichbleibender Motivation fortzusetzen. Das erstaunt die beiden. Warum unterstützt er sie so deutlich?

Captain Brown fährt fort. „Nun zu etwas ganz anderem. Die Erkundungsstation ES-Geo hat mich über eine Beobachtung unterrichtet, die mich hellhörig stimmt. Ich bitte die drei Explorer 1, 2 und 3 kurz darüber zu berichten." Die drei tun das gerne, weil sie somit auch einmal etwas mehr im Zentrum der Beachtung stehen.

Explorer 3 berichtet: „Menschen, aber auch ‚Rundobjekte', die Tiere, sind auf dem Lande besser zu beobachten als in den großen Zentren mit hohen Häusern. Von den Rundobjekten gibt es sehr viele verschiedene Arten, dies im Gegensatz zu den Menschen." *(Für den Begriff „Rundobjekte" verwenden wir fortan den Begriff „Tiere", den die Menschen verwenden. Die Explorer geben den verschiedenen Tierarten einen Namen, zum Beispiel Tierart Nr. 1 für Rind und Tierart Nr. 2 für Pferd usw. Wir verwenden hier die Bezeichnungen der Menschen: Rind, Pferd usw.)*

Explorer 3 fährt fort: „Man entdeckt auf dem Land Neues, was man in den Städten nicht beobachtet hat. Zudem kann man die Tiere, die bisher nicht näher beachtet wurden, einbeziehen. Nun habe ich mit meinen Kollegen zusammen eher zufällig, ganz in der Nähe eines Tieres der Tierart Nr. 1 *(Rind)*, ein sehr kleines Tier gesehen. Weil wir wissen, dass bei den Menschen auch sehr kleine Menschen beobachtet wurden, wollten wir den Fokus unserer Beobachtungen auf weitere solche kleinen Tiere legen. Dabei beobachteten wir bei einem Pferd und bei einem weiteren Rind ein kleines Tier, ebenfalls ganz in der Nähe dieser beiden Tiere. Wir fragten uns, ob es da nicht eine gewisse Parallele zu den Menschen gibt. Deshalb haben wir uns an Captain Brown gewendet."

Captain Brown klinkt sich wieder ein. „Diese Ähnlichkeit zu den Menschen hat in der Leitung auch für Gesprächsstoff gesorgt. Deshalb veranlasst nun die Leitung, und dies auch in Anbetracht der bisher ergebnislosen Befunde zur Frage, wie kleine Menschen entstehen, eingehende Analysen auf die Gruppe der Tiere auszudehnen. Wir hoffen, dass hier neue Erkenntnisse zutage treten. Deshalb habe ich entschieden, eine neue Erkundungsstation „ES-Eta" für Tiere mit Explorer 13 und 14 zu bilden. Die beiden sind erst vor Kurzem der Mission Erde zugeteilt worden und hier gelandet. Damit die neuen Kollegen möglichst speditiv eingearbeitet werden, sollen sie von einem bereits erfahrenen Explorer unterstützt werden. Ich bitte deshalb Explorer 3 von der Erkundungsstation ES-Geografie das neue Team der beiden zu verstärken und dabei sein Wissen einzubringen. Er ist mit der Technik bestens vertraut. Die neu gegründete „ES-Eta" soll erkunden, ob sehr kleine Tiere bei verschiedenen Tierarten gesehen werden, ob es auch wie bei den Menschen zwei Typen gibt, also Männer- und Frauentiere, und ob Ähnlichkeiten zum Verhalten der Menschen bestehen. Ferner benötige ich eine Zusammenstellung der verschiedenen Tierarten und eine Liste der Kriterien, aufgrund derer man die Tiere unterscheiden kann. Es stellt sich auch die Frage, ob die Menschen nicht einfach eine von vielen Tierarten sind."

„Dann habe ich noch eine Mitteilung des Zentralrats erhalten", fährt er fort, „die uns alle von der ‚Mission Erde' betrifft. Der Zentralrat will demnächst auf dem Mond eine größere Basis errichten, weil er überzeugt ist, dass der Planet Erde möglicherweise für die Explorer respektive die Titaner von besonderer Bedeutung ist. Die bisherigen Erkundungen zeigen, dass eine künftige Landung mit einem einzelnen Raumschiff ungenügend sein wird und eine größere Versorgungsbasis auf dem Mond erforderlich ist. Dazu sind mehrere Transporte von der Marsbasis geplant, bei denen auch Explorer für den Bau der Basis auf dem Mond landen werden. Um ihre Arbeit zu beschleunigen, sollen Explorer unserer Mission für den Bau abgezogen werden. Dadurch wird die Arbeit einiger Erkundungsstationen eingeschränkt. Ich werde zu gegebener Zeit mitteilen, wer von uns Explorern davon betroffen ist. Nicht betroffen sind die ES-Alpha und die ES-Eta, weil sie mit Langzeituntersuchungen beschäftigt sind, die nicht unterbrochen werden sollen." Was Captain Brown nicht erwähnt, ist die Absicht des Zentralrats, den Mond in den Besitz der Titaner zu bringen, in Ergänzung zum Planeten Mars, der auch von ihnen kontrolliert wird.

Captain Brown beendet das Meeting, bemerkt jedoch, dass diese Ankündigung nicht auf Begeisterung gestoßen ist.

Explorer 3 ist von seiner Versetzung zur „ES-Eta" etwas überrascht; von Tieren versteht er so gut wie nichts. Aber das geht den neuen Kollegen genau gleich. Er freut sich aber, nun in etwas ganz Neues einzusteigen, und schließlich gehören Tiere auch zur Erde, also zur Geografie, zur Erdbeschreibung. Was ihn auch noch positiv stimmt, sind die beiden Kollegen, die erst vor Kurzem vom Mars herkommend gelandet sind. Er erkundigt sich bei ihnen, wie die Reise war und ob sie wegen der langen Reise in den Tiefschlaf versetzt oder gar eingefroren wurden, wie das bei langen Reisen oft geschieht. Dies verneinen die beiden neuen Kollegen. Das geschehe nur bei wirklich sehr langen Reisen. Explorer 3 hat noch weitere Fragen zum Leben auf der Marsbasis, die er aber zurückstellt. Dafür braucht es mehr Zeit. Interessieren würde ihn auch, wie weit sie auf der Marsbasis mit der Entwicklung eines denkenden Roboters sind, eines DERO, und ob die beiden Neuen überhaupt etwas davon wissen. Die DERO sollen ja in einer späteren Phase auf der Erde landen und die Explorer ersetzen, was er bedauern würde. Aber er erwähnt dieses Thema nicht, noch nicht.

15

Wie kommen kleine Tiere auf die Welt?

Die drei Explorer 13, 14 und 3 der neuen Erkundungsstation ES-Eta Tiere treffen sich zum ersten Mal zu einer Arbeitsbesprechung. Zunächst geht es um eine Auslegeordnung der bisherigen Erkenntnisse. Explorer 3 meldet sich: „Die Tiere können am besten außerhalb der großen Zentren auf dem Lande beobachtet werden, wo sie kaum Kontakt zu Menschen und anderen bewegten Objekten haben. Oft sind sie in kleinen Gruppen (Rudel), manchmal zusammen mit sehr vielen Tieren, die auf dem Lande weit verstreut sind. Sie sind kaum je in der Nähe von Eisenbahnen, Autos und Flugobjekten zu sehen. Tiere haben vier Beine, mit denen sie sich zum Teil sehr schnell fortbewegen. Zu den Menschen besteht eine gewisse Ähnlichkeit, wenn man bei den Menschen nebst den zwei Beinen auch die beiden Arme einbezieht. Eine weitere Parallele besteht darin, dass ebenfalls sehr kleine Typen zu sehen sind, so wie die Kinder bei den Menschen. Ähnlich ist bei vielen Tieren auch der Tag-Nacht-Rhythmus zu beobachten, mit der Hauptaktivität am Tage und der Ruhe in der Nacht. Die Tiere sind keine homogene Gruppe, da sehr unterschiedliche Spezies beobachtet werden. Nehmen wir zum Beispiel diejenigen, die größer sind als Menschen. Schaut mal, wie unterschiedlich die sind!"

Explorer 3 zeigt den Kollegen Aufnahmen von verschiedenen Tierarten. Er beginnt mit dem größten Tier: „Schaut her!

Das Tier ist riesig, verglichen mit einem Menschen. Sein Körper ist rund 50-mal schwerer als derjenige eines Menschen. Es hat eine eigenartig lange Nase *(Rüssel)* und zwei weiße Hörner *(Stoßzähne)*, ferner große Seitenteile *(Ohren)*. Ich habe es der Tierart Nr. 3 zugeteilt. Dann zeige ich euch die Aufnahme eines Tieres der Tierart Nr. 4. Es hat einen auffallend schlanken, langen Hals, oben einen kleinen Kopf. Das Fell ist hell-dunkel gemustert. Dann sind da noch andere bemerkenswerte Tiere, denen ich Tierart-Nummern gegeben habe." Explorer 3 zeigt zahlreiche Aufnahmen von anderen Tierarten, fortlaufend nummeriert.

(Wir verwenden hier bei den Bezeichnungen der Tierarten fortan nicht die Nummern der Explorer, sondern die Begriffe in der Sprache der Menschen).

Explorer 3 demonstriert nun anhand der Aufnahmen die Unterschiede zwischen Elefanten, Giraffen, Nashörnern, Zebras, Hirschen und noch anderen in ihrer Gestalt sehr auffälligen Tieren, die deshalb auch relativ gut zu beobachten sind. „Bemerkenswert ist auch, dass es innerhalb einer Tierart zwei verschiedene Typen gibt, die sich äußerlich unterscheiden. Auffällig sind beispielsweise die Stoßzähne und Rüssel bei einem Teil der Elefanten. Andere haben diese Merkmale nicht und sind oft auch kleiner. Oder ein weiteres Beispiel: Das Geweih der Hirsche ist nur bei einem Teil dieser Tiere vorhanden, bei anderen jedoch nicht. Auch diese sind kleiner. Warum gibt es offensichtlich bei allen Tierarten zwei unterschiedliche Typen?"

„Mich interessieren die Unterschiede zu den Menschen", beteiligt sich Explorer 13. „Beim Verhalten sehe ich deutliche Unterschiede. Bei den Menschen sind sehr oft zielgerichtete Handlungen zu erkennen, häufig in Zusammenhang mit anderen Menschen, Autos, Bahnen und Flugobjekten oder beim Bau von Häusern und Straßen. Bei den Tieren ist das nicht der Fall. Sie verhalten sich vielmehr spontan, kaum je zielgerichtet. Oft sind sie mit Fressen beschäftigt, ruhen auf dem Boden oder schlafen. Dies macht den Eindruck, dass bei ihnen ein anderes Kontrollorgan ihr Verhalten lenkt, als dies bei den Menschen der Fall ist."

Explorer 14: „Unklar ist die Energieversorgung. Es ist möglich, dass sie ihre Energie von der Sonne erhalten, oder möglicherweise durch das Fressen von Blättern oder anderen Tieren. Es gibt Tiere, die fressen nur Blätter, andere fressen nur Tiere, und zwar Tiere einer anderen Sorte."

Explorer 13: „Bei mehreren Tierarten konnte ich feststellen, dass ausgewachsene Tiere manchmal in engem Kontakt zu kleinen Tieren zu sehen waren. Bemerkenswert finde ich auch, dass das sehr kleine Tier häufig mit seinem Kopf den Bauch eines solchen Tieres (*Mutterkuh)* berührte, ähnlich der Situation bei den sehr kleinen Menschen, die an der Brust der Frau sind."

„Die Mutterkuh", fährt Explorer 13 fort, „hat eine ähnliche Gestalt wie die herumstehenden Tiere, die ganz in der Nähe sind, die ‚Kühe'. Die anderen großen Tiere mit besonderen Merkmalen und anderen Verhaltensweisen sind die ‚Bullen'. Die Mutterkühe scheinen für die Versorgung der sehr kleinen Tiere zuständig zu sein, die großen Tiere, die Bullen, jedoch nicht."

Die erwähnte Ähnlichkeit zwischen Tieren und Menschen bezüglich des Umsorgens der kleinen Tiere erinnert sie sehr an das, was die Kollegen Explorer 7 und 8 erst kürzlich über Frauen und Kinder berichteten. Deshalb laden sie die beiden zu einer Besichtigung ihrer Aufnahmen der Tiere ein. Das wird sie sicher interessieren, vermuten sie.

Als sie den Kollegen der ES-Alpha ihre Aufnahmen der Mutterkühe zeigen, reagieren diese auffallend erregt und gefühlsbetont. Die beiden sind von den Bildern sehr angetan und bemerken, sie hätten nun wieder das gleiche eigenartig prickelnde Gefühl wie bei den Aufnahmen von Menschen. Auch wünschten sie, die Aufnahmen mehrmals abspielen zu lassen, was aber für die anderen recht bald langweilig wird. Die Explorer 13, 14 und 3 bemerken, dass sie beim Anblick der Aufnahmen nichts Besonderes verspüren und dies bei Explorer 7 und 8 offensichtlich anders ist, viel emotionaler.

Nach diesem Besuch nehmen die Explorer ihre Arbeit wieder auf. Sie haben bei Rindern, Leoparden, Elefanten, Giraffen und anderen Tieren beobachtet, dass sich oft sehr kleine Tiere im Rudel dieser Tiere befinden. Es erstaunt sie, dass sie das bei verschiedenen Tierarten beobachten konnten. Unklar ist aber, woher diese sehr kleinen Tiere kommen. Weshalb gibt es plötzlich kleine Tiere im Rudel?

Auf Anregung von Explorer 3 äußerten sie deshalb bei der Leitung den Wunsch, mithilfe von besseren Aufnahmegeräten mit großer Aufnahmekapazität die Rudel mittels Langzeitaufnahmen beobachten zu können. Mit deutlich längerer Beobachtung und mit etwas Glück, so argumentiert Explorer 3, wäre es möglich zu erfassen, wo und wann ein sehr kleines Tier zum Rudel hinzukommt und eine Mutterkuh findet.

Die Leitung ist diesem Wunsch nachgekommen und hat den Explorern neue Apparate zur Verfügung gestellt. Damit sind nun Langzeitaufnahmen von bis zu 90 Tagen Dauer möglich, mit denen sich vor allem Explorer 3 und 13 beschäftigen.

Die beiden konzentrieren sich auf Gebiete außerhalb der Städte, die von der Sonne intensiv bestrahlt werden. Bei ihren Beobachtungen werden Tiere ausgewählt, die in den Aufnahmen eindeutig identifiziert werden können. Dies ist bei folgenden Tieren mit besonders auffälliger Gestalt möglich: Elefanten, Zebras, Giraffen, Pferde, Tiger, Leoparden. Aufgrund von Merkmalen des Fells *(Musterung),* der Größe und der Umgebung, in der sie leben, ist die Identifikation verlässlich.

Im Fokus stehen Tiere, bei denen innerhalb der 90 Tage Beobachtungszeit plötzlich ein sehr kleines Tier in unmittelbarer Nähe zu erkennen ist, also in der Nähe der Mutterkuh. Bei diesen Mutterkühen wird das Verhalten vor diesem Ereignis genauer untersucht, um besondere Vorkommnisse zu entdecken.

Dieses Vorgehen erwies sich bei der Analyse der Langzeitaufnahmen als erfolgreich. Die beiden Explorer 3 und 13 hatten bei einem Leoparden plötzlich entdeckt, dass drei sehr kleine Tiere unmittelbar in der Nähe dieses Tieres beobachtet werden konnten, was sie sehr freute. Bei der Detailanalyse war zudem etwas Eigenartiges zu erkennen: Die drei sehr kleinen Tiere kamen aus dem hinteren Teil des Tieres heraus und fielen auf den Boden! *(Ein solches Ereignis wird bei den Menschen als „Wurf" bezeichnet.)*

Nach einiger Zeit konnten die kleinen Tiere eigenständig aufstehen und rieben ihren Kopf auffällig häufig an der „Mutterkuh", welche die drei umsorgte.

Nach und nach konnte der gleiche Vorgang auch bei anderen Tieren beobachtet werden. Das gelang bei einem Zebra, einer Giraffe und einem Pferd, jeweils mit einem Wurf eines sehr kleinen Tieres, das aber doch schon eine gewisse Größe hatte. Die Aufnahmen zeigen, dass alle vier Tiere aus dem hinteren Teil der Mutterkuh hinausgepresst wurden.

Explorer 14 staunte, als er diese Aufnahmen zu den verschiedenen Würfen gesehen hatte, und rätselt: „Nun stellt sich die Frage: Wie kommt das sehr kleine Tier in den Körper der Mutterkuh?" „Wir vermuten", antworten die Kollegen, „dass die Mutterkühe etwas ganz Bestimmtes fressen, das dann zur Entstehung eines sehr kleinen Tieres führt. Was das sein könnte, ist uns aber unklar. Es ist ja bekannt, dass Tiere mit ihrem Vorderteil *(Kopf)* täglich viel Material fressen und ebenso häufig Material durch ihr Hinterteil auf den Boden hinauspressen. Deshalb scheint es uns naheliegend, dass sich ein sehr kleines Tier in Zusammenhang mit dem Fressen von Fleisch sodann im Körper des Tieres entwickelt und dann auf demselben Weg wie die Nahrung hinten auf die Erde fällt."

Explorer 14 bemerkt aber dazu: „Ihr wisst aber, und das ergibt sich aus meinen Beobachtungen, dass es Tierarten gibt, die sich ausschließlich von Blättern der Bäume ernähren, und andere, die das Fleisch anderer Tiere fressen, also Fleischfresser sind. Nach eurer Logik gibt es demnach nur bei den Fleischfressern Würfe. Ist das so?" „Wir werden dem nachgehen, das ist eine gute Überlegung", antworten die beiden anderen.

Das Ergebnis nachfolgender Beobachtungen lautet: Es konnte kein Unterschied festgestellt werden. Sowohl bei Pflanzenfressern als auch bei Fleischfressern waren Würfe zu beobachten. Allerdings konnte nicht genau ermittelt werden, was die Tiere effektiv fressen. Auch konnten sie nicht in der Nacht beobachtet werden. Die Vermutung, wonach eine bestimmte eingenommene Substanz für die Entstehung von sehr kleinen Tieren zentral sei, konnte somit weder klar bestätigt noch zurückgewiesen werden.

Bei den Aufzeichnungen der Mutterkühe mit Würfen wurde nach anderen möglichen Besonderheiten gesucht, die für die Entstehung von kleinen Tieren verantwortlich sein könnten. Dabei wurde jedoch nichts Außergewöhnliches beobachtet.

Da die beobachteten Mutterkühe sich stets in einem Rudel zusammen mit anderen Tieren befanden, wurde automatisch auch das Verhalten anderer Tiere aufgenommen. Dazu meldet sich nun Explorer 3: „Bei diesen Beobachtungen konnte ich bei einigen wenigen Tieren ein eigenartiges Verhalten beobachten, das zwischen einer Kuh und einem Bullen stattfindet. Die Aufnahmen bei diesen wenigen Tieren zeigten, wie sich der deutlich größere Bulle auf die Kuh legte oder von hinten her auf sie aufgestiegen ist. Dann folgten ruckartige Bewegungen, die nie lange dauerten, aber den Anschein erweckten, als ob der Bulle etwas in die Kuh hineinstecken und das hin und her bewegen würde. Diesen Vorgang konnte ich oft mehrmals an einem Tage beobachten. Nach einigen Tagen hörten diese Begegnungen auf und oft tauchte der Bulle auch nicht mehr auf." *(Diese Beobachtung wird hier mit „Besteigung" oder „Kopulation" bezeichnet).*

„Bei welchen Tieren hast du das denn festgestellt?", fragte sein Kollege. „Bei zwei Tigerkühen und einer Leopardenkuh. Im Übrigen war mir sonst nichts Besonderes aufgefallen, auch kein Wurf eines sehr kleinen Tieres nach der Kopulation. Vielleicht sollte ich noch erwähnen, dass die Kopulation stets zwischen zwei Tieren der gleichen Tierart stattfand. Warum das so ist, ist mir schleierhaft." Die drei Explorer diskutieren anschließend sehr sachlich über diese verschiedenen Beobachtungen. Für sie sind es einfach Beobachtungen, wie andere auch.

Sodann diskutieren sie über die Ähnlichkeit zwischen Tieren und Menschen. Obwohl Tiere eine ganz andere Kategorie von bewegten Objekten als Menschen darstellen, bestehen doch eigenartige Ähnlichkeiten zu ihnen, beispielsweise bei den sehr kleinen Wesen. Ferner scheinen Kühe eine besondere Bedeutung für die kleinen Tiere zu haben, bei den Menschen trifft dies auch auf Frauen zu. Keine Übereinstimmung besteht beim Vorgang eines Wurfs, der bei einigen Tiere detailliert beobachtet werden konnte. Dann war da noch das komische Verhalten zwischen einer Kuh und einem Bullen, die Kopulation.

Die Explorer sind über die zahlreichen neuen Beobachtungen bei Tieren und über gewisse Parallelen zu Menschen, aber auch hinsichtlich ihrer Verschiedenartigkeit, erstaunt. Verschieden ist zum Beispiel, dass Menschen gemäß den bisherigen Beobachtungen keine Pflanzen oder das Fleisch anderer Menschen fressen. Ihr Verhalten ist strukturierter und ihre Kontakte zu anderen bewegten Objekten deutlich intensiver als bei Tieren. Die Explorer sind aber auch etwas enttäuscht, weil sie die Gründe für die Entstehung der kleinen Tiere nicht gefunden haben. Nun werden sie Captain Brown über die aktuelle Situation informieren.

Explorer 3 erkundigt sich noch bei seinen Kollegen, die erst vor Kurzem von der Marsbasis auf dem Mond gelandet sind, ob die beiden etwas über den Entwicklungsstand der DERO, der denkenden Roboter, wissen. Sie geben sich aber bedeckt und bemerken, darüber könnten sie keine Auskunft geben. Im Moment befasse sich der Zentralrat mit der Problematik der Schädigung durch Bestrahlung aus dem All oder aus einem Kontakt mit der Erde. Explorer 3 nickt und stellt keine weiteren Fragen.

16

Kritik an der Beobachtung der Tiere

Captain Brown wurde von den Explorern 13, 14 und 3 der neuen Erkundungsstation ES-Eta-Tiere über ihre aktuellen Beobachtungen informiert und ist ebenfalls erstaunt über die Parallelen zu den Beobachtungen der Menschen. Er findet es sinnvoll, wenn er sich mit ihnen direkt austauschen kann, zusammen mit den beiden Explorern 7 und 8 der ES Alpha, die ähnliche Beobachtungen bei den Menschen gemacht haben. Nun bittet er alle zu einem gemeinsamen Treffen in der Raumstation.

Beim Treffen bedanken sich Explorer 7 und 8 zuerst für die Einladung und die Informationen, die sie erhalten hatten. Die Beobachtungen der Kollegen bei den Tieren seien sehr interessant und sie hätten zum weiteren Vorgehen eine Idee.

Was die beiden nicht erwähnen, ist ihre außerordentliche Freude und Genugtuung über das, was die Kollegen entdeckt haben. Sie sehen sich bestätigt, dass ihre Sichtweise zur Bedeutung der Frauen und ihre Verbindung zu den Kindern nicht einfach Unsinn ist. Sie waren von Captain Brown kritisiert worden, sie würden Bauch und Brüsten der Frau unbegründet viel Aufmerksamkeit schenken, und sie sollten sachlicher vorgehen. Nun sind bei den Tieren ähnliche Vorgänge entdeckt worden und sie fühlen sich bestätigt. Diese Gedanken behalten sie jedoch für sich; sie wollen gegenüber Captain Brown nicht rechthaberisch wirken.

Captain Brown erkundigt sich nun, welche Ideen sie – wie angekündigt – zum weiteren Vorgehen hätten. Explorer 7 und 8 geben darüber gerne Auskunft und erklären, dass 90 Tage zu kurz sind, um aufschlussreiche Beobachtungen zu erhalten, wenn es um die Frage geht, was sich vor dem Wurf bei der Mutterkuh ereignet. Ihre Überlegungen basieren auf den Beobachtungen, die sie gemacht haben.

Sie stellten fest, dass sehr kleine Menschen nach ihrer Ankunft nur wenig an Größe zunehmen und es weit über 100 Tage dauert, bis sich ihre Körpergröße verdoppelt. Offenbar sei auch bei den kleinen Tieren ein langsames Wachsen vorhanden. Es sei deshalb durchaus möglich, dass sich das ungeborene Tier bis zum Wurf recht lange im Bauch der Mutterkuh befindet. Wenn diese Überlegungen zutreffen, dann müsste man die Mutterkühe über eine lange Zeit beobachten, um herauszufinden, was sich vor dem Wurf bei diesen Kühen ereignet hat. Nur 90 Tage Beobachtungsdauer genügen deshalb nicht. Sie raten deshalb zu einer Verdoppelung der Beobachtungszeit auf 180 Tage.

In der Diskussion dieser Überlegungen entsteht ein Konsens, dass die 90 Tage wohl nicht ausreichen. Man denke nur an die beobachteten Würfe beim Zebra, der Giraffe und bei den zwei Pferden. Die Kleinen waren bereits beachtlich große Wesen, als sie auf die Erde plumpsten. Und entsprechend viel Zeit benötigen sie, bis sie diese Größe erreichen und schließlich der Wurf erfolgt.

Captain Brown findet diese Argumentation plausibel und stimmt zu, dass die Beobachtungszeit auf 180 Tage verlängert wird. Er fordert die ES-Eta auf, die Beobachtungen in diesem Sinn fortzusetzen. Die Zeit dafür steht ihnen zur Verfügung, da es bei der „Mission Erde" ohnehin zu einer Verzögerung kommt. Die Arbeit einiger Explorer muss ja unterbrochen werden, weil diese sich beim Aufbau der Basisstation auf dem Mond beteiligen müssen. Alle fünf Explorer reagieren erfreut über diese Verlängerung, weil dies eine Chance ist, die Ursachen für die Entstehung der kleinen Tiere eingehender zu ergründen.

17

Zuerst ein „Hurra!", dann die Schelte!

Nun gehen Explorer 13, 14 und 3 der ES-Eta Tiere wieder an die Arbeit. Bei diesem zweiten Anlauf wird es eine längere Beobachtungsperiode geben, 180 Tage sind lang. Ziel ist es, mehrere Würfe bei verschiedenen Tierarten ausfindig zu machen. Dann gilt es nach Hinweisen zu suchen, wie die kleinen Tiere in den Körper der Mutterkuh gelangen.

Wie erhofft, können nun mehrere Würfe beobachtet werden, und dies auch bei verschiedenen Tierarten. Konkret sind es insgesamt 10 Würfe in den 180 Tagen. Betroffen sind ein Elefant, ein Zebra, eine Giraffe, zwei Pferde sowie zwei Leoparden und drei Tiger. Bei allen Tieren kommt das sehr kleine Tier aus dem hinteren Teil der Kuh, nie aus einem Bullen.

Beeindruckend ist, dass bei der Elefantenkuh das kleine Tier beachtlich groß war und kurz nach dem Wurf vom Boden aufstehen konnte. Hier wie bei den anderen Würfen war das kleine Tier danach immer nahe bei der Mutterkuh zu erkennen. Auch konnte nach den Würfen beobachtet werden, wie das kleine Tier mit dem Kopf den Bauch der Mutterkuh aufsuchte und eine Art Saugbewegungen ausführte. Im näheren Umfeld befanden sich noch andere Kühe, aber kaum Bullen.

Die Langzeitaufnahmen zeigen einen interessanten Befund: Bei einer Leopardenkuh und zwei Tigerkühen, die ihre Würfe gegen Ende der Beobachtungsphase hatten, wurde wiederum das eigenartige Verhalten festgestellt: Rund 100 Tage vor dem Wurf fanden Kopulationen zwischen der Kuh und einem Bullen statt. Diese Kopulationen waren in den Aufnahmen an mehreren Tagen zu beobachten, dann aber überhaupt nicht mehr. Die lange Beobachtungszeit hat es also ermöglicht, dass bei den drei Tieren mit Kopulationen später auch Würfe erkannt wurden, was die Explorer sehr freut.

Für die Explorer ist es klar, dass die Kopulation für die Entstehung eines kleinen Tieres verantwortlich ist. Die Kopulation ist der Schlüssel zur Frage „Woher kommt das kleine Tier?". Freudig teilen sie der Leitung mit, dass sie das Rätsel, woher die sehr kleinen Tiere kommen, gelöst haben, und es kommt zu einem Gespräch mit Captain Brown und der Leitung.

Letztere hört sich das Ganze an, reagiert aber nicht sonderlich erfreut. Captain Brown fragt: „Ist es richtig, ihr habt lediglich bei einer Leopardenkuh und zwei Tigerkühen Kopulationen mit Würfen festgestellt, bei den anderen sieben Tieren nur die Würfe?" „Ja, das ist richtig", bestätigen die Explorer.

Captain Brown: „Obwohl ihr insgesamt zehn Würfe beobachtet habt, sind nur bei drei Tieren im Vorfeld Kopulationen festgestellt worden, also nur bei einem Drittel, und dies bei einer Beobachtungsdauer von 180 Tagen. Das bedeutet doch, dass Kopulationen bezüglich der Würfe nicht relevant sind beziehungsweise kein Grund sind, dass sehr kleine Tiere entstehen."

„Dann ist da auch noch eine andere Frage", fährt Captain Brown fort. „Was ist mit denjenigen Kühen, die während der

Beobachtungszeit keine Würfe hatten? Gab es da Kopulationen oder nicht? Wenn hier Kopulationen festgestellt werden können, jedoch keine Würfe, dann würde dies ebenfalls darauf hindeuten, dass Kopulationen bezüglich der Würfe nicht relevant sind."

Die drei Explorer der ES-Eta antworten, dass sie das bisher noch gar nicht untersucht hätten. Nun reagiert die Leitung enerviert und ermahnt sie, künftig sorgfältiger die Sachlage zu beurteilen, bevor sie Schlussfolgerungen ziehen. Sie ordnet an, die Sache nochmals genauer zu analysieren und erneut vorzulegen. Captain Brown ist ungehalten, weil er nur schon bei der zweiten Erkundungsstation voreilige Schlussfolgerungen der Explorer zu kritisieren hat.

18

Entschuldigung bei
Captain Brown. – Die „Stabtheorie"

Die Explorer 13, 14 und 3 der ES-Eta befassen sich also nochmals eingehend mit den Langzeitaufnahmen. Die Kritik von Captain Brown hat sie getroffen. Es stimmt: Nur bei Leoparden und Tigern wurden Kopulationen und anschließend Würfe beobachtet. Bei den anderen Tieren, die auch Würfe hatten, jedoch nicht, also bei Elefant, Giraffe, Zebra und Pferd. Es leuchtet ihnen ein, dass Kopulationen für einen Wurf doch nicht wichtig sind. Es müssen andere Ursachen vorliegen, die zu einem Wurf eines sehr kleinen Tieres führen.

Bezüglich der Bemerkung der Leitung, Tiere ohne Würfe seien gar nicht einbezogen worden, wollen sie nun die Aufnahmen nochmals durchgehen, aber auch neue Langzeitbeobachtungen aufnehmen. Dabei erkennen sie, dass es bei den Kühen, die in der Beobachtungszeit keine Würfe hatten, tatsächlich auch Kopulationen gab. Auch das spricht dafür, dass Kopulationen für die Würfe nicht von Bedeutung sind. Die Einwände der Leitung sind somit berechtigt. Die Explorer reagieren enttäuscht und entschuldigen sich bei Captain Brown.

Etwas später gehen sie die aufgezeichneten Langzeitbeobachtungen nochmals durch. Sie beobachten nun eingehender das sonderbare Verhalten der Kühe, also die Kopulationen. Eindrücklich wurde das beim Elefanten beobachtet, wie der Bulle die Kuh bestieg und etwas Längliches in das Hinterteil der Kuh hineinpresste, eine Art „Stab", und diesen hin und her bewegte. Der „Stab" befand sich zwischen den beiden Hinterbeinen. Unklar ist, ob diese Bewegungen des „Stabes" etwas mit dem sehr kleinen Tier zu tun haben, das, so die Vermutung, dann viel später aus dem Hinterteil der Kuh auf den Boden fällt.

Explorer 3 hat nun folgende Vermutung: „Der Vorgang mit dem Stab könnte die Übertragung des sehr kleinen Tieres sein, das sich im Stab des Bullen in einem noch sehr frühen Entwicklungsstadium befindet und – eingestoßen in den Leib der Kuh – sich dort entwickelt und größer wird. Der Vorgang der Kopulation mittels eines Stabs über den hinteren Teil der Kuh, also demjenigen Teil, aus dem die sehr kleinen Tiere später herauskommen, wäre auch plausibel. Sicher plausibler als die Vorstellung, dass sehr kleine Tiere mittels der üblichen Energieaufnahme via Maul *(Nahrung fressen)* entstehen und sich dann im Körper der Kuh entwickeln."

Explorer 14 nickt zustimmend und meint: „Eine andere Überlegung geht davon aus, dass der Bulle mithilfe seines Stabes den ‚Bauplan' zur Entwicklung eines sehr kleinen Tieres in den Bauch ‚hineinkopiert' und sich dann im Körper der Kuh ein kleines Tier entwickelt. Bei uns werden ja beim regelmäßigen Abgleichen mit dem Kontrollorgan auch neue Programme implantiert. Warum also nicht auch bei den Tieren?"

„So etwas ‚hineinkopieren' oder ‚implantieren' wäre aber für uns sehr schwierig oder unmöglich zu erkennen", antwortet Explorer 13. „Wir haben ja keine Möglichkeiten, in den Bauch des Bullen hineinzusehen."

Explorer 3 meint nun: „Ich bin unsicher geworden. Einerseits scheint die Kopulation nicht relevant zu sein, andererseits haben wir eine Vermutung, auf welchem Weg es dazu kommt, dass sich im Körper der Kühe ein sehr kleines Tier einnistet, nämlich mittels einer Kopulation. Gemäß dieser Überlegung wäre die Kopulation ein entscheidender Vorgang."

„Wenn dem so wäre", folgert Explorer 13, „müsste praktisch jede Kopulation später zu einem Wurf führen. Vielleicht ist die Beobachtungsphase von 180 Tagen immer noch zu kurz, um das feststellen zu können. Wenn wir darlegen könnten, dass es primär eine Frage der Beobachtungszeit ist, bis man zeigen kann, dass die Kopulation zu einem Wurf führt, wäre das ein neuer Schritt zu einer Bestätigung der ‚Kopulationstheorie' oder der ‚Stabtheorie', wie immer man das bezeichnen will. Vielleicht sollten wir einfach die Beobachtungszeit noch weiter verlängern."

Die Explorer entschließen sich deshalb, die Beobachtungszeit auf ein Jahr oder sogar noch etwas länger auszudehnen, dies ohne die Leitung um Erlaubnis zu fragen. Sie wollen das Risiko nicht eingehen, dass die Leitung dies verunmöglicht.

Zu ihrer Überraschung sehen sie am Ende der Verlängerung auf ein Jahr, dass die Kombination von Kopulation und Wurf auch bei Zebras und Pferden erkennbar ist, dies dank der längeren Beobachtungszeit. Die Zeit zwischen Kopulation und Wurf ist je nach Tierart unterschiedlich lang. Das gibt der Vermutung, wonach die Kopulation für den Wurf relevant ist, neuen Auftrieb.

Dann interessiert es sie noch, ob bei Giraffen und Elefanten dasselbe festgestellt werden kann, wenn man diese noch länger beobachtet. Hier schlugen sie bezüglich der Beobachtung einen anderen Weg ein: Sie beobachten Giraffen- und Elefantenbullen, bis sie eine Kopulation beobachten konnten, und zwar mit einer gut identifizierbaren Kuh. Diese beobachten sie sodann über eine lange Zeit, bis ein Wurf registriert wird. Dabei achten sie auch darauf, ob die Kuh in der Zwischenzeit mit dem gleichen oder anderen Bullen erneut Kopulationen hat. Dies ist jedoch gemäß ihren Aufzeichnungen nicht der Fall.

Und siehe da: Bei der Giraffe konnte 420 Tage nach der Kopulation ein Wurf beobachtet werden. Das ist eine sehr lange Beobachtungszeit. Bei der Elefantenkuh beobachteten sie ebenfalls eine genauso lange Zeit, in der Hoffnung, einen Wurf beobachten zu können, aber das war nicht der Fall. Vermutlich ist die Dauer bei den Elefanten noch länger. Diese Tiere sind ja auch größer. Die Zeit zwischen Kopulation und Wurf bezeichnen sie als „Tragzeit". Die Kühe hatten in dieser Zeit, soweit erkennbar, keine weiteren Kopulationen.

Der Wurf bei der Giraffe war für die Explorer ein Beleg, dass bei allen bisher beobachteten Tierarten, mit Ausnahme der Elefanten, ein Zusammenhang zwischen Kopulation und Wurf besteht. Sie erstellen für sich intern eine Tabelle zur Tragzeit, die sie jedoch anderen Explorern nicht zeigen. Sie wollen nicht, dass die Leitung bemerkt, dass sie länger als erlaubt beobachtet haben.

Tragzeit:
- *Tiger: ca. 103 Tage,*
- *Leoparden: ca. 90 – 105 Tage,*
- *Giraffen: ca. 420 Tage,*
- *Zebras: ca. 360 – 390 Tage,*
- *Pferd: ca. 330 – 360 Tage,*
- *Elefant: unbekannt, vermutlich länger als 360 Tage*

Für die Explorer gilt nun: Die Kopulation zwischen Bulle und Kuh ist vermutlich entscheidend für einen Wurf. Aber ganz sicher belegen können sie dies nicht. Diese Erklärung ergäbe auch eine Antwort auf die Frage, wozu Bullen nützlich sind und weshalb es zwei Sorten von Tieren gibt, Bullen und Kühe.

Die Explorer haben anhand der erstellten Aufnahmen somit Hinweise auf die Bedeutung der Kopulation und zweitens mit dem Hinweis auf den „Stab", der vermutlich das Essenzielle des sehr kleinen Tieres auf die Mutterkuh überträgt, eine Art „Stabtheorie" formuliert. Die „Stabtheorie" wäre ein wichtiges Element zur Theorie, woher die sehr kleinen Tiere kommen, welche Bedeutung der Bulle dabei hat, wie die Übermittlung vom

Bullen zur Mutterkuh erfolgt und warum nach dem Wurf primär die Mutterkuh wichtig ist und nicht der Bulle.

Diese Erkenntnisse führen bei den Explorern zur Frage, ob der Vorgang der Kopulation nicht auch bei den Menschen erkennbar wäre. Die analoge Beobachtung bei den Menschen ist jedoch praktisch unmöglich, da diese in den Häusern verschwinden und sich jeglicher Beobachtung entziehen!

Sie informieren Captain Brown über ihre Erkenntnisse und Überlegungen, erwähnen jedoch nicht, dass sie die Beobachtungszeit stark ausgeweitet hatten. Explorer 13 meint: „Ich bin gespannt zu hören, was Captain Brown zur neuen Bewertung der Kopulation und zu unser ‚Stabtheorie' meint. Sicher wird er wieder etwas zu kritisieren haben." Explorer 3 ergänzt: „Deshalb wäre es gut, wir könnten bei einer Elefantenkuh auch eine Kopulation und einen Wurf beobachten."

19

Kritik der Leitung – Transfer auf Menschen?

Captain Brown stellt zu Beginn des neuen Meetings fest, dass das eingeschlagene Vorgehen bei der Erkundungsstation „ES-Eta Tiere" sich bewährt hat. „Die Langzeitbeobachtungen, insbesondere über 180 Tage, haben zu neuen Erkenntnissen geführt. Interessant sind die Beobachtungen der Würfe bei den sehr kleinen Tieren, und das bei verschiedenen Tierarten. Sie werden nicht etwa in einem Haus abgeholt, wie das bei den Menschen angetroffen wurde, sondern sie stammen aus dem hinteren Teil eines Tieres, der Kuh, und fallen auf die Erde. Das hat uns in der Leitung doch erstaunt. Die Explorer sind ferner der Meinung, dass es zwei verschiedene Typen von Tieren gibt, die Bullen und die Kühe. Nur die Kühe kreieren sehr kleine Tiere, und zwar immer aus einer Öffnung am Hinterteil des Tieres, wo auch die Exkremente ausgestoßen werden. Nach dem Wurf erheben sich die sehr kleinen Tiere und stehen ab dann auf ihren eigenen Beinen. Für längere Zeit werden sie von der Kuh umsorgt und befinden sich stets in deren nächster Umgebung. Wir bezeichnen sie deshalb als Mutterkuh."

Captain Brown ergänzt: „Nach einer gewissen Zeit fressen die Kleinen selbstständig und auf die gleiche Art wie die Kühe und Bullen im Rudel. Deshalb vermuten wir, dass es das Fressen ist, das die kleinen Tiere größer werden lässt. Es sei aber auch möglich, so argumentiert ein Kollege, dass die Kuh beim Fressen etwas Spezielles zu sich nimmt, das dann zur Bildung des Tieres im Bauch der Mutterkuh führt. Das ist aber aus meiner Sicht eine sehr ungewisse Annahme, zumal man nicht weiß, was dieses Spezielle ist."

„Nun etwas Eigenartiges", fährt Captain Brown fort: „Die Explorer haben ein Verhalten der Kühe und Bullen bemerkt, das sie als ‚Besteigung' oder ‚Kopulation' bezeichnen. Dabei stecke der Bulle etwas Hartes in das Hinterteil der Kuh, so etwas wie einen ‚Stab', und bewege ihn hin und her. Nun vertreten die drei Explorer dazu folgende Meinung: Die Kopulation sei vermutlich verantwortlich dafür, dass ein kleines Tier entsteht. Dabei werde es vom Bullen in den Bauch der Kuh eingepflanzt. Sie haben noch eine zweite Erklärungsmöglichkeit: der Bulle übergebe der Kuh quasi den Bauplan, damit ein kleines Tier entstehen könne. Diese Vermutungen ergeben gemäß den Explorern auch eine Antwort auf die Frage, wozu Bullen nützlich sind, weshalb es zwei Sorten von Tieren gibt und warum nach dem Wurf primär die Mutterkuh wichtig ist und nicht der Bulle."

„Wir von der Leitung finden diese verschiedenen Interpretationen reichlich tendenziös. Vor allem der Vorgang mit dem harten Teil, dem Stab, den der Bulle angeblich in das Hinterteil der Kuh stoße, finden wir abstrus. In der Leitung ist darüber großes Kopfschütteln entstanden. Wir bitten die Explorer, mehr bei den Beobachtungen zu bleiben und weniger zu spekulieren."

Nun wechselt Captain Brown das Thema: „Zentral ist aber ein anderer Punkt, bei dem es um die Ähnlichkeit zwischen Tieren und Menschen geht. Es leuchtet ja ein, dass eine gewisse Ähnlichkeit besteht, aber kann man die Beobachtungen bei den Tieren im Sinne eines Transfers auch auf die Menschen übertragen? In der Leitung haben wir über diese Frage diskutiert, wobei sich zwei Positionen abgezeichnet haben:

Die einen wehren sich heftig gegen die Sichtweise, wonach gewisse Beobachtungen bei den Tieren auch auf Menschen übertragen werden können. Sie verweisen auf die zahlreichen Unterschiede zwischen Menschen und Tieren. Was sich auf der Erde bewege, sei praktisch fast immer mit Menschen verbunden und nicht mit Tieren. Die Intelligenz der Menschen sei derjenigen der Tiere weit überlegen. Das und vieles mehr weise auf enorme Unterschiede, sodass kein Transfer von spezifischen Beobachtungen bei Tieren auf Menschen gemacht werden könne.

Andere wiederum vertreten die Meinung, dass man doch die Überlegung bezüglich eines Transfers auf die Menschen aufnehmen und überprüfen solle, statt die Überlegungen aufgrund von bloßen Annahmen abzulehnen."

Captain Brown fährt fort: „Meine Meinung ist folgende: Eine genauere Analyse zum Aspekt der Ähnlichkeit scheint mir nicht nachteilig zu sein, außer dass Aufwand generiert wird. Ich beauftrage deshalb die Erkundungsstation ES-Alpha mit den beiden Explorern 7 und 8, sich diesem Aspekt genauer zu widmen und sinnvolle Analysen einzuleiten. Ferner will ich diese Erkundungsstation stärken und erweitern. Dazu habe ich zwei Explorer ausgewählt, die schon seit Beginn der ‚Mission Erde' dabei sind und die bisherigen Erkenntnisse kennen. Sie erhalten die Bezeichnung Explorer 15 und 16. Die Aufgabe ist klar: Es geht um die Frage der Parallelen zwischen Tieren und Menschen. Bestehen insbesondere Ähnlichkeiten bezüglich der Versorgung der kleinen Wesen durch die Mutterkuh, des Wurfs, der Kopulation, der Tragzeit und der reichlich komischen ‚Stabtheorie'? Da bei diesen Analysen Langzeitbeobachtungen notwendig sind, bekommt die ES-Alpha zusätzlich einen digitalen Assistenten mit zwei kleinen

Übermittlungsstationen. Der digitale Assistent kann auch mit einem Explorer bemannt werden. Wenn besonders interessante Tiere oder Menschen langzeitlich beobachtet werden, kann dieser Explorer die Objekte auch nachts beobachten. Für seine Rückmeldung der Beobachtungen steht ihm die kleine Übermittlungsstation zur Verfügung, die zweite wird in der ES-Alpha positioniert.

Wenn wir trotz dieses Aufwands keine wichtigen Ähnlichkeiten finden, können wir die Analysen bei den Tieren beenden und uns wichtigeren Aufgaben zuwenden. Tiere sind für die ,Mission Erde' ohnehin nicht zentral."

„Damit schließe ich dieses Meeting. Ich werde mit den anderen Erkundungsstationen direkt in Kontakt treten und mich über ihre neusten Erkundungen informieren lassen."

Explorer 7 und 8 scheinen mit dieser Erweiterung um zwei neue Kollegen nicht begeistert zu sein, begrüßen jedoch die beiden im nun vergrößerten Team. Sehr zufrieden sind sie jedoch mit den zusätzlich zur Verfügung gestellten Apparaten.

20

Geburt eines kleinen Menschen und Zweifel

Die nun vier Explorer 7, 8, 15 und 16 der erweiterten Erkundungsstation Alpha machen sich an die Arbeit. Es ist für sie noch nicht klar, wie sie vorgehen wollen, um die recht komplexen Fragen und Aufträge anzugehen. Explorer 7 und 8 haben eine Vorstellung zum weiteren Vorgehen. Sie waren von den Beobachtungen bei den Tieren und insbesondere von der „Stabtheorie" und dem Zusammenhang zwischen Kopulation und Wurf beeindruckt, obwohl Captain Brown diese Überlegungen als unsachlich kritisierte. Für sie beide ist klar: Sie wollen untersuchen, ob es diesbezüglich eine Ähnlichkeit zu den Menschen gibt. Die beiden neu hinzugekommenen Kollegen Explorer 15 und 16 dagegen stehen eher auf der Seite von Captain Brown, das heißt für sachliche Beobachtung ohne Interpretationen. Sie passen sich jedoch dem Anliegen der Kollegen Explorer 7 und 8 an, da sie erst vor Kurzem den beiden zugeteilt wurden.

Die Erkundungsstation Eta hat es in vieler Hinsicht einfacher, weil die Tiere im Gegensatz zu den Menschen recht gut beobachtet werden können. Wie soll das bei den Menschen gehen, wenn sie sich überwiegend in Häusern und Zentren befinden, die einer Beobachtung nicht zugänglich sind? Dennoch widmen sie sich durchaus hoffnungsvoll der Hauptfrage: Bestehen Übereinstimmungen zwischen Tieren und Menschen? Gibt es bei Menschen auch eine Art „Wurf"?

Nun erinnern sie sich an die Kollegen der Erkundungsstation Geografie, als diese über Gebiete auf dem Lande berichteten, in denen die Menschen nicht in Häusern leben, sondern in Zelten oder Hütten, und das überwiegend nur nachts. Tagsüber sind sie draußen und können von den Explorern beobachtet werden. Falls nun ein Wurf bei einer Frau beobachtet werden könnte, so wie bei den Tieren, wäre das ein deutlicher Hinweis darauf, dass die sehr kleinen Menschen aus dem Bauch der Frau kommen und nicht von extern gebracht oder im großen Gebäude (Spital) geholt werden.

Die Explorer beobachten deshalb Frauen in diesen ländlichen Gebieten im Rahmen einer Langzeitbeobachtung. Zunächst ist es nicht schwierig, Frauen zu entdecken, die sich um ein sehr kleines Kind kümmern, es in den Armen tragen oder in einem Wagen schieben. Nun analysieren sie aufgrund der Langzeitaufzeichnungen das Leben dieser Frauen davor, also vor der ersten beobachteten Episode von ‚Frau mit Kind', in der Hoffnung, dass es Hinweise gibt, woher die sehr kleinen Menschen plötzlich gekommen sind. Es wäre ja möglich, dass die kleinen Wesen in Behältern oder Taschen in die Hütte gebracht werden, entweder durch die Frau selbst oder durch andere Menschen. Aus den Bildaufzeichnungen ergeben sich jedoch keinerlei Hinweise darauf. Aber auszuschließen sind solche Vorgänge nicht, da bei schlechten Witterungsverhältnissen keine Aufnahmen möglich sind.

Nun wird jedoch von den Explorern bei ihren retrospektiven Analysen ein seltsames Ereignis festgestellt. Bei einer Frau, die weitab von Hütten zusammen mit anderen Frauen auf dem Felde arbeitete, geschah etwas Sonderbares: Die Frau legte sich auf dem Feld auf den Rücken und zog ihre Beine an, worauf andere Frauen ihr zu Hilfe eilten. Eine Frau befreite sie von ihren Kleidern, sodass der Unterkörper der Frau nackt war. Dann hantierte eine helfende Frau im Bereich der Schenkel und des Unterkörpers der liegenden Frau und nach einiger Zeit zog sie langsam einen Gegenstand aus dem Unterleib der Frau, der sich als ein sehr kleiner Mensch erwies! Dieses Ding hatte Kopf, Körper, Arme und Beine, bewegte sich und hatte eine Art Schnur zum Unterkörper der Frau, die von der helfenden Frau durchtrennt wurde. Die Explorer staunen, als sie das sehen, und hoffen, dass die Aufnahmen von diesem eindrücklichen Vorgang gut gelungen sind.

Die umstehenden Frauen wollten alle den sehr kleinen Menschen in die Arme nehmen und es schien, als freuten sie sich sehr. Schließlich wurde der liegenden Frau geholfen, sich aufzusetzen, um den kleinen Menschen in ihre Arme zu nehmen. Auffallend war, dass sie das Kleine an ihre nackte Brust drückte und dies in der nachfolgenden Zeit auch immer wieder tat. Ihre Versorgung des Kleinen war beeindruckend.

Zumindest bei dieser Frau war es für die Explorer klar, dass der kleine Mensch aus dem Bauch der Frau gekommen und nicht von extern gebracht oder geholt worden war. Das spricht dafür, dass es die Frau ist, die einen kleinen Menschen auf die Erde bringt und dieser sich im Bauch der Frau entwickelt.

Die Explorer realisierten, dass bei dieser Beobachtung sehr viele Ähnlichkeiten zu den Tieren bestehen, die sie bei den Aufnahmen der Erkundungsstation ES-Tiere gesehen hatten. Wie bei den Tieren erfolgt dieser Vorgang durch den hinteren respektive unteren Körperteil der Frau.

(In Anlehnung an die Begriffe „Wurf" und „Mutterkuh" bei den Tieren verwenden wir hier die Begriffe der Menschen und sprechen

von einer „Geburt" und von der „Mutter", die den sehr kleinen Menschen, den „Säugling", auf die Welt bringt).

Alle vier Explorer sind verblüfft! „Nun wissen wir, woher die sehr kleinen Menschen kommen", meint Explorer 7. Explorer 8 ist ebenfalls hell begeistert und äußert das auch. Sie schauen einander an und ihre Blicke verraten, dass sie wieder diese eigenartig prickelnden Gefühle haben, worüber sie sich bereits mehrmals ausgetauscht hatten. Die anderen beiden Kollegen reagieren eher verhalten. Sie bemerken, dass man nun klären müsse, ob diese eine Beobachtung ein zufälliges Ereignis gewesen sei, dem keine große Bedeutung zuzumessen sei.

Die Explorer schicken diese Aufnahmen an Captain Brown, die Leitung und die anderen Kollegen. Sie alle zeigen sich erstaunt über diese Entdeckung. Es war für sie bisher undenkbar gewesen, dass ein so kleines, lebendiges Wesen auf diese Weise auf die Erde kommt. Bei einzelnen Explorern besteht auch eine gewisse Nachdenklichkeit, die vermutlich darin wurzelt, dass bei ihnen Fragen nach der eigenen Herkunft entstanden, die sie bisher nicht beantworten konnten.

Die Leitung wünscht sich nun weitere Beobachtungen dieser Art. Für sie ist es sehr wichtig, dass Beobachtungen repliziert werden. Ohne Replikation distanzieren sie sich davon, weiterführende Gedanken und Erklärungen zu kreieren.

Die Explorer bemühen sich anschließend, weitere Geburten zu entdecken, aber das gelingt ihnen nicht. Auch die Erkundungsstation Geografie, die ebenfalls ihre Aufmerksamkeit auf solche Ereignisse legt, wird nicht fündig. Das weckt Zweifel an der Vermutung, dass es Ähnlichkeiten zwischen Menschen und Tieren bezüglich Geburt beziehungsweise Wurf gibt. Explorer 7 und 8 sind enttäuscht. Aber die Gedanken an diese Vorgänge und auch zur „Stabtheorie" bleiben bei ihnen trotzdem präsent und wollen nicht verschwinden. Sie können sich nicht recht erklären, weshalb es so viele kleine Menschen gibt, die von den Frauen umsorgt werden, aber lediglich eine einzige Geburt beobachtet werden konnte. Woher kommen all die kleinen Menschen? Und gibt es bei den Menschen auch so etwas wie Kopulationen?

21

Kopulationen auch bei Menschen?

Die vier Explorer 7, 8, 15 und 16 der Erkundungsstation-Alpha beobachten weiterhin die Felder, um vielleicht doch noch eine zweite Geburt entdecken zu können. Daneben gilt ihre Aufmerksamkeit in erster Linie dem Vorgang, den die Explorer der ES-Eta-Tiere als „Kopulation" bezeichnen, das Zusammentreffen von Bulle und Kuh. Sie beraten nun, wie sie Kopulationen bei Menschen ausfindig machen könnten. Man müsste Menschen beobachten, die überwiegend nicht in einem Haus leben, sondern in erster Linie draußen. Die Explorer beobachten deshalb Frauen in ländlichen Gebieten, die täglich längere Zeit von der Sonne bestrahlt werden und daher gut beobachtbar sind.

Die Explorer erstellen nun Langzeitaufnahmen über eine Dauer von einem Jahr, vereinzelt sogar länger. Im Zentrum stehen Frauen, die plötzlich zusammen mit einem sehr kleinen Menschen zu erkennen sind, den sie innig umsorgen. Bei diesen Frauen wird angenommen, dass sie den kleinen Menschen auf die Welt gebracht hatten. Dies ist eine Annahme, da ja der Vorgang der Geburt vermutlich in der Hütte oder im Haus unbeobachtet stattgefunden hatte. Das Verhalten dieser Frauen wird sodann im Bildmaterial retrospektiv im Hinblick auf Kopulationen genau analysiert. Dabei werden Frauen ausgewählt, die aufgrund ihres Aussehens oder ihrer Lebensart gut identifiziert werden können.

Und siehe da, sie finden solche Kopulationen zwischen einer Frau und einem Mann. Es sind Kopulationen, die abseits und in einer gewissen Distanz zu den Zelten und Hütten stattfinden, oft hinter einem Felsen oder unter einem Baum, wo sich keine anderen Menschen in der Nähe befinden.

Zuerst, so ihre Beobachtung, umschlingen sich Frau und Mann innig und entledigen sich teilweise ihrer Bekleidung. Dann legt sich der Mann über die Frau oder er besteigt sie von hinten wie bei den Tieren. Vereinzelt ist erkennbar, dass der Mann eine Art „Stab" hat, der sich in der unteren Hälfte des Körpers befindet und der gerade hervorsteht. Er steckt ihn, wenn er die Frau von hinten besteigt, in den hinteren Teil der Frau und bewegt ihn hin und her. Oder der Mann legt sich über die Frau und steckt den „Stab" in den Unterleib der Frau. Dieser Vorgang dauert in der Regel nicht lange. Dann kehren die beiden wieder zurück zur Hütte. Die vier Explorer sind über diesen Vorgang sehr erstaunt. Die Ähnlichkeit zu den Tieren ist frappant.

Vor allem Explorer 7 und 8 sind tief beeindruckt und zeigen das auch. Einmal mehr treffen sich ihre Blicke und beide verspüren wieder dieses eigenartig prickelnde Gefühl. Sie wollen diese Aufnahmen immer wieder anschauen, aber die beiden anderen Kollegen, Explorer 15 und 16, reagieren ungehalten. Es genüge jetzt, man habe das ja nun gesehen, meinen sie.

Explorer 7 wendet sich an Explorer 8, als die beiden alleine sind. „Warum haben nur wir beide dieses prickelnde Gefühl bei bestimmten Aufnahmen und alle anderen Kollegen nicht?" Der Kollege überlegt längere Zeit und meint dann: „Du erinnerst dich noch, als Captain Brown die Besatzung für die Erkundungsstation Alpha für Menschen zusammenstellte und sich außer uns beiden niemand meldete. Wir zwei waren schon damals auf eine spezielle Art von den Menschen beeindruckt gewesen. Es scheint, als ob wir irgendwie anders als die Kollegen sind, und das war schon damals spürbar. Nur zeigte sich das nicht so offenkundig, wie das jetzt der Fall ist. Du erinnerst dich ja: Wir hatten schon bei etlichen Beobachtungen der Menschen diese prickelnden Gefühle und die anderen überhaupt nicht." „Ja, aber das beantwortet meine Frage nicht. Nochmals: Warum haben nur wir beide dieses prickelnde Gefühl bei bestimmten Aufnahmen und alle anderen Kollegen nicht?" „Ich weiß es auch nicht", entgegnet Explorer 8. „Das ist für mich auch ein Rätsel."

Bei den nun durchgeführten retrospektiven Analysen können sie insgesamt 13 Frauen beobachten, die vor der vermuteten Geburt Kopulationen hatten. Davon hatten zehn Frauen viele Kopulationen, zwei nur sehr wenige und eine nur eine einzige.

Für die Explorer ist es somit klar, dass viele Kopulationen eher zu einer Geburt führen als einige wenige.

Auffällig ist auch, dass im Gegensatz zu den Tieren bei den Menschen solche Kopulationen oft wiederholt werden und dies bis rund 30 Tage vor der Geburt. Unterschiedlich ist auch die Zeit zwischen der letzten Kopulation und der Geburt. Bei den Menschen ist dies sehr variabel, bei den einzelnen Tierarten besteht jedoch eine gewisse Regelmäßigkeit, sodass für einzelne Tierarten eine „Tragzeit" ermittelt werden konnte.

Über die Männer, die an den Kopulationen beteiligt waren, konnten die Explorer nichts in Erfahrung bringen, da deren Identifikation unsicher war. Ob es sich bei den Kopulationen stets um denselben Mann oder um verschiedene Männer handelte, war unmöglich zu erkennen. Die Explorer hatten jedoch den Eindruck, dass es sich bei den Kopulationen oft um denselben Mann handelt.

Explorer 7 und 8 waren beeindruckt zu sehen, wie oft bei Frauen Kopulationen beobachtet werden konnten, auf die dann später mit ziemlicher Sicherheit eine Geburt folgte. Es handelt sich somit nicht um eine einmalige Beobachtung und die Explorer sind zufrieden, weil damit das Postulat der Leitung über die Replizierbarkeit von Beobachtungen erfüllt ist.

Die Explorer teilen das hocherfreut der Leitung und allen Kollegen mit und senden ihnen die Aufnahmen. Dazu schreiben sie voller Stolz: „Kopulationen, und vor allem häufige Kopulationen, führen zu sehr kleinen Menschen. Nun haben wir endlich eine Antwort auf die Frage ‚Woher kommen sehr kleine Menschen?' gefunden. Diese entstehen während der Kopulation der Frau mit einem Mann, der bei der Kopulation mit einem ‚Stab' das sehr kleine Wesen der Frau in den hinteren Teil des Körpers einpflanzt, so wie das bei den Tieren beobachtet wurde."

Die Leitung reagiert aber zum Leidwesen der Explorer nicht erfreut, sondern mit Kritik. Captain Brown schreibt: „Es ist nicht an euch beiden, allen Explorern über eure sogenannten ‚Erkenntnisse' zu berichten. Ihr könnt euch an mich wenden und ich entscheide, welche Information weitergeleitet wird. Das muss ein für allemal klar sein und gilt auch für alle anderen Explorer.

Zweitens: Ihr habt nichts über Kopulationen jener Frauen berichtet, die *keine* kleinen Menschen geboren haben. Was ist mit diesen Frauen? Hatten sie nie Kopulationen? Es wäre ferner auch möglich, dass die Nahrungsaufnahme zu Geburten führt. Warum müssen es gerade die Kopulationen sein? Ferner ist die Sache mit dem ‚Stab‘ möglicherweise etwas, das keineswegs die Ursache für die Geburt darstellt.

Dann habt ihr bei den Tieren eine ‚Tragzeit‘ ermittelt, die Zeit zwischen Kopulation und Wurf. Sie ist abhängig von der Tierart und deren Größe, was Sinn macht. Bei den Menschen habt ihr gar nicht von einer Tragzeit gesprochen. Offenbar existiert bei Frauen keine Tragzeit einer bestimmten Dauer. Einzelne Frauen hatten Kopulationen bis kurz vor der Geburt, andere wiederum lange Zeit nicht. Das ergibt keinen Sinn.

Eure Schlussfolgerungen sind voreilig, ihr müsst euch nochmals eingehender und sachbezogen mit der Angelegenheit beschäftigen. Diese Antwort an euch geht in Kopie an alle anderen.“

Die vier Explorer, besonders Explorer 7 und 8, sind von der Kritik von Captain Brown betroffen, auch weil sie allen anderen Kollegen die Aufnahmen von der Kopulation gesendet hatten. Sie nehmen die Überlegungen von Captain Brown jedoch zur Kenntnis und gehen der Sache tiefer auf den Grund. Dabei legen sie den Fokus nun auf Frauen, die während der Beobachtungsperiode keine Geburten hatten. Und siehe da: Solche Kopulationen sind bei mehreren Frauen zu beobachten, die anschließend keine kleinen Menschen geboren hatten, obwohl diese Frauen nach der Kopulation lange beobachtet wurden. Auffallend war auch, dass es Frauen mit sehr vielen Kopulationen gab, die aber eigenartigerweise entgegen der Vermutung nicht zu einer Geburt führten.

Für Explorer 15 und 16 ist klar: Diese Beobachtungen lassen den Schluss zu, dass Kopulationen vermutlich nichts mit der Geburt eines sehr kleinen Menschen zu tun haben. Die Kopulation soll deshalb aus ihrer Sicht nicht weiter analysiert werden, es sei denn, es ergeben sich neue Erkenntnisse.

Explorer 7 und 8 sind nicht ganz zufrieden damit, äußern sich aber nicht weiter. Ihnen ist die Sache mit dem „Stab" immer noch im Gedächtnis und nicht erledigt. Möglich wäre, dass mehrere Faktoren beteiligt sind, damit es zu einer Geburt kommt, also mehrere Ursachen, nicht nur eine einzelne. Die Kopulation wäre dann zwar eine notwendige Bedingung, aber keine notwendige und hinreichende Bedingung. Diese Überlegungen behalten sie jedoch für sich. Sie wollen nicht nochmals von Captain Brown vor allen Kollegen kritisiert werden.

22

Beurteilung durch die
Leitung und Auszeichnungen

Captain Brown fasst im neuen Meeting die aktuelle Situation zusammen:

„Zunächst will ich in Erinnerung rufen, dass Menschen für die Explorer von besonderem Interesse sind. Es scheint, als ob sie sehr große Fähigkeiten haben und von allen Lebewesen auf der Erde vermutlich am weitesten entwickelt sind. Deshalb müssen wir unsere frühere kritische Beurteilung der Menschen korrigieren. Wir denken, dass wir von ihnen am meisten lernen können, und zwar auch Dinge und Vorgänge, die für uns komplett neu sind. Gerade deswegen sind sie eine Herausforderung für uns. Unklar ist, wie Menschen kommunizieren, wie sie entstehen, mit welchem Kontrollorgan sie verbunden sind und welche Art von Energie sie zur Verfügung haben.

Ein Schlüssel zur Frage, wie Menschen überhaupt entstehen, liegt gemäß der Überzeugung unserer beiden Explorer 7 und 8 in der Bedeutung der sehr kleinen Menschen, da es den Anschein macht, dass sie sich zu großen Menschen entwickeln und deren Fähigkeiten nach und nach erwerben. Wenn wir die Prozesse ihrer Entwicklung wirklich eingehend kennen, wäre es für einzelne ausgewählte Explorer von uns möglich, sich diese Fähigkeiten auch anzueignen. Diese Explorer durchlaufen quasi den gleichen Lernvorgang wie die kleinen Menschen, und all ihre gelernten Fähigkeiten und Erkenntnisse würden im Zentralspeicher aufgenommen. Sie könnten sodann auch ersten Kontakt zu den Menschen aufnehmen und einen intensiven Austausch mit ihnen in Gang bringen. Deshalb sind die sehr kleinen Menschen, und damit verbunden verschiedene zentrale Fragen, für uns möglicherweise von besonderem Interesse, vorausgesetzt, wir finden passende Antworten. Diese Fragen sind: „Wie entstehen die kleinen Menschen? Wie erfolgt ihre Entwicklung? Ist das Programm für ihre Entwicklung bereits bei ihrer Geburt implantiert?"

Und Captain Brown fährt fort: „Die bisherigen Erkenntnisse zu diesen Fragen sind nicht sonderlich brillant. Es sind viele Detailerkenntnisse erarbeitet worden, aber keine wesentlichen, tragfähigen Erkenntnisse. Wie kleine Menschen entstehen, wissen wir nicht.

Das hat uns denn auch, wie ihr alle wisst, zur Frage geführt, ob allenfalls Kenntnisse zum Funktionieren der Tiere uns einen Schritt weiterbringen könnten, im Sinne eines Wissenstransfers auf Menschen. Diese Erkenntnisse sind jedoch auf einem wackligen Fundament gebaut, sodass sie kaum weitere Beachtung verdienen. Bei den Menschen haben wir lediglich einen Wurf, also eine Geburt festgestellt, und die Kopulation als Grund für die Entstehung eines Kindes anzunehmen, ist falsch. Deshalb ist auch die komische ‚Stabtheorie' von Explorer 7 und 8 nicht relevant. Die Leitung will sich deshalb überlegen, möglicherweise gewisse Projekte und Arbeiten zu sistieren. Die zwei zusätzlichen Explorer 15 und 16, die der Erkundungsstation Alpha zugeteilt wurden, werden wieder abgezogen und erhalten neue Aufgaben."

Die beiden Explorer 7 und 8 sind enttäuscht und verstehen nicht, weshalb die Befunde der Tierbeobachtungen nicht auf Menschen übertragen werden können, und damit das Verständnis dafür, wie Menschen funktionieren, wesentlich verbessert werden kann. Die Missachtung ihrer Ergebnisse und Interpretationen, auch wenn diese noch nicht lupenrein sind, kränkt sie. Zudem hatte die Leitung sie kritisiert und lächerlich gemacht, weil sie voreilig „Erkenntnisse" zum Besten gaben, die nicht genügend abgestützt waren. Die Explorer hüten sich aber, ihren Unmut zu zeigen, schon gar nicht gegenüber der Leitung.

Captain Brown fährt fort: „Die Leitung möchte nun zu verschiedenen Themen die Einschätzung aller Explorer einholen und deshalb eine Konsultativbefragung durchführen. Eine vorgängige Diskussion dazu ist nicht notwendig. Die Fragen erscheinen auf eurem persönlichen Bildschirm auf dem Armgerät *(am linken Arm befestigt)*. Ihr könnt die Fragen sofort beantworten." *(Mittels Tastatur unten am Bildschirm)*. Nach kurzer Zeit sind folgende Auswertungen auf ihrem Bildschirm sichtbar:

Frage 1: Können die bewegten Objekte der Erde für die Explorer eine Bedrohung sein?
Die Antwort lautet: einstimmig nein.

Frage 2: Könnten sie eine Bereicherung sein?
Antwort: mehrheitlich ja.

Frage 3: Ist es für die „Mission Erde" von Interesse …
• weitere Explorationen zu tätigen? Mehrheitlich ja.
• weitere Explorationen hinsichtlich der Menschen zu tätigen? Eher nein.
• weitere Explorationen zu kleinen Menschen zu tätigen? Nein.
• weitere Explorationen hinsichtlich der Tiere zu tätigen? Nein.
• längerfristig in Kommunikation mit den Menschen zu treten? Mehrheitlich ja.
• eine Landung auf der Erde vorzubereiten? Mehrheitlich ja.
• eine Verbesserung der technischen Ausrüstung vorzunehmen? Ja.

Captain Brown fasst zusammen: „Ich entnehme aus euren Antworten, dass uns die Beobachtung von Tieren und sehr kleinen Menschen nicht weiterbringt. Bezüglich der Menschen allgemein ist die Meinung gemischt, eher kritisch. Nun wird die Leitung die

Ergebnisse dieser Konsultativbefragung intern diskutieren und sodann die Schlussfolgerungen kommunizieren. Die Exploration der Erde soll vorderhand fortgesetzt werden. Die Leitung wird nach der internen Besprechung neue Schwerpunkte festlegen."

Captain Brown fährt fort:

„Wir schreiten nun zur angekündigten Auszeichnung für besonders wichtige Erkenntnisse im Rahmen der ‚Mission Erde'. Ich freue mich, dass ich die Explorer von drei Erkundungsstationen auszeichnen kann.

Zum Ersten betrifft es die Explorer 9 und 10 von der Erkundungsstation ‚Kommunikation'. Sie haben, was die Sprache der Menschen betrifft, die 25 Buchstaben, zahlreiche Worte und Zeichen sowie die 10 Ziffern entdeckt. Zudem haben sie damit begonnen, eine Landkarte mit den Namen der Regionen zu erstellen, und sie haben festgestellt, dass Autos lesen können, die Menschen vermutlich auch.

Dann will ich zweitens die Erkundungsstation ‚Raum und Zeit' mit den Explorern 11 und 12 erwähnen. Sie haben herausgefunden, dass auf der Erde mit dem Zehnersystem und der Basis 10 gerechnet wird, und wie damit Werte addiert, subtrahiert, multipliziert und dividiert werden können. Ferner haben sie das Distanzmaß ‚1 Meile' entdeckt sowie die Zeiteinteilung 1 Tag zu je 24 Schritten und 1 Schritt zu 60 kleinen Strichen.

Drittens geht eine Auszeichnung an die Explorer 13, 14 und 3 der Erkundungsstation ‚Eta Tiere' für ihre Beobachtungen bei den Tieren. Sie hatten mehrere Würfe von sehr kleinen Tieren entdeckt, die aus dem Hinterteil der Mutterkuh auf die Erde kamen. Ferner zeigten sie, wie die Mutterkühe die sehr kleinen Tiere umsorgten, und dass es die Kühe sind, die sehr kleine Tiere gebären, und nicht die Bullen.

Ich bitte diese Kollegen, nach vorne zu kommen, um die Auszeichnung in Empfang zu nehmen."

Captain Brown überreicht ihnen nun die „Auszeichnung für wichtige Erkenntnisse der Mission Erde". Es ist eine Medaille, die sie an der Vorderseite ihres Körpers anheften können und die jedermann sofort sieht. Zufrieden gehen die nun ausgezeichneten Explorer wieder an ihre Plätze zurück.

Teil IV

Die Wende:
Der verbotene Weg

23

Ein heikles Vorhaben

Explorer 7 und 8 waren enttäuscht, als das Meeting beendet war. Sie hatten keine Auszeichnung erhalten, obwohl sie sich nun schon längere Zeit mit den Menschen beschäftigt und viele Entdeckungen gemacht haben. Sie können nicht verstehen, dass Menschen nun zur Nebensache deklariert werden. Die Frage „Wie entstehen die kleinen Menschen?" ist offenbar nicht mehr wichtig. Explorer 7 und 8 verstehen die Position der Leitung nicht. Deren Geringschätzung zeigt sich auch darin, dass die beiden zusätzlichen Explorer 15 und 16 wieder abgezogen wurden. Zudem hatte die Leitung sie vor allen versammelten Explorer kritisiert und wegen ihrer mangelhaften Sachlichkeit lächerlich gemacht.

Dann ist da noch eine weitere Barriere vorhanden, die schwierig zu beschreiben ist. Bei der Betrachtung der Aufnahmen von Frauen mit ihren Kindern, wie sie diese umsorgen, sie an die Brust drücken, mit ihnen zum Spielplatz fahren und anderes mehr, da verspürten beide Explorer jeweils ein prickelndes, angenehmes Gefühl. Ähnliche Empfindungen hatten sie auch beim Betrachten von Mann und Frau, die sich umarmen, dann bei den Kopulationen, aber auch bei den Tieren, beim Umgang der Mutterkühe mit ihren kleinen Tieren.

Aus der Reaktion der anderen Explorer und von Captain Brown realisierten sie, dass diese Aufnahmen sie nicht sonderlich beeindruckten, ganz im Gegensatz zu ihnen. Die beiden Explorer fragten sich auch, ob bei ihnen in irgendeiner Form eine fehlerhafte Wahrnehmung besteht, fanden darauf aber keine Antwort. Sie müssen akzeptieren, dass sie in diesen Belangen „anders funktionieren" als alle anderen und die Einschätzung der Bedeutung der Menschen unterschiedlich ist. Offenbar kommen hier ganz andere Erlebensweisen zutage, die nicht mit dem Verstand und der Sprache zu fassen sind. Sie wünschten sich, dass sie die Ursache für diese unterschiedlichen Erlebensweisen eines Tages erkennen und verstehen.

Explorer 8 meldet sich. „Natürlich bin ich enttäuscht, dass wir keine Antwort auf die Frage ‚Wie entstehen die kleinen Menschen?‘ gefunden haben. Ich habe aber auch gewisse Zweifel, ob wir mit unseren Beobachtungen überhaupt in der Lage sind, darauf eine Antwort zu finden. Wenn wir zum Beispiel herausfinden würden, dass es eine spezielle Nahrung ist, die Frauen zu sich nehmen und dann kleine Menschen bekommen, dann entsteht bereits die nächste Frage, was das Spezielle an dieser Nahrung ist und so weiter, endlos. Wir können das mit unseren Beobachtungen aus der Ferne gar nicht mehr erfassen, also ist unser Vorgehen, das Beobachten, nicht der geeignete Weg. Oder die ‚Woher-Frage‘ und die ‚Wie entstehen-Frage‘ ist falsch gestellt. Ähnlich ergeht es mir auch mit den Fragen ‚Warum?‘ und ‚Wozu?‘. Wir sind doch gar nicht in der Lage, solche Fragen zu beantworten. Also lassen wir sie doch beiseite. Ich bin etwas ratlos, wie wir fortfahren sollen."

Explorer 7 ist etwas erstaunt und kontert: „Da bin ich nur teilweise gleicher Meinung. Natürlich können wir zurzeit mit unseren Beobachtungen aus großer Distanz nicht auf Details eingehen, die wir nicht erfassen können. Aber wir können unsere Erkenntnisse anreichern und mithilfe der Menschen unseren unbeantworteten Fragen näherkommen. Aus meiner Sicht sind die Fragen ‚Woher?‘, ‚Warum?‘, ‚Wie?‘ und ‚Wozu?‘ sehr geeignet, unser Wissen über die Menschen zu vergrößern, auch wenn das nur in kleinen Schritten gelingt. Das wird uns sicher dereinst bei einer Landung auf der Erde helfen, davon bin ich überzeugt."

Und er fährt fort: „Ich gebe ein Beispiel, eine Analogie: Die Menschen möchten sicher gerne wissen, woher wir Außerirdischen kommen, warum wir eine Landung vorhaben, wie das erfolgen soll und wozu das alles? Für sie sind diese Informationen ganz fundamental, weil sie wissen wollen, was möglicherweise auf sie zukommt. Wenn vielleicht mal ein Kontakt untereinander hergestellt werden kann, werden sie sich durch diesen Austausch mit der Zeit ein immer besseres Bild von uns Außerirdischen machen. Die Fragen sind somit wichtig, auch wenn zunächst keine definitiven Antworten gefunden werden können. Deshalb bin ich der Meinung, dass wir diese Fragen auch für uns beibehalten sollten. Im Übrigen bin ich der Ansicht, dass unser Weg über den direkten Kontakt zu den Menschen ganz wichtig ist, vielleicht wichtiger als unsere Beobachtungen."

„Ja, ich denke auch, dass unser Kontakt zu ihnen wichtig ist, aber da ist auch noch das Problem der wahren oder falschen Information, die wir dann erhalten. Inwiefern können wir diesen Informationen vertrauen?" Sein Kollege nickt zustimmend.

Nun wird Explorer 7 unruhig und sucht nach einem hellen Blech, auf das er mit einem Stift in dunkler Farbe zu schreiben beginnt: „Ich habe eine Idee, wie wir mit den Menschen in Kontakt treten können, aber es ist ein verbotenes Vorgehen und es muss ein Geheimnis unter uns bleiben. Du darfst jetzt nicht mit mir sprechen, weil ja alles bei uns Explorern aufgenommen und in der Zentrale gespeichert wird. Schreib mir deine Meinung auf die Blechtafel und ich antworte ebenfalls auf der Blechtafel. Dann wischen wir das Geschriebene wieder ab. Einverstanden?"

Explorer 8 ist erstaunt über das, was sein Kollege vorhat: offensichtlich eine geheime Aktion. Er nickt Explorer 7 zu. Dieser wischt das Geschriebene weg und übergibt die Tafel seinem Kollegen. Explorer 8 schreibt: „Ja, einverstanden. Was ist deine Idee?"

Nun erläutert Explorer 7 seine Idee und schreibt sie auf die Blechtafel. Anschließend muss sein Kollege eine Rückmeldung formulieren und seine Überlegungen einbringen. Dieses „Gespräch" ist zwar sehr umständlich, aber notwendig, weil sie beide etwas Verbotenes im Sinn haben. Sie wollen mit den Menschen direkten Kontakt aufnehmen, um ihre Sprache zu lernen und, wenn immer möglich, zu den offenen Fragen eine Antwort zu finden. Glücklicherweise müssen sie die beiden neu zugeteilten Explorer bei diesem heiklen Vorhaben nicht einbeziehen, da sie ja wieder abgezogen wurden.

Aber wie sollten sie das anstellen, diese Kontaktaufnahme zu den Menschen? Es besteht ja zurzeit keine gemeinsame Sprache.

Diesbezüglich kommt ihnen in den Sinn, was sie von der Erkundungsstation Kommunikation erfahren haben. Die Menschen in einem größeren Erdteil auf der nördlichen Halbkugel verwenden eine einheitliche Sprache. In diesem Gebiet sind, wie an anderen Orten auch, markante Straßenverbindungen zwischen großen Zentren zu beobachten, an denen entlang der Straße große Schilder aufgestellt sind. Mithilfe dieser Beschriftungen sowie anderer Informationen war es den Kollegen gelungen, die 25 grundlegenden Buchstaben dieser Sprache zu ermitteln, wofür sie dann eine Auszeichnung von Captain Brown erhielten. Die beiden Explorer 7 und 8 finden es deshalb sinnvoll, diese Sprache so gut wie möglich zu erlernen, um später Kontakt zu den Menschen aufnehmen zu können.

Wie diese Kontaktaufnahme geschehen könnte, ist ihnen noch nicht klar. Eine Möglichkeit bestünde darin, dass einer von ihnen mit dem neu zugeteilten digitalen Assistenten auf der Erde landet und dann versucht, mit den Menschen irgendwie in Kontakt zu treten. Aber das wäre eine streng verbotene Handlung! Vielleicht könnte mit einer Botschaft an die Menschen ein erster Kontakt hergestellt werden.

Nun erinnern sie sich an die beiläufig geäußerte Bemerkung der Kollegen der Erkundungsstation Kommunikation, dass sie längere Texte auf großen Plakaten (*Werbeplakate*) und riesigen Leuchttafeln erkannt hatten. Sie könnten versuchen, diese Texte zu entziffern. Die Aufnahmen dazu stellen ihnen die Kollegen sicherlich zur Verfügung. Deshalb konzentrieren sich die beiden auf die zahlreichen Aufnahmen und versuchen, die Bedeutung der häufig auftretenden Zeichen, Buchstaben und Buchstabengruppen (*Worte*) zu verstehen. Das ist schwierig und führt vorderhand nur zu einem sehr beschränkten Wortschatz, der nicht ausreicht, um eine Botschaft zu formulieren.

Explorer 7 erläutert nun seine Idee, die er auf die Blechtafel schreibt und danach wieder abwischt: „Wir könnten für die geplante Kontaktaufnahme mit den Menschen eine Platte aus Metall erstellen, worauf wir Bilder und Zeichen eingravieren, welche die Menschen ziemlich sicher interpretieren können. Die Platte könnten wir mithilfe des digitalen Assistenten und unserer Drohne auf dem Erdboden in der Nähe eines bewohnten Hauses deponieren."

„Interessante Idee", meint Explorer 8, „und was sollten wir auf der Platte eingravieren?"

Explorer 7: „Auf der Platte oben zeichnen wir ein Männchen, dahinter eine Wolke und den Mond, dies zur Symbolisierung von uns Explorern. Das Männchen oben streckt einen Arm aus zu einem Männchen unten auf der Platte dargestellt, das auf dem Boden steht, daneben ein Haus und Bäume, die Erde darstellend. Neben dem ausgestreckten Arm wird ein Fragezeichen aufgeführt."

„Und wo würdest du die Platte deponieren?"

„Wir sollten so diskret wie möglich vorgehen und deshalb nur mit einem einzelnen Menschen in Kontakt treten. Dazu wäre ein Mensch auf dem Lande geeignet, der völlig abseits der großen Zentren, möglichst alleine in einem Haus lebt. Neben dem Haus könnten wir die Platte deponieren. Die Skizze auf der Metallplatte mit dem Männchen neben einem Haus und Bäumen, unten auf der Platte dargestellt, würde auch dazu passen."

Sein Kollege ist begeistert von dieser Idee und beide sind sich einig, dieses Vorgehen zu realisieren. Vielleicht kommen sie auf diesem Weg einen Schritt weiter und erhalten von Captain Brown wieder mehr Anerkennung für ihre Arbeit. Nun wird die Metallplatte erstellt und mit einem diskret versteckten Sender ausgestattet. Die Platte soll nachts im Dunkeln mithilfe des digitalen Assistenten und der Drohne auf einem Platz in der Nähe eines Hauses, das ganz abseits anderer Häuser steht, deponiert werden. Die Explorer steuern dazu den digitalen Assistenten ganz in die Nähe der Erdoberfläche, worauf sich die Drohne mit der Platte löst und diese auf dem Erdboden ablegt. Der Sender ist eingeschaltet und dient der Ortung der Platte.

Gegenüber der Leitung deklarieren sie diesen Flug ihres digitalen Assistenten als eine Beobachtung eines einzelnen Menschen, der weitab von einem Zentrum alleine lebt. Es geht um die Frage, wo er sich seine Energie beschafft und ob allenfalls Tiere dabei eine Rolle spielen. Somit entsteht kein Verdacht auf ein unerlaubtes Vorgehen.

Platte 1

Platte 2

gedfc

Die Explorer sind gespannt, ob jemand die Platte entdeckt und wie sie interpretiert wird. Und siehe da: Nach wenigen Tagen hatte ein Mann die Platte erkannt und aufgehoben. Sie reflektierte das Sonnenlicht und hatte so seine Aufmerksamkeit erweckt. Offensichtlich erkannte er, dass auf der Platte etwas dargestellt wird, betrachtete sie lange und schüttelte anschließend den Kopf. Sodann nahm er sie mit ins Haus, womit das weitere Geschehen der Beobachtung entzogen war. „War's das nun?", fragten sich die beiden Explorer.

Drei Tage später entdeckten die beiden Explorer, dass die Platte wieder an den Fundort zurückgelegt worden war, nun aber mit Zetteln, die auf der Platte aufgeklebt waren. Sie steuerten nachts den digitalen Assistenten mit der Drohne wiederum an diesen Ort und brachten die Platte zur Erkundungsstation-Alpha.

Die Explorer erkannten auf den Zetteln die Schriftzeichen der Menschen, konnten aber nur vereinzelte Worte erkennen und verstehen. Trotzdem freuten sie sich sehr. Offenbar hatte dieser Mann verstanden, dass es um eine Kontaktaufnahme geht. Außer dem Fragezeichen verstanden sie nichts, aber sie erkannten an den Kombinationen der verschiedenen Buchstaben, dass es sich um die Sprache handelt, die auch bei den Plakaten und Tafeln am Rande der Straßen anzutreffen ist.

Auf der Platte oben, wo das Männchen, eine Wolke und der Mond zu sehen sind, befand sich ein Zettel mit einem Fragezeichen und den Worten „Who are you?". Beim Männchen unten auf der Platte, einen Menschen symbolisierend, befand sich ein weiterer Zettel mit den Worten: „Kind regards, Christopher Lee, farmer."

Das Fragezeichen könnte eine Aufforderung zu einer Rückmeldung sein. Aber wozu? Das „Who are you?" konnten sie nicht interpretieren. Ferner war ganz unten auf dem Zettel so etwas wie eine Unterschrift mit den Worten „Kind regards, Christopher Lee, farmer" zu erkennen. Auch das war ihnen unverständlich.

Die Explorer diskutierten über das weitere Vorgehen. Sie erstellten eine zweite Platte und verwendeten wiederum die gleichen Männchen oben und unten, nun aber mit einem markanten Kopf und einem großen Maul dargestellt. Hinter dem Männchen oben sind der Mond und die Sonne mit ihren Strahlen dargestellt. Unten wieder das Männchen auf der Erde, mit Kopf und einem übergroßen Mund. Die beiden Mäuler der Männchen oben und unten waren mit einem dicken Doppelpfeil verbunden, daneben ein Fragezeichen.

Die Explorer hoffen, dass der Farmer versteht, dass es hier um Sprache respektive Kommunikation geht. Deshalb die großen Mäuler. Zusätzlich hatten sie neben dem Männchen auf der Erde ein paar Buchstaben g e d f c a aufgeführt, die Menschen kennen. Beim Männchen oben, das die Explorer symbolisiert, hatten sie Buchstaben aus ihrer Sprache eingraviert, die Menschen natürlich nicht verstehen. Wiederum wurde ein Pfeil zwischen diesen beiden Buchstabengruppen zusammen mit einem Fragezeichen eingraviert. Damit hofften die Explorer, dass der Mann erkennt, dass die Sprache, und damit die Verständigung, ein Problem ist. Sie vermuten, dass Menschen mit dem Mund sprechen, deshalb der dicke Pfeil zwischen den beiden Köpfen.

Die Explorer legten diese zweite Platte mithilfe des digitalen Assistenten wiederum auf denselben Platz vor dem Hause und warteten gespannt.

24

Der Quantensprung:
Die Verbindung zu Farmer Chris

Es dauerte nicht lange, bis Farmer Christopher diese neue Platte entdeckte und in sein Haus brachte. Seltsam war es für ihn schon, was sich da gerade ereignete. Der Farmer entschied sich deshalb, das Geschehen mit seiner Frau Betty zu besprechen.

Er hätte es auch mit Reverend Markus besprechen können, dem Pastor ihrer religiösen Gemeinschaft, mit dem er einen engen Kontakt pflegt und dies nicht nur bei den sonntäglichen Gottesdiensten. Aber er bemerkte, dass Betty ihn mit der Metallplatte in der Hand gesehen hatte, ohne ihn zu fragen, was das sei. Deshalb wollte er zuerst mit ihr sprechen.

Er berichtete seiner Frau, was vorgefallen war und wie er reagiert hatte. Er vermute, dass es sich um Außerirdische handle, obwohl diese Vermutung nicht im Einklang mit seinem Glauben sei. Er glaubt nicht an Außerirdische und möchte nun ein Zeichen von ihnen sehen, wonach diese in friedlicher Absicht den Kontakt zu ihm aufnehmen wollen. Sie seien es ja schließlich, die etwas von ihm wollten.

Betty fragte, wieso er denke, dass es sich hier um Außerirdische handle. Die Platte hätte ja auch ein Mensch hinlegen können, der den Kontakt zu ihm suche. Farmer Chris meinte, es gebe dafür keinen Grund und zudem wohnten sie sehr abgelegen, aber man müsse auch an einen komischen Scherz denken.

Nun fragte Betty, wie ein Kontakt überhaupt realistisch wäre, wenn man keine gemeinsame Sprache spreche. Man müsse sich zuerst auf eine Sprache einigen. Ferner können sie beide wohl kaum die Sprache der Außerirdischen lernen, aber vielleicht die Außerirdischen die Sprache der Menschen. Dazu müsste man ihnen jedoch behilflich sein und die Kommunikation zu ihnen fortsetzen und nicht abbrechen.

Ihr Mann bemerkte, dass die Außerirdischen möglicherweise den Menschen in vielen Dingen sehr überlegen sind und auch einen höheren Entwicklungsstand aufweisen. Deshalb sei es wohl ratsam, ihnen mit einer freundlichen Gesinnung zu begegnen.

Nun schlug seine Frau Betty vor, den Außerirdischen ein Wörterbuch zu beschaffen und es auf dem Landeplatz vor dem Haus hinzulegen und abzuwarten, ob mithilfe dieses Buches überhaupt ein sprachlicher Fortschritt bei ihnen erkennbar werde.

Das nahm Christopher gerne auf und war über das Wörterbuch mit tollen Bildern zu außerordentlich vielen Begriffen erstaunt, das er wenige Tage später von Betty erhielt. Das visuelle

Wörterbuch war in folgende Kapitel gegliedert: Zuhause, Arbeit, Familie, Freizeit, Gesundheit und Bildung, alles großartig bebildert. Er legte das Buch zusammen mit der Metallplatte auf den bekannten Platz auf den Boden. Auf ein Blatt schrieb er: „Is that okay for you? Kind regards, Chris."

Als die Explorer die Metallplatte vor Chris' Haus entdeckten, warteten sie, bis es dunkel war, und dirigierten sodann mithilfe des digitalen Assistenten die Drohne dorthin, um die beiden Gegenstände zu ergreifen und in ihre Erkundungsstation zu bringen.

Da gab es ein großes Erstaunen. Aber es war ihnen klar, dass sie nicht offen darüber sprechen können, weil alles möglicherweise abgehört wird. Sie verwendeten deshalb wiederum die Methode mit der Blechtafel und dem Abwischen der Sätze.

Das große Erstaunen betraf das Buch, ein Sprachlehrbuch („*English for Beginners*"), wobei darin viele Begriffe mit Bildern ergänzt werden. Die beiden Explorer blätterten im Buch und staunten: Ganz einfache Situationen von Menschen und ihrer Umgebung waren dargestellt. Beispielsweise war ein Haus perfekt abgebildet, daneben zeigte ein Pfeil auf das Wort HOUSE.

Sie waren von den Bildern so fasziniert, dass sie vergaßen, die Sprache zu lernen. Das war ja eigentlich ihr Ziel. Es gab seitenweise Abbildungen über offenbar wichtige Themen, die sie aber nicht alle verstanden. Vertrauter waren ihnen die Bilder zu den Themen WORK, TRANSPORT, PEOPLE, teilweise auch ENVIRONMENT. Völlig unverständlich dagegen waren die Themen APPEARANCE, HOME, FOOD, SHOPPING, EATING OUT und andere. Aber umso interessierter reagierten sie auf diese Bilder. Eine ganz neue Welt tat sich vor ihnen auf.

Nach längerem Bestaunen bemerkte Explorer 7, dass sie sich nun mit der Sprache beschäftigen sollten. Sie wollten ein Wörterbuch mit wichtigen Begriffen erstellen. Sogleich wurde ihnen bewusst, dass alle eingegebenen Informationen auch im zentralen Datenspeicher der „Mission Erde" gespeichert werden, auf den die Leitung Zugriff hat. Das war natürlich ein unmögliches Vorgehen, bei dem sie sogleich ertappt werden könnten.

Sie hatten jedoch keine Idee, wie sie ein solches Wörterbuch erstellen und insgeheim speichern können. Vorderhand schrieben sie die Wörter auf kleine Metallplättchen, die sie gut verstecken konnten.

Das Wörterbuch enthielt nicht nur Begriffe mit Bildern, sondern auch kurze, bebilderte und beschriftete Episoden aus dem Leben der Menschen. Zum Beispiel eine Szene mit zwei Menschen. Unter dem ersten Menschen stand beispielsweise „Ich bin Lisa" und unter dem zweiten Menschen stand „Ich bin Peter". Dann: „Ich gehe in die Stadt", grafisch verdeutlicht mit einem Pfeil zu einem weiteren Bild mit der Bezeichnung „die Stadt". Dann erschien ein Bild mit einem Fahrrad, mit der Bezeichnung „das Fahrrad" darunter. Sodann folgte ein Bild mit Peter auf dem Fahrrad, der in Richtung der Stadt fährt, mit folgendem Text darunter: „Ich bin Peter und fahre mit dem Fahrrad in die Stadt." Dann ein zweites Bild, diesmal mit Peter und Lisa zusammen. Unten der Text: „Ich bin Lisa und fahre zusammen mit Peter mit dem Fahrrad in die Stadt." Bemerkenswert war, dass Peter und Lisa ein unterschiedliches Aussehen hatten. Damit lernten die beiden Explorer, dass Peter und Lisa unterschiedliche Typen von Menschen sind, Peter ein „Mann" und Lisa eine „Frau", ferner lernten sie die Begriffe „ich", „Fahrrad", „Stadt", „zusammen" und „fahren".

Auf weiteren Bildern waren wiederum Situationen von Menschen einzeln, zu zweit oder in Gruppen dargestellt, die etwas tätigen oder unternehmen. Daraus ergeben sich weitere Begriffe für einzelne Gegenstände und Tätigkeiten, die die beiden Explorer nun besser verstehen. Sie lernen so mehr und mehr Begriffe und einfache Sätze, wobei die ungewohnten Buchstaben und Worte nicht ganz einfach zu merken sind.

Am einfachsten sind für sie Hauptwörter, die mit einem Bild versehen sind. Schwieriger sind Tätigkeiten wie fahren oder gehen. Da die Bedeutung dieser Worte jedoch aus dem Kontext des Bildes erahnt werden kann, verstehen die Explorer, was die verschiedenen Tätigkeiten bedeuten. Sie haben zudem bei ihren Beobachtungen der bewegten Objekte nebst den Autos auch

Fahrräder bemerkt, wie ein Mensch ein Fahrrad besteigt und davongefahren ist. Somit verstehen sie den Satz: „Ich bin Peter, fahre mit dem Fahrrad in die Stadt".

Da ist noch die Bezeichnung „Ich bin Peter" und „Ich, Peter, bin Polizist und leite den Verkehr". Dazu gibt es ein Bild, auf dem ein Polizist mit seinen Armen die Autos lenkt. Die Explorer verstehen, dass Peter etwas über sich sagen will, nämlich dass er Peter heißt und Polizist ist. Das Wort „Ich" hat somit einen Sinn bekommen.

Dann gibt es noch den Satz „Du, Lisa, fährst mit dem Fahrrad in die Stadt". Mit „Du" ist offenbar eine andere Person als Peter gemeint. „Ich" bezieht sich auf die eigene Person, „Du" auf die andere Person. Ferner sind die beiden Worte „ja" und „nein" wichtig. Sie kommen sehr häufig vor und ihre Bedeutung wird verständlich.

Die beiden Explorer benötigen viel Geduld, um die schriftliche Sprache der Menschen in vielen kleinen Schritten zu erlernen. Schwierig ist auch das Kapitel „Häufige Redewendungen". Aber die Freude und Neugierde, auf diesem Weg die Menschen besser verstehen zu lernen, ist sehr groß und motiviert sie, weiterzumachen.

Das visuelle Wörterbuch des Farmers enthält außerordentlich interessante Bilder zu den verschiedenen Gebieten auf der Erde, die mit einem Namen versehen sind. Darauf erkennen sie das Gebiet, das die Erkundungsstation Kommunikation beschrieben hatte und in dem sich auch Farmer Chris befindet. Die Menschen bezeichnen das Land mit dem Namen „United States of America" oder „USA". Dann gibt es im Wörterbuch eine Beschreibung der Zahlen und der Zahlenreihe, die aus 9 Zahlen und einer 0 besteht. Bei der Längen- und Zeitmessung wird von Meile respektive Kilometer und von Stunde und Minute gesprochen, ferner von Tag, Woche und Monat.

Im visuellen Wörterbuch gibt es auch Abbildungen von Gesichtern und der Mimik von Frauen und Männern, wobei sich die Gesichtsausdrücke und auch die Mimik unterscheiden. Diese Abbildungen erscheinen im Buch unter dem Obertitel ‚Gefühle –

emotions'. Die Abbildungen haben jeweils einen Untertitel, zum Beispiel: happy – glücklich; sad – traurig; excited – begeistert usw. Die Explorer erkennen, dass die verschiedenen Gesichter etwas Unterschiedliches zum Ausdruck bringen, aber sie verstehen nicht, was genau gemeint ist. Sie selbst kennen solche unterschiedlichen Gesichtsausdrücke nicht oder nur in sehr schwacher, kaum merkbarer Ausprägung. Es ist für sie deshalb auch sehr schwierig, diese verschiedenen Gesichtsausdrücke zu lernen, auch weil sie nicht in der Lage sind, das entsprechende Gefühl selbst zu erleben. Bei gewissen Gefühlen erkundigen sie sich bei Farmer Chris, was damit gemeint ist. Er hilft ihnen und bringt Beispiele oder Analogien, was aber oft schwer verständlich ist. Außerordentlich interessant und lehrreich sind die angeführten Bilder, weil sie Einblicke in das Leben der Menschen ermöglichen. Spannend war für die beiden Explorer zu erfahren, was die Menschen in ihren Häusern und den großen Gebäuden tun. Erstmals hatten sie somit Einblick ins Innere eines Hauses, in die Räumlichkeiten mit ihren Einrichtungen. Es gibt offenbar Räume, die einem bestimmten Zweck dienen.

Dann war da noch etwas, das die beiden Explorer eigenartig berührte. Sie betrachteten auffallend häufig solche Bilder, auf denen eine Frau oder ein Mann dargestellt war, und ganz besonders aufmerksam wurden sie, wenn Mann und Frau zusammen, manchmal eng zusammen, abgebildet waren. Explorer 7 und 8 realisierten, dass sie das besonders interessierte, und sich wieder dieses eigenartig prickelnde Gefühl einstellte. Auch nachdem sie dies einander mitgeteilt hatten, verschwand das Bedürfnis nicht, diese Bilder immer wieder anzuschauen. Ähnliches Erstaunen und gleiche Gefühle empfanden sie auch beim Betrachten der Aufnahmen von sehr kleinen Menschen, zusammen mit ihren Müttern.

In ihrer Euphorie vergessen die beiden Explorer ihre Aufgaben und vernachlässigen ihre üblichen Kontakte zu den Kollegen, mit denen sie häufig neue Beobachtungen und Erkenntnisse austauschen. Einigen Kollegen ist dies aufgefallen und sie haben Bemerkungen diesbezüglich geäußert. Nach außen deklarieren sie, dass sie sich mit der Sprache der Menschen beschäftigen, und zwar auf der Grundlage von Schildern entlang der Straßen sowie anderer großer Plakate, und sie damit nur sehr langsam vorankommen.

Ein weiteres Problem besteht darin, dass die Explorer keine Ahnung haben, wie sie mit diesem neuen, auf verbotenem Weg erlangten Wissen umgehen sollen, das ja nur ihnen bekannt ist. Sie befinden sich in einer Situation, die von einem riesigen Erstaunen geprägt ist, andererseits aber ist ein Unwohlsein spürbar, wie es nun weitergehen soll und ob das alles zu einem schlimmen Ende führen könnte.

Zum Dank an den Farmer drucken sie eine neue Platte mit der Aufschrift: „Thank you. You are wonderful. We are learning know." Es sind Sätze, die sie dem visuellen Wörterbuch entnommen haben. Dann schreiben sie noch: „Please do not tell others about us. Okay?" Die Platte ist mit zwei fiktiven Namen ‚Explorer Pietro' und ‚Explorer Sandro' unterschrieben, Namen, die sie dem visuellen Wörterbuch entnommen haben. Die Platte wird mit dem digitalen Assistenten und der Drohne wiederum am bekannten Bodenplatz deponiert.

Wenige Tage darauf finden sie ein Plakat an gewohnter Stelle mit der Aufschrift: „Hello Pietro and Sandro. Yes it is ok for me not to speak with others now. – Who are you? Where do you come from? What do you want from me?"

Die Explorer brauchen einige Zeit, um diese Sätze zu verstehen und eine sinnvolle Antwort zu formulieren. Sie antworten: „It is difficult to explain. We are members from a planet far away. We would like to know more about the members of your planet. What is the name of your planet?"

Die beiden Explorer wussten, dass die Kommunikation mit Metallplatten riskant ist. Wenn der digitale Assistent mit der Drohne so nahe an die Erde herankommt, könnten diese von Menschen entdeckt werden. Sie überlegen sich deshalb, welche andere Möglichkeit gefunden werden könnte, ohne dass dauernd der digitale Assistent und die Drohne eingesetzt werden müssen. Explorer 7 bemerkt, er hätte eine Idee, traue sich aber nicht recht, diese Explorer 8 mitzuteilen.

Er greift zur Metalltafel und beginnt zu schreiben. Sein Kollege begreift sofort, dass dieser Dialog nicht an den Zentralspeicher gelangen darf. Es gehe um die beiden kleinen Übermittlungsstationen, schreibt Explorer 7, die ihnen noch zur Verfügung stehen, nachdem die beiden neuen Mitglieder Explorer 15 und 16 wieder abgezogen wurden und die seither unbenutzt seien. Sie dienen zum internen Informationsaustausch innerhalb der Erkundungsstation Alpha, haben eine große Reichweite, eine Tastatur und einen eingebauten Bildschirm. Eine der beiden Übermittlungsstationen könnte dem Farmer übergeben werden und die andere würde bei ihnen bleiben. Tastatur und Programmierung müssten jedoch der Sprache von Chris angepasst werden. Zur Sicherheit würde man die beiden Rechner so umprogrammieren, dass keine Informationen an den Zentralspeicher übermittelt werden können, sondern jede Information ausschließlich zwischen den beiden Übermittlungsstationen ausgetauscht werden kann.

Explorer 8 findet diese Idee sehr gut und bestätigt dies wiederum auf der Metalltafel. Er bemerkt, dass man dem Farmer eine Anleitung auf einer Metallplatte geben sollte, wie das Gerät zu bedienen sei. Zudem sollte auf dem Rechner der Übermittlungsstation eine Kamera so montiert werden, dass der Farmer später auch Dokumente oder Bilder aufnehmen und an die beiden Explorer senden kann. Damit könnte er auch Seiten eines Buches aufnehmen und senden. Ferner wird ein Mikrofon installiert, sodass später einmal auch akustische Informationen übermittelt werden können.

Explorer 7 und 8 machen sich an die Arbeit und bewerkstelligen die Übergabe des so ausgestattete Gerät wiederum mithilfe einer Drohne an Farmer Chris. Zusätzlich übergeben sie ihm die notwendige Antenne und eine Platte mit einem eingravierten Dank sowie eine zweite Platte mit der Geräteanleitung, wiederum deponiert an der gewohnten Stelle. Sie sind sehr gespannt, ob das funktioniert.

Die nachfolgenden Beobachtungen des Farmers zeigen, dass er den nachts deponierten Apparat hinter seinem Haus aufstellt und eine erste Verbindung zu den Explorern aufnimmt. Er schreibt: „Hallo, könnt ihr diese Mitteilung empfangen? Wo befindet ihr euch im All? Kann ich euch sehen?"

Die Explorer reagieren mit Freude. *(Sie können Gefühle der Freude empfinden, aber lediglich in einem sehr geringen Ausmaß).* Sie gratulieren dem Farmer, dass die Kommunikation gelungen ist und jetzt ganz andere Möglichkeiten bestehen, sich austauschen zu können, entschuldigen sich aber zugleich dafür, dass sie die Sprache der Menschen noch nicht gut beherrschen und deshalb Fehler in der Kommunikation entstehen können.

Seine Frau Betty verfolgt mit kritischen Blicken diese neue Aktivität von Chris, die ihn ganz in Beschlag nimmt. Oft verbringt er längere Zeit am Apparat hinter dem Haus. „Ist etwas nicht in Ordnung?", fragt er die besorgte Betty. „Ich bin mir nicht sicher, ob das gut herauskommt, deine überbordende Kommunikation mit völlig unbekannten Wesen", antwortet sie.

Chris: „Wir beschreiten gerade völlig neue Wege, du wirst sehen. Und was ich noch sagen wollte, ist ein großes Dankeschön an dich, weil du das Wörterbuch mit tollen Bildern und Begriffen gekauft hast. Das bringt uns wirklich sehr viel weiter." Betty nickt, aber der sorgenvolle Gesichtsausdruck ist nicht verschwunden.

Die beiden Explorer 7 und 8, also Pietro und Sandro, informieren nun Farmer Chris, so gut sie das mit ihren beschränkten Sprachkenntnissen können, dass seine Botschaften nur an sie beide gehen und an niemand anderen, und er seinerseits vorderhand auch niemanden darüber informiert. Die beiden sind darauf angewiesen, dass die Leitung nichts von ihrem heimlichen Kontakt zu den Menschen erfährt. Deshalb sollen die Infos, die sie vom Farmer erhalten, nicht weitergeleitet werden. Dies bedingt aber, dass der Farmer dafür Verständnis hat, dass er nicht direkt mit der Leitung der Explorer kommunizieren kann und seine vielen Fragen und Wünsche an die Außerirdischen vorerst lediglich an die beiden Explorer gerichtet sind. Sie begründen das damit, dass die Leitung ihnen beiden den Auftrag erteilt habe, sich eingehend mit den Menschen auf der Erde zu befassen, sich für diese Aufgabe Zeit zu nehmen und periodisch der Leitung Bericht zu erstatten. Und ganz im Vordergrund stehe ja die Aufgabe, die Sprache der Menschen zu erlernen.

Der Farmer erkundigt sich, warum die beiden Explorer wünschen, dass er keine anderen Menschen über diesen Austausch informiert. Darauf antworten diese, dass sie befürchten, wenn andere Menschen darüber informiert werden, würden sie einschreiten und die Kommunikation an sich reißen. Dann würde der Farmer auf die Seite geschoben, also derjenige, der sie so hilfreich unterstützt. Die Explorer möchten zuerst die Sprache erlernen und mehr über das Leben der Menschen erfahren, und das könnten sie am besten mit ihm alleine. Er sei der beste Lehrer für sie. – Die Explorer informieren den Farmer jedoch nicht darüber, dass sie hinter dem Rücken der Leitung auf verbotenem Weg den Kontakt zu ihm gesucht hatten.

Es war für die beiden Explorer nicht ganz einfach, diese Anliegen in der Sprache der Menschen zu formulieren, aber es gelang ihnen trotzdem. Der Farmer antwortete, er würde dies zur Kenntnis nehmen und sei mit dem Vorgehen einverstanden. Er hätte aber auch Fragen, zum Beispiel:

- Wer seid ihr, woher kommt ihr?
- Können wir ein Bild von euch haben?
- Was möchtet ihr von den Menschen der Erde?
- Möchtet ihr mit uns in Kontakt treten?
- Mit einzelnen Menschen oder mit dem Präsidenten?
- Wo ist euer Zentrum, wie viele Lebewesen seid ihr, wie seid ihr organisiert?
- Gibt es einen Präsidenten oder König?
- Warum habt ihr den Kontakt gerade mit mir aufgenommen?
- Was wisst ihr über uns?
- Habt ihr noch mit anderen Lebewesen im Universum Kontakt?
- Wieso habt ihr so lange überlebt?
- Glaubt ihr an Gott?

Die Kommunikation, die ja nun via Kommunikationsapparat der kleinen Übermittlungsstation erfolgt, vereinfacht den Austausch enorm. Die Abkoppelung des Kommunikationsapparates von der routinemäßigen Speicherung im Zentralspeicher konnte wie geplant durchgeführt werden. Die Korrespondenz mit Farmer Chris bleibt ganz bei ihnen, die Leitung hat keinen Einblick. Der abgekoppelte Kommunikationsapparat ermöglicht jetzt auch, dass die beiden Explorer ein Wörterbuch erstellen können, das sie fortlaufend erweitern, teilweise bebildert mit den Bildern aus dem visuellen Wörterbuch. Für ihre interne Kommunikation, die ja auch geheim bleiben muss, verwenden sie ebenfalls den Kommunikationsapparat. Sie schreiben inzwischen nicht mehr auf die Blechtafel und wischen dann das Geschriebene wieder ab, sondern geben den Text ins Kommunikationsgerät ein, sodass er auf dem Bildschirm erscheint und der Kollege seine Antwort dazu ebenfalls eingeben kann.

Über die zahlreichen Fragen des Farmers sind sie etwas überrascht und ratlos. Einige Fragen dürfen sie nicht beantworten, um nicht die „Mission Erde" der Explorer auffliegen zu lassen. Sie wissen ja nicht, was der Farmer mit diesen Informationen anstellen würde. Das betrifft zum Beispiel die Frage „Woher kommt ihr? Wo ist euer Zentrum?". Die Explorer antworten deshalb etwas ausweichend, um nicht später einmal als Verräter der Mission Erde hingestellt zu werden. Sie haben folgende Antwort vorbereitet, die sie noch – so gut sie das eben können – in die Sprache von Chris übersetzen müssen:

„*Wir sind eine kleine Gruppe von Explorern. Unser Name ist Pietro und Sandro. Wir kommen vom großen Universum. Wir wissen nicht, woher. Wir gehören zur ‚Mission Erde'. Der Auftrag der ‚Mission Erde' ist, den Planeten Erde zu erkunden: Gibt es Lebewesen auf der Erde? Wie funktionieren sie? Welche Energie verwenden sie? Unser Leiter sagt, wie wir dies erkunden müssen. Wir, Sandro und Pietro, wollen deine Sprache lernen. Deshalb ist deine Hilfe für uns sehr wichtig.*"

Auf die anderen Fragen gehen die Explorer nicht ein. Und schon gar nicht geben sie den Menschen ein Bild von ihnen. Erstaunlich ist für die beiden Explorer, dass der Farmer bereit ist, mit ihnen in Kontakt zu bleiben. Offenbar hat er keine Angst. Die beiden vermuten, dass er erkannt hat, dass dieser Kontakt zu den Explorern für ihn eine einmalige Gelegenheit ist, ein besonderes Ansehen auf der Erde zu erlangen und vielleicht berühmt zu werden.

Die beiden Explorer 7 und 8 halten Rückschau auf die vergangenen Ereignisse seit der Kontaktaufnahme mit Farmer Chris. Was sie aus dem visuellen Wörterbuch entnommen haben, beeindruckt sie sehr. Es ist schier unfassbar, was für eine neue Welt sich für sie auftut. Sie hätten nie gedacht, dass die Menschen in einer derart vielfältigen und komplexen Situation leben. Sie fragen sich auch, ob sich Farmer Chris bewusst darüber ist, dass er mit dem visuellen Wörterbuch ganz wichtige Informationen über das Leben der Menschen preisgegeben hat.

Und da ist noch etwas, was sich bei ihnen, nebst dem großen Erstaunen, bemerkbar macht, eine Art Niedergeschlagenheit. Wenn sie das außerordentlich vielfältige Leben der Menschen mit ihrem Leben vergleichen, dann erkennen sie, wie eingeschränkt, in gewisser Hinsicht uniform und simpel ihr Dasein ist, das sich fast ausschließlich auf die Erfüllung ihrer Aufgaben konzentriert. Da gibt es keine zwei Typen *(Geschlechter)*, die sich sehr nahekommen, keine kleinen Wesen, die man umsorgt, kaum so etwas wie Gefühle. Was sie im visuellen Wörterbuch in den Abschnitten Kultur, Sport, Gemeinschaft entdeckt haben, ist ihnen fremd, aber irgendwie faszinierend. Für die Menschen ist dies offenbar sehr bereichernd. Diese Erkenntnisse stimmen die beiden Explorer etwas traurig, ja sie bedrücken sie. Und sie fragen sich, wie es bei ihren Kollegen ankommt, wenn sie das alles auch erfahren. Zurzeit ist es aber unmöglich, sie darüber zu informieren. Aber irgendwie ist es auf Dauer auch nicht möglich, dass sie das alles für sich behalten!

25

„Ihr werdet die Menschen nie richtig verstehen!"

Die Explorer 7 und 8, Pietro und Sandro, sind immer noch sehr beeindruckt von dieser neuen Möglichkeit, mithilfe von Farmer Chris viele Erkenntnisse über die Menschen zu erlangen. Sie wollen deshalb ihre Erkundigungen fortsetzen. Dass sie sich dabei auf einem verbotenen Weg befinden, wird infolge ihrer Begeisterung im Moment weitgehend ausgeklammert. Sie nehmen mittels der kleinen Übermittlungsstation wieder Kontakt zu Chris auf und formulieren den Text zuerst in ihrer Sprache, dann übersetzen sie ihn in die Sprache von Chris, so gut das eben geht, und senden diesen Text an ihn.

Es ist ihnen bewusst, dass sich Captain Brown und die Leitung in erster Linie für die Energieversorgung und das Kontrollorgan der Menschen interessieren; die Frage, wie Menschen entstehen und welche Geschichte sie haben, ist für Captain Brown sekundär. Bei den beiden Explorern ist es gerade umgekehrt. Deshalb konzentrieren sie sich beim Kontakt mit dem Farmer auf die Frage, wie Menschen funktionieren, wie kleine Menschen entstehen und anderes.

Im visuellen Wörterbuch hat es ein Kapitel „Familie und Beziehungen" (*Family and Relationships*). Dort werden Männer und Frauen, aber auch kleine Menschen und sehr kleine Menschen abgebildet. Pietro und Sandro erstellen eine Kopie dieser Abbildungen und senden sie dem Farmer, zusammen mit folgenden Fragen: „Bei euch Menschen hat es offenbar drei Typen von Menschen, die Männer, die Frauen und die kleinen Menschen. Wozu gibt es drei Typen?"

Nach kurzer Zeit antwortet Farmer Chris: „Wir Menschen haben nur zwei Typen, männliche und weibliche Menschen. Das ist auch so bei den kleinen Menschen, den ‚Kindern', den Knaben und Mädchen. Sie werden größer, bis sie zu einem Mann oder einer Frau herangewachsen sind. Zur Frage ‚Wozu diese Typen?‘ können wir nur sagen, dass das bei uns Menschen und Tieren schon immer so war und es die beiden Typen braucht, damit kleine Wesen entstehen. Es wundert uns aber sehr, dass ihr das nicht kennt. Habt ihr denn keine Männer und Frauen?"

„Nein, das haben wir nicht", lautet die Antwort. „Bei uns besteht nur ein Typ, wir sind alle gleich. Aber es gibt Explorer, die haben mehr Erfahrung und Wissen als andere. Deswegen sind sie in einer leitenden Position. – Wir würden gerne noch wissen, wie sehr kleine Menschen entstehen. Werden sie in einem großen Haus (Spital) abgeholt oder werden sie nach Hause gebracht?"

Farmers Chris: „Die sehr kleinen Menschen, die wir Säuglinge nennen, kommen aus dem Bauch der Frau, die wir Mutter nennen. Der Vorgang ist die Geburt. Der Säugling ist zuerst ganz klein, wächst dann aber, bis er 18 Jahre alt ist. Bei Geburt ist er zwischen 5 und 7 Pfund schwer. Anschließend wird der Säugling über viele Wochen an der Brust der Mutter ernährt. Er saugt an der Brust, deshalb heißt er Säugling. Die Geburt findet entweder zu Hause statt, wo die Mutter wohnt, oder in einem speziellen Spital. – Wie ist das bei euch?"

„Bei uns ist das gar nicht so", antworten Pietro und Sandro. „Wir haben keine kleinen Kinder. Aber es kommen ab und zu neue Kollegen zu uns. Wenn wir für eine Mission Unterstützung benötigen, werden uns von der Leitung Kollegen zugeteilt, also Explorer, die dann von uns mit den Aufgaben vertraut gemacht werden. Sie werden uns von der Basisstation übermittelt, wo sie auch ihre Ausbildung erhalten. Woher schlussendlich diese Kollegen kommen, wissen wir nicht. Sie selbst wissen es auch nicht, und wir wissen auch nicht, woher wir kommen. Das ist für uns auch nicht so wichtig."

Der Farmer antwortet: „Für mich ist das unverständlich, nicht zu wissen, woher man kommt. Wir erhalten sogar eine Geburtsurkunde von der Verwaltung, auf dem Tag und Stunde der Geburt notiert sind, ebenso die Namen der Mutter und des Vaters. Ist das denn gar nicht wichtig für euch Explorer, zu wissen, woher ihr kommt?"

„Nein, das ist für uns nicht wichtig", antworten sie. „Wichtig ist für uns, dass wir unsere Aufgaben, die uns anvertraut werden, korrekt und speditiv erfüllen. Etwas haben wir in der letzten Mitteilung von dir nicht verstanden. Es geht um den Begriff ‚Vater', der im Wörterbuch nicht umschrieben ist. Was ist ein Vater? Und warum ist sein Name auf der Geburtsurkunde? Will man damit festhalten, dass der Vater fortan sich zusammen mit der Mutter um das Kind kümmert? Oder ist damit etwas anderes gemeint?"

Farmer Chris reagiert wiederum schnell. „Nein, mit Vater ist etwas anderes gemeint als die Versorgung des Kindes, obwohl das sehr oft zutrifft. Man will mit der Nennung des Vaters den Mann bezeichnen, der das Kind gezeugt hat, der also zusammen mit der Mutter an der Entstehung des Kindes beteiligt war, und nicht etwa ein anderer Mann. Zudem wird ihn das Kind später einmal beerben, falls es etwas zu erben gibt."

Sandro antwortet: „Was bedeutet das, wenn du schreibst, der Mann habe das Kind ‚gezeugt'? Was hat er getan?"

Seine Antwort: „Mit ‚gezeugt' meint man, dass sich Frau und Mann sehr nahe gekommen sind und dass die beiden auch nicht darüber berichten, was sie mit ‚sehr nahe' meinen. Es ist etwas, das zu ihrem ganz persönlichen Bereich gehört und andere Menschen nichts angeht. Es ist wie ein Geheimnis der beiden, das andere Menschen respektieren und auch keine Fragen dazu stellen. Mit ‚gezeugt' meint man aber auch, dass der Mann, der Vater, sein Erbgut an das Kind weitergegeben hat, so wie natürlich auch die Mutter, und das ist schon sehr wichtig für das Kleine, weil das Erbgut die weitere Entwicklung des Kindes beeinflusst."

Die Explorer sind einmal mehr überrascht ob dieser Antworten. Sie können sich nicht vorstellen, was das Erbgut ist und aus dem visuellen Wörterbuch erhalten sie auch keine weiteren Informationen darüber, was mit ‚sehr nahe' oder ‚persönlicher Bereich' gemeint wäre. Es macht den Anschein, dass der Farmer mehr weiß, als er sagt.

Pietro und Sandro erinnern sich noch sehr genau an die Beobachtungen der Kopulation zwischen einem Mann und einer

Frau respektive zwischen einem Bullen und einer Kuh bei den Tieren. Sie erinnern sich auch, dass sie damals vermuteten, die Kopulationen könnte für die Entstehung und Geburt von sehr kleinen Menschen respektive sehr kleinen Tieren verantwortlich sein. Ist es das, was Farmer Chris anspricht, wenn er schreibt, die beiden seien einander ‚sehr nahe' gekommen?

Pietro will das Thema der Kopulation nicht näher ansprechen, aber er erkundigt sich: „Wir hätten doch noch eine Frage zu dem, was du als ‚einander sehr nahegekommen' bezeichnest. Ist dies eine Situation, wo Mann und Frau etwas Gemeinsames tätigen oder erledigen, und sich dabei sehr nahekommen? Oder ist gemeint, dass Mann und Frau von einem gemeinsamen Kontrollorgan geleitet werden, sodass beide völlig synchronisiert werden und auch ihre Energie von der gleichen, identischen Energiequelle erhalten?"

Chris: „Ich verstehe nicht, was ihr mit einem gemeinsamen Kontrollorgan und mit einer identischen Energiequelle meint, aber es geht in diese Richtung. Mann und Frau sind sich in einer solchen Situation sehr nahe, weil sie sich beide in einem speziellen Zustand befinden, beide das Gleiche wollen und von einer speziellen Energie durchdrungen werden. Es ist etwas Besonderes. Auf jeden Fall ist nicht gemeint, dass Mann und Frau etwas gemeinsam erledigen. Es ist viel mehr als ein Erledigen."

Pietro und Sandro haben aufgrund dieser Antwort den Eindruck, es könnte sich um die Kopulation handeln, sind sich aber nicht sicher und fragen auch nicht weiter nach. Sie vermuten, dass Farmer Chris nicht gerne darüber spricht. Vielleicht können sie ja eines Tages das Geheimnis der Kopulation lüften und erfahren, was eigentlich damit gemeint ist. Dann bleibt aber auch noch die Frage, weshalb das Erbgut für das Kind so wichtig ist.

Interessant finden sie den Hinweis des Farmers auf die gemeinsame spezielle Energie, die ihnen dabei zur Verfügung steht, und dass dabei ein Kontrollorgan wirksam ist, das bei Mann und Frau einen speziellen Zustand bewirkt. Dies wäre ein Hinweis, dass das Kontrollorgan der Menschen mit der Energieversorgung eng verbunden ist und ein Zeichen einer fortgeschrittenen

Entwicklung darstellt, da Steuerung und Energie miteinander verbunden sind und korrespondieren, was bei der Verrichtung von komplexen Aufgaben unabdingbar ist.

Sie wenden sich wieder an Chris: „Da ist noch eine Frage: Du hattest erwähnt, dass die Säuglinge bei ihrer Geburt zwischen 5 und 7 Pfund schwer sind. Wir haben im visuellen Wörterbuch nicht herausfinden können, wie schwer ein Pfund ist, möchten das aber gerne wissen. Wäre es möglich, dass du das Gewicht der Metallplatte in Pfund messen könntest, die wir im Garten abgesetzt haben? Da wir wissen, wie schwer die Platte ist, können wir das mit unserem Gewichtssystem vergleichen. Wir wissen dann, wie schwer ein Pfund ist." Farmer Chris meldete das Gewicht: 1,55 Pfund. Nun können die Explorer diesen Wert in ihr System umrechnen. Sie bedanken sich bei Chris und fragen: „Gibt es noch eine andere Einheit, die kleiner ist als das Pfund? Und gibt es bei den miles auch eine kleinere Einheit?" Chris gibt zur Antwort: „Ein Pfund hat 16 ounce und eine mile hat 1760 yard zu je 3 feet."

Das wird Captain Brown freuen, wenn sie ihm das mitteilen, dass sie die Gewichtseinheit der Menschen und die Umrechnung kennen und auch die Einheiten bezüglich Distanz! Aber das geht ja gar nicht, realisieren sie. Dann würde er sich erkundigen, wie sie zu dieser Information gekommen sind!

Nun kommen die Explorer erneut auf ihr Kernthema zu sprechen: Männer und Frauen. Sie fragen Chris, weshalb sich ein Mann und eine Frau oft heftig umarmen und beide ihre Köpfe berühren. Farmer Chris meint, das finde statt, wenn sich die beiden lieben.

Pietro und Sandro verstehen das nicht und erkundigen sich, was das ist, „sich lieben". Chris versucht, es zu erklären. „Die beiden Menschen finden das Gesicht und den Körper des anderen sehr schön und verspüren einen starken inneren Drang, den anderen zu berühren, in die Arme zu nehmen, an sich zu drücken."

Der Eindruck, dass etwas schön ist, ist den Explorern nicht unbekannt. Sie finden die Form ihres digitalen Assistenten oder ihres Raumschiffs schön. Aber da ist nichts von einem Drang, einem Begehren, den digitalen Assistenten zu berühren. Wenn sie einen ihrer Explorer-Kollegen betrachten, empfinden sie kein Gefühl der Schönheit und ebenso keinen Drang, ihn zu berühren. Dass Menschen offenbar solche Empfindungen haben, finden sie sehr eigenartig und eher befremdend. Sie teilen das dem Farmer mit und dieser ist erstaunt, dass die Explorer dieses Gefühl der Liebe nicht nachempfinden können.

Pietro und Sandro lassen nicht locker und fragen, was mit „innerer Drang" gemeint ist. Der Farmer antwortet, dass es ein sehr, sehr starkes Gefühl ist, bei dem man deutlich spürt, dass man etwas haben will oder tun möchte. Oft könne man nicht erklären, warum man diesen Drang habe, er sei einfach da.

Die Explorer kennen diesen speziell starken inneren Drang nicht. Sie kennen aber so etwas wie eine Überzeugung, dieses oder jenes zu tun, weil sie es für richtig halten. Das scheint aber nicht ein „innerer starker Drang" zu sein, wie ihn der Farmer schildert.

Farmer Chris erläutert sodann, dass es außer der Liebe und dem Begehren noch andere Gefühle bei Menschen gebe, die wichtig seien, wie Wut, Zorn, Abneigung, Abscheu, Begeisterung, Aufregung, Freude, Fröhlichkeit und Heiterkeit, Kummer, Scham, Schmerz und mehr. Da könnte er eine ganze Liste aufstellen.

Die Explorer sind einmal mehr erstaunt und erbitten diese Liste der verschiedenen Gefühle, die der Farmer ihnen zustellt. Sie ist sehr umfangreich und schwer verständlich. Die Explorer bitten um Erklärungen und Beispiele zu einigen Gefühlen. Auch das macht der kooperative Farmer. Aber die Explorer verstehen diese Gefühle trotzdem nicht wirklich.

Was sie selbst verspüren, ist ein angenehmes Empfinden, wenn sie ihre Arbeit gut erledigt haben und dies von anderen bemerkt und positiv bewertet wird. Umgekehrt empfinden sie ein eher unangenehmes Gefühl, wenn das Gegenteil der Fall ist. Angenehm und unangenehm ist ihnen bekannt, aber sie empfinden diese Gefühle nur in schwacher Ausprägung.

Chris erklärt, dass mit „angenehm" auch Begeisterung und Fröhlichkeit verbunden sei, mit „unangenehm" dagegen oft auch Traurigkeit, Enttäuschung, sogar Wut und Zorn. Diese beiden letzteren Gefühle seien bei den Menschen ein großes Problem, weil dabei manchmal Menschen, Tiere, Häuser und ganze Städte zu Schaden kommen, kaputt gemacht werden von Menschen, die in Wut und Zorn handeln.

Diese Mitteilung macht die Explorer hellhörig, denn dies könnte ja bedeuten, dass Wut und Zorn auch gegen die Explorer gerichtet werden. Hier entsteht bei ihnen ein unangenehmes Gefühl, sie wissen aber nicht, wie sie damit umgehen sollten.

Die Explorer verweisen nochmals darauf, dass Farmer Chris das „Begehren" erwähnt hatte. Sie möchten verstehen, was das ist. Das Begehren sei ein „wanting", erklärt er, „ein ‚craving‘, ein sehr dringendes Bedürfnis, ein Verlangen, etwas zu haben, zu bekommen", erklärt Chris. Das könne Nahrung sein, Nahrung, die man speziell gerne hat, oder ein Getränk. Oder ein Drang, jemanden zu küssen und zu umarmen und anderes mehr. Es sei ein inneres Bedürfnis, etwas zu haben oder zu tun. Wenn man das Gewünschte erhalten hat, vermindert sich der Drang, aber das ist nicht immer der Fall. Oft nimmt er sogar zu. Manchmal ist bei Menschen der Drang so stark, dass sie sich nicht beherrschen können und etwas tun, das sie später bereuen.

„Dann ist lieben und begehren das Gleiche?", fragen die Explorer.

„Nein, nicht ganz. Wenn man jemanden begehrt, geht es primär um das Körperliche, die Liebe aber schließt die Seele mit ein, und sie ist reines Glück."

Auch das verstehen die Explorer nicht. So etwas wie lieben und begehren ist ihnen fremd, aber es beschäftigt sie und sie interessieren sich für diese Dinge. Unangenehm ist es für sie, wenn der Farmer immer wieder mit neuen Begriffen antwortet, die sie überhaupt nicht verstehen, so wie nun das neue Wort Seele. „Was ist das, die Seele? Und was ist Glück?", fragen sie den Farmer. Er antwortet: „Das ist schwierig zu erklären. Ich glaube, ihr werdet die Menschen nie richtig verstehen können."

Zum Begehren bemerken die Explorer, dass das sicher nicht auf Essen und Trinken bezogen sei, da sie nie essen und trinken, zumindest nicht so wie Menschen. Aber bezogen auf ihre Arbeit verspüren sie manchmal schon ein Bedürfnis, etwas Bestimmtes zu tun. – Im Stillen denken sie an die verbotene Kontaktaufnahme zu Chris, das eine Art „Begehren" war. Sie wollten ja unbedingt mit Chris in Kontakt treten.

Es tauchen immer mehr Fragen auf. Nun will der Farmer wissen, woher sie denn ihre Energie haben, wenn sie nicht essen und trinken. Da geht den beiden Explorern ein Licht auf: Sie verstehen plötzlich, weshalb im visuellen Wörterbuch so viele Begriffe zum Essen und Trinken aufgeführt sind. Sie hatten bisher nicht verstanden, wozu das dient. Die Menschen erhalten offenbar ihre Energie durch Essen und Trinken. Dem Farmer antworten sie, dass sie ihre Energie von der Energie-Ladestation erhalten, bei der sie sich regelmäßig einfinden müssen. Ein Teil der Energie komme von der Sonne, ein anderer Teil von der entfernten Zentrale. Wie sie dort entsteht, wissen sie nicht. Auch die Leitung wisse das nicht.

Chris möchte auch wissen, ob sie verschiedene Gerüche wahrnehmen können und einen Geschmackssinn haben. Die Explorer bitten um Beispiele für Geruch und Geschmack. Dazu antwortet Chris: „Da gibt es die wunderbaren Gerüche von Rose, Zitrone, Nelke oder die weniger angenehmen wie Fäulnis oder Schweiß. Beim Geschmack kennen wir süß, sauer, salzig und bitter, bei den Farben das beruhigende Grün, das knallige Gelb, das aktivierende Rot und das wunderbare Blau, und natürlich alle Mischungen, so wie ihr das im visuellen Wörterbuch erkennt. Wie ist das bei euch?"

Aber die Explorer können nicht nachvollziehen, was damit gemeint ist. Chris ist erstaunt, dass ihnen offenbar diese Sinne fehlen. Aber das ständige Eingeschlossensein in einer Raumstation ist auch nicht vergleichbar mit einem Spaziergang über eine frische Blumenwiese im Frühling oder mit einer Wanderung im feuchten Herbstwald.

In der weiterführenden Kommunikation mit Farmer Chris erkundigen sich die beiden, wie das Kontrollorgan in die Menschen implantiert und wie oft es aufdatiert wird. Sie erfahren von ihm, dass es kein Kontrollorgan und keine Aufdatierung gibt, ebenso keine Implantate, mit denen das Leben der Menschen gesteuert wird. Die einzelnen Menschen erhalten jedoch viele Informationen von den Behörden, der Regierung, den Medien, von Freunden und anderes mehr, ferner direkte Anweisungen und Vorschriften vom Staat und der Polizei. Die meisten Menschen, so der Farmer, haben ihr Wissen von Mutter und Vater erhalten und natürlich dann auch von der Schule, wo man lesen, schreiben und rechnen lernt. Besonders in der Schule erfahren die Kinder viel über die Geschichte der Menschen und über die Erde. Für Explorer 7 und 8 sind das hochinteressante Informationen. Neu ist für sie auch, dass kein Kontrollorgan implantiert und neu programmiert wird, so wie das bei ihnen der Fall ist.

Farmer Chris wird noch etwas ausführlicher: „Alle Menschen sind frei in ihren Entscheidungen, aber die sind oft stark von Vorschriften und Verboten des Staates geprägt, von ihrem Gesundheitszustand, ihrem Menschenbild, den Einstellungen und Werten, von religiösen Geboten und vom sozialen Druck. Die Freiheit ist nicht grenzenlos, aber die meisten Menschen fühlen sich als freie Menschen, außer in besonderen Situationen wie Krieg oder Gefangenschaft. Die Menschen haben auch die Freiheit, den eigenen Tod herbeizuführen, also den Suizid.“

Für die beiden Explorer sind es wieder viele neue Begriffe, die sie nicht verstehen und die sich kaum übersetzen lassen, weil es sie bei den Explorern nicht gibt. Sie möchten dennoch wissen, was das ist, der Tod und der Suizid. Farmer Chris erklärt, dass alle Menschen einmal sterben, auch alle Tiere. Beim Suizid ist es der Mensch selbst, der dem Leben ein Ende setzt, aber das komme selten vor. Nach dem Tod gibt es den Menschen nicht mehr. Darüber seien aber nicht alle Menschen gleicher Meinung. Viele glauben, dass sie nach ihrem Tod in das Reich Gottes eingehen, ins Paradies.

Die beiden Explorer haben Mühe, das zu verstehen. Was bedeutet es konkret, ‚in das Reich Gottes eingehen‘? Sie kennen den Tod nicht und können sich nicht vorstellen, wie das ist, wenn man plötzlich nicht mehr existiert.

„Wir haben vorher über das Glück, die verschiedenen Gefühle, die Freiheit und anderes mehr gesprochen, das für Menschen wichtig ist", fährt Farmer Chris fort. „Da ist aber auch noch ein anderer Bereich zu nennen, ohne den man die Menschen nicht verstehen kann. Wir Menschen suchen den Kontakt zueinander, wir suchen die Gemeinschaft in einer Gruppe, einem Stamm, einem Dorf, einer Stadt, einem Land, einer Religion oder einer politischen Überzeugung, einem Verein, einem Club, einer Sprache oder einem Dialekt, einer Fußballmannschaft und noch vieles mehr. Die Verbundenheit gibt uns einen Sinn für unser Dasein, gibt uns eine innere Ausrichtung, Sicherheit und Vertrauen. Das beschert uns aber auch Probleme, nämlich dann, wenn Menschen unterschiedlicher Gruppen, Gemeinschaften oder Länder aufeinanderprallen. Dann kann es zu Krieg kommen, mit Tod, Elend und Verwüstung. Unsere Geschichte ist voll von solchen Beispielen, auf die wir nicht stolz sind. Aber nun zu euch: Ich habe mich schon mehrmals gefragt, ob das bei euch auch so ist."

Explorer 7 antwortet: „Nein, bei uns ist das nicht so. Viele deiner Beschreibungen über das Funktionieren der Menschen sind für uns neu und unverständlich. Wir brauchen Zeit, um das zu verstehen." Explorer 8 nickt zustimmend.

„Ich vermute, und es tut mir leid, das zu sagen: Ihr könnt das nicht richtig verstehen", entgegnet Chris. „Wenn ihr Gefühle wie Liebe, Enttäuschung, Wut und auch andere Gefühle nicht versteht, wenn ihr das Gefühl, einer Gemeinschaft anzugehören, sich für sie einzusetzen, sogar für sie zu kämpfen, wenn ihr diese Gefühle nicht kennt und auch nicht selbst verspürt, dann werdet ihr die Menschen nie richtig verstehen."

All diese Beschreibungen von Chris sind für Pietro und Sandro hochinteressant, aber beide sind auch etwas bedrückt, weil sie erkennen, dass es sehr viele Dinge gibt, von denen sie keine Ahnung haben. Aber der Wunsch, das alles besser zu verstehen, ist ungetrübt. Für sie ist klar, dass sie mithilfe des Farmers die Sprache noch besser lernen wollen. Aber was dann? Wie weiter?

„Ich habe noch eine eher banale Frage", fährt Pietro fort. „Wie alt ist die Menschheit? Weißt du etwas darüber?" Chris: „Ich habe vor kurzem erfahren, dass es aufgrund von Zähnen Hinweise gibt, dass menschenähnliche Wesen bereits vor 2 Millionen Jahren gelebt haben. Die heutigen Menschen gehören zur Gruppe des Homo sapiens, die seit 400 000 Jahren existiert. Und wie alt seid ihr, die Außerirdischen?" „Wir wissen es nicht, man hat uns das nie gesagt und wir haben auch nicht danach gefragt. Aber jetzt interessiert uns das auch", antwortet Pietro. „Wir vermuten, dass es die ‚Titaner', also unsere Ahnen, schon vor sehr langer Zeit gegeben hat. Aber so lange wie bei euch Menschen, das können wir uns kaum vorstellen."

Chris ist nachdenklich geworden. Warum wissen die beiden praktisch nichts über ihre Herkunft und fragen auch nicht danach? Sind die beiden vielleicht Roboter, zwar sehr intelligent, aber nicht gebildet? Seine Frau Betty hat sich auch schon mit solchen Überlegungen beschäftigt; sie ist den Außerirdischen gegenüber skeptisch eingestellt und findet ihren Mann etwas gutgläubig. Chris dagegen ist ihnen gegenüber aufgeschlossener eingestellt und will den Kontakt zu ihnen aufrechterhalten. Auch dann, wenn es hochintelligente Roboter wären. Insgeheim hofft er, dass er durch seine Kontakte mit ihnen vielleicht einmal Berühmtheit erlangt.

Nun hat Sandro noch eine Frage: „Habt ihr auch ein Buch über das gesamte Wissen, das die Menschen angesammelt haben, so ähnlich wie das Wörterbuch, das wir von Dir erhalten haben?" Chris: „So ein Buch haben wir nicht, aber wir verfügen über Bücher mit sehr detailliertem Wissen über einzelne Fachgebiete und auch ein Buch über Gott." *(Chris will ihnen nicht erläutern, dass jedermann auf der Erde via elektronische Kanäle Zugang zu diesem Wissen hat. Er befürchtet, dass die Außerirdischen diesen Zugang missbrauchen oder sogar zerstören könnten.)*

Sandro: „Wie lange habt ihr denn schon solche schriftlichen Dokumente?"

Chris: „Meines Wissens gibt es sie schon seit rund 5000 Jahren. Das älteste Bierrezept von den Ägyptern ist 4500 Jahre alt. Die ältesten Höhlengravuren sind aber schon 57 000 Jahre alt."

„Was ist das, Bier?"

„Bier ist ein bitteres Getränk, das wir Menschen sehr oft trinken."

„Was ist ‚bitter'?", fragt Sandro.

Chris ist etwas ratlos: „Bitter ist bitter. Besser kann ich das nicht erklären."

„Wie weißt du, dass Bier bitter ist, wenn du es nicht beschreiben kannst?"

„Man weiß das nur, wenn man Bier trinkt. Dafür haben wir Menschen den Geschmackssinn. Wenn ihr Außerirdischen keinen Geschmackssinn habt, geht das nicht."

Die beiden Explorer sind einmal mehr mit etwas konfrontiert, das Menschen können und Außerirdische nicht. Nach dem Gespräch wendet sich Sandro an seinen Kollegen: „Könnte es sein, dass Chris ein sehr spezieller Mensch ist und seine Meinungen, zum Beispiel über Gefühle, etwas sonderlich sind und sich von der Mehrheit der Menschen unterscheiden?" Pietro: „Chris ist ja quasi per Zufall zu unserem Kommunikationspartner geworden, wir haben ihn nicht gezielt ausgesucht. Also ist er doch repräsentativ für die Menschen. Sicher wäre es gut, wenn wir noch mit anderen Menschen Kontakt aufnehmen könnten, aber das geht zurzeit gar nicht. Wir können jedoch überprüfen, ob die Angaben von Chris mit den Angaben im bebilderten Wörterbuch übereinstimmen. Bisher ist mir jedoch keine Inkonsistenz aufgefallen." „Mir auch nicht", antwortet Sandro und ergänzt: „Die Bemerkung von Chris, dass wir die Menschen nie richtig verstehen können, macht mich schon betroffen. Aber ich glaube, dass wir sie nach und nach immer besser verstehen. Zum Beispiel die Bedeutung der Gemeinschaft: Wenn wir dazu immer mehr Beispiele zusammentragen, insbesondere auch aus der Geschichte der Menschen, wenn wir erkennen, was das bedeutet, zu einem Land zu gehören, sich für dieses einzusetzen, für dieses sogar gegen andere Länder zu kämpfen, dann verstehen wir die Menschen besser. Vielleicht erkennen sich die Menschen selbst ja auch nie wirklich richtig."

Pietro: „Ja, das ist auch meine Überzeugung. In vielen Bereichen können wir dazulernen und sie besser verstehen. Wo ich Zweifel habe, ist im Bereich der Gefühle. Hier vermute ich, dass wir nie richtig an ihre Wesensart herankommen, sodass wir ihre Gefühle auch wirklich nachempfinden können. Wir können das einfach nicht, trotz aller Erklärungen und Beschreibungen. Wie sehr das aber ein Nachteil ist, kann ich nicht beurteilen."

„Vielleicht ist das gar nicht so schlimm, wenn wir sie nicht in allen Belangen richtig erkennen und verstehen können", antwortet Sandro. „Wenn wir mit Chris über die aktuelle Situation, über unsere ‚Mission Erde' und über unsere Anliegen sprechen können, und er seine Meinung dazu abgibt, dann kommen wir große Schritte weiter bei unserem Vorhaben, die Erde und die Menschen zu entdecken. Wir stellen ihm möglichst konkrete Fragen, bei denen Gefühle keine Rolle spielen. Aber wichtig ist, dass wir ihre Sprache besser verstehen."

26

Von den Farben und vom Glück

Pietro und Sandro konsultieren das visuelle Wörterbuch und tauschen sich erneut mit Chris aus. Sie verstehen Chris nicht, wenn er von prächtigen Farben spricht, vom wohltuenden Grün und vom aktivierenden Rot. Chris realisiert nun, dass sie die Farben gar nicht sehen, nur Helligkeitsunterschiede, und sie das wunderbare visuelle Wörterbuch, das er ihnen übergeben hat, nur in schwarzweiß sehen können. Das sei natürlich enorm schade, meint er.

Die beiden möchten gerne diese verschiedenen Farben auch wahrnehmen und verstehen nicht recht, dass die Menschen hier eine Fähigkeit haben, wovon die Explorer keine Ahnung haben. Sie möchten lernen, Farben zu unterscheiden. Nun gibt ihnen Chris verschiedene Beispiele im visuellen Wörterbuch, wo sie bestimmte Farben erkennen können, und die beiden lernen, die kleinen Unterschiede im Farbspektrum zu erkennen und zu memorisieren. Ihr lokales Steuerungssystem, im Kopf und auf dem Armgerät lokalisiert, ist durchaus in der Lage, diese kleinen Frequenzunterschiede zu erkennen und somit die einzelnen Farben ‚zu lernen'. Was sie dagegen nicht verstehen ist, wenn Chris vom wohltuenden, beruhigenden Grün und vom aktivierenden Rot spricht. Dazu antwortet ihnen Chris, dass das ihre Empfindungen und Gefühle betreffe, und das könne er ihnen nicht vermitteln. Eine grüne Wiese oder einen tiefgrünen Wald müsse man durchschreiten, um das Grün zu erleben, und dazu müssten sie auf die Erde kommen, um dies zu erfahren. Die beiden erkennen, dass dies nicht realisierbar ist.

Als sie bei einem ihrer regelmäßigen Treffen mit den anderen Erkundungsstationen die Kollegen von der ES-Geo treffen, erwähnen sie, dass sie im Spektrum der Hell-Dunkelunterschiede bei Aufnahmen von der Erde Abstufungen entdeckt hätten, die möglicherweise für die genauere Erkundung der Erde von Interesse sein könnten. Die Kollegen der ES-Geo sind erstaunt über diese Entdeckung und nehmen die Anregung gerne auf. Nach einiger Zeit melden sie sich und erklären, dass sie solche Unterschiede auch entdeckt und ihnen verschiedene Namen gegeben hätten. Dadurch sei es möglich, ein neues Bild der Erdoberfläche zu erstellen und – was ebenso wichtig sei – gewisse bisherige Annahmen als irreführend zu erkennen. Sie sind erstaunt, dass ihre Kollegen 7 und 8 dies entdeckt hatten, fragen aber nicht, wie das zustande kam. Und sie erfahren auch nicht, dass die Menschen die Farben anders, auf ihre Weise, wahrnehmen und dabei auch Empfindungen und Gefühle eine Rolle spielen.

Pietro und Sandro nehmen das Gespräch zu Chris wieder auf. „Du hast uns erklärt, dass das Gefühl des Glücks für die Menschen sehr wichtig ist. Warum ist das so?"

Chris: „Das ist nicht so einfach zu beschreiben, wenn man das Glücksgefühl nicht kennt. Wir Menschen fühlen uns dann sehr leicht, man möchte vielleicht tanzen, jubeln, sogar schreien vor Freude, andere umarmen. Es ist wirklich ein außerordentliches Gefühl, eine Glückseligkeit."

Pietro und Sandro: „Weil wir das nicht fühlen können, wären uns ein paar Beispiele zu Glück vielleicht hilfreich."

„Das Glück erleben wir, wenn wir auf einem tollen Fest sind und uns in Ekstase tanzen, oder eine Reise unternehmen, oder mit der geliebten Person im Bett sind. Ferner, wenn wir eine wichtige Arbeit bewältigen oder ein bemerkenswertes Ziel erreicht haben. Aber es gibt auch Formen des stillen Glücks, zum Beispiel, wenn wir das Gefühl der tiefen inneren Zufriedenheit oder Heiterkeit erleben. Und da ist noch das Glück, das man erlebt, wenn man mit anderen Menschen zusammen ist, wenn man die Liebe, das Glück und das Unglück mit ihnen teilt und wenn man sich für andere nützlich fühlt.

Chris ergänzt: „Viele Menschen glauben, dass sie dann glücklich sind, wenn sie reich sind oder Macht haben, und ihr Denken ist dauernd damit beschäftigt, wie sie das erreichen können. Wenn sie es erreichen, sind sie nur für einen kurzen Moment glücklich, aber dann weicht das Glück, weil sie sofort noch mehr Reichtum oder Macht anstreben und das Glücksgefühl sogleich verflogen ist. Deshalb ist das wahre Glück ein Zustand, indem man sich von all diesen Gedanken und Begehren loslöst und sich innerlich in Ruhe befindet. Der Buddhismus vertritt diese Meinung und motiviert uns zu Meditationen, um damit Körper, Geist und Seele in einen ruhigen, klaren und erholten Zustand zu bringen. Bei uns in der Kirchgemeinde werden solche Meditationen angeboten und ich bin auch schon hingegangen, aber ich konnte diese innere Ruhe nicht finden, obwohl ich keineswegs auf Reichtum und Macht ausgerichtet bin."

Er erwähnt noch, dass es nebst dem Gefühl des großen Glücks auch das Gefühl des großen Unglücks, des Leids und der Enttäuschung gebe. Aber darauf wolle sie jetzt nicht eingehen.

Nun erkundigt sich Chris, wo die beiden am ehesten noch sowas wie Glück erleben können. Sie antworten und geben Beispiele:

- Lob und Wertschätzung von Captain Brown für ihre Arbeit,
- die Erkundung der Erde mit den vielen Entdeckungen,
- der Austausch mit Farmer Chris und später auch mit anderen Menschen,
- die Zusammenarbeit zwischen ihnen beiden,
- die Spiele mit ihren Kollegen an den speziellen Spieltreffen.

Chris zeigt sich erstaunt darüber, dass es doch einiges gibt, das ihnen Freude bereitet, nur sei das vermutlich nicht genau das, was die Menschen als ‚Glück' bezeichnen. Pietro und Sandro nicken zustimmend. Die erwähnten freudigen Ereignisse seien zwar klar etwas Angenehmes, aber so etwas wie eine ekstatische Glückseligkeit würden sie nicht empfinden. In gewisser Weise vermissen sie diese Fähigkeit, das große Glück zu erleben. Andererseits sind sie auch froh, dass sie die Gefühle des großen Unglücks und Leids nicht erleben. Sie möchten nur Ersteres, nicht aber auch das Zweite.

27

Die Explorer lernen Gefühle erkennen

Das Thema Gefühle lässt die beiden Explorer nicht los. Sie können nicht recht verstehen, weshalb Menschen Gefühle haben, die ihr Erleben und Verhalten offenbar sehr prägen. Gefühle, die Explorer überhaupt nicht kennen. Wie können sie die Menschen verstehen, wenn der gesamte Gefühlsbereich für sie unverständlich ist? Im visuellen Wörterbuch haben sie gesehen, dass wichtige Gefühle eines Menschen an seinem Gesichtsausdruck erkennbar sind. So sind dort 14 Gesichter dargestellt, die 14 verschiedene Gefühle darstellen.

Für die beiden ist das im Moment nicht relevant, weil sie ja keinen direkten Kontakt zu den Menschen haben, aber vielleicht später einmal. Wenn diese Situation eintreten würde, werde Chris ihnen dann beim Erkennen der wichtigsten Emotionen der Menschen behilflich sein, hat er versprochen. Das sei der Weg über die Gesichtserkennung, der zwar viel Programmierarbeit, technische Kenntnisse und Speicherplatz erfordere, aber das sei für die Explorer kaum ein Problem.

Zurzeit beschäftigt sie beide, dass Menschen eine spezielle Form der Kommunikation haben, bei der Gefühle eine wichtige Rolle spielen. Und das ist ihnen vollkommen fremd. Menschen können zusammen sein ohne zu sprechen, aber aufgrund der Gefühle, die sie zum Ausdruck bringen, entsteht trotzdem eine „Kommunikation", und zwar eine, die gemäß Chris wichtig sei. Darin liegt der Kern des Spruchs „Man kann nicht nicht kommunizieren".

Warum haben die Menschen diese Fähigkeit und sie nicht? *(Den Grund dafür erfahren sie erst viel später!).* Bei den verschiedenen Gefühlen der Menschen stellen sie fest, dass sie Gefühle wie Ärger oder Wut, die offenbar in der Geschichte der Menschen eine wichtige Rolle spielen, weil sie zu aggressivem Verhalten und Kriegen führen, kaum oder gar nicht kennen. Es macht den Eindruck, dass sie eher emotional ausgeglichen sind und aggressives Verhalten kaum je vorkommt. *(Auch hier erfahren sie den Grund dafür erst viel später).*

Pietro und Sandro möchten zumindest einige Gefühle lernen und kontaktieren Chris. Sie möchten wissen, wie viele Gefühle die Menschen kennen und Chris nennt die Zahl von rund 75 verschiedenen Gefühlen, die allerdings nicht bei jedem Menschen präsent seien. Er habe ihnen bereits eine Liste mit Gefühlen vorgelegt. Die wichtigsten seien Freude, Ärger und Wut, Angst, Ekel, Trauer, Überraschung, Verachtung, Liebe und Scham. Mit diesen Gefühlen seien oft körperliche Reaktionen verbunden und natürlich auch Denkprozesse.

Die beiden staunen und haben keine Ahnung, was es mit all diesen Gefühlen auf sich hat. Und dass eine körperliche Reaktion damit verknüpft sei, ist ihnen völlig unverständlich. Sie möchten aber ein paar wenige Gefühle lernen, so wie sie die verschiedenen Farben gelernt haben.

Chris nimmt den Wunsch auf und erinnert sie daran, wie sie im Gespräch über das Glück von mehreren Situationen berichtet hatten, die für sie mit Freude verbunden sind. Zum Beispiel das Lob von Captain Brown, die Spielveranstaltungen mit den Kollegen und anderes mehr. Dann war da auch noch das sonderbar prickelnde, angenehme Gefühl, das sie schon oft bei verschiedenen Situationen selbst erlebt hatten.

Chris empfiehlt nun den beiden, andere Situationen dahingehend zu prüfen, ob auch eine Spur von Freude oder sogar dieses prickelnde Gefühl vorhanden ist. Wenn ja, sollten sie eine Weile in dieser Situation verweilen und sie später aufschreiben. Es geht darum, in ihrem Gehirn, in ihrem Steuerungssystem, solche Situationen zu sammeln und zu memorisieren. Dann entsteht mit der Zeit ein klareres und breiteres Netzwerk von solchen Gefühlen der Freude. Es muss im Kontrollorgan sozusagen ein Netzwerk freudiger Ereignisse gebildet werden, das quasi mit der Bezeichnung „Freude" zusammengefasst werden kann. Dieser Prozess muss aber oft und regelmäßig wiederholt werden, sonst bildet sich das Netzwerk nicht. Später könnten andere Gefühle, zum Beispiel unangenehme, auf die gleiche Weise gelernt werden. Diese Idee stamme nicht von ihm, sondern von seinem Nachbarn, der Neurobiologe sei und sich mit Konditionierungsvorgängen im Gehirn befasse.

Die beiden Explorer staunen über dieses Vorgehen des Neurobiologen und fragen sich, ob das auch für das Kontrollorgan der Explorer gelte oder nur für das Gehirn der Menschen. Sodann fragen sie Chris, ob sie mit der Zeit auch die Gefühle der Liebe und des Begehrens erleben könnten. Chris meint dazu, dass er dies nicht einschätzen könne, da er die Explorer ja nicht richtig kenne und er mit den Unterschieden zu den Menschen kaum vertraut sei. Sie müssten aber mindestens eine Situation kennen, wo sie Liebe oder Begehren erfahren hätten. Ohne das wäre es vermutlich nicht möglich, Gefühle der Liebe oder des Begehrens zu lernen. Man versuche aber auf der Erde an verschiedenen Orten künstliche Menschen, sogenannte intelligente Roboter, zu entwickeln, die auch Gefühle haben. Ob das wirklich gelinge, sei eine große Frage. Er zweifle daran.

Dann wollen die beiden wissen, wie das mit den Gefühlen von Wut und Zorn ist, die Menschen manchmal haben und die für sie ein Problem darstellten, weil sie zu schlimmen Auseinandersetzungen und Kriegen führen können. Chris habe ja darüber berichtet. Die Explorer kennen keine solchen Gefühle, aber sie möchten wissen, ob Explorer auch Gefühle dieser Art erlernen und erleben könnten. Chris meint, auch hier müssten sie mindestens eine Situation kennen, wo sie Wut und Zorn erfahren hätten. Ohne das wäre es vermutlich nicht möglich, solche Gefühle zu erleben.

Nun fragen die beiden Explorer: „Warum sind die Gefühle für euch Menschen so wichtig?"

„Sie helfen uns, Gefahrensituationen sofort zu erkennen, sodass wir sie verhindern können", antwortet Chris. „Gefühle sind viel schneller als unsere Gedanken, und das ist in Notsituationen sehr wichtig. Oft vermitteln uns die Gefühle, ob eine bestimmte Situation gut oder schlecht für uns ist. Dann übernehmen wir diese Bewertung, oft ohne weiteres Nachdenken. Später dann können wir Menschen, wenn wir bestimmte Gefühle haben, diese hinterfragen. Wir können uns fragen, ob wir schon mehrmals dieses Gefühl hatten, zum Beispiel das Gefühl von Neid, und in welchen Situationen. Hat dieses Gefühl für mich eine bestimmte Bedeutung? Damit entsteht Selbstreflexion und Selbsterkenntnis."

Chris will etwas dazu sagen: „Das ist mir eine etwas zu positive Darstellung der Gefühle. Ein bestimmtes Gefühl kann sich im Gehirn eines Menschen einnisten, zum Beispiel der Neid, sodass es in verschiedensten Situationen zum Vorschein kommt, und zwar auch in solchen, die gar nicht mit den vergangenen Situationen vergleichbar sind. Für Außenstehende sind dies dann völlig unangemessene Reaktionen, die nichts mit der Realität zu tun haben, aber unangenehm häufig auftreten. Solche Gefühle können einen Menschen in die falsche Richtung führen. Auch heftige Gefühle wie Wut und Zorn können schnell zu übertriebenen Reaktionen führen. Und ich möchte hier noch etwas anfügen: Es macht den Eindruck, dass die Gefühle das Wichtigste bei uns Menschen sind. Das Denken, all die Denkprozesse, die sind ebenso wichtig. Beim Denken besteht die Möglichkeit, das Gedachte auf seine Wahrheit zu überprüfen, also ob das Gedachte mit der Wirklichkeit übereinstimmt. Bei den Gefühlen können wir das nicht."

„Vielleicht ist es ja gut, dass wir all diese Gefühle nicht wahrnehmen, das erspart uns Probleme bei der Erfüllung unseres Auftrages, der ‚Mission Erde'", bemerkt Explorer 8. Sein Kollege ergänzt: „Ja, das haben wir ja schon einmal erwähnt."

28

Haben Menschen ein Bewusstsein und ein Ich? Und die Explorer?

Die beiden Explorer 7 und 8 wissen, dass Menschen im Gegensatz zu ihnen weder im Kopf noch im übrigen Körper Implantate haben, die mit einem externen Kontrollorgan verbunden sind. Somit bestimmen sie weitgehend selbst über ihr Verhalten. Chris behauptet, Menschen hätten einen freien Willen und könnten sich für oder gegen etwas entscheiden. Allerdings gebe es Einschränkungen, nämlich dann, wenn Menschen in eine Notsituation geraten oder Gefahr droht. Oder wenn sie eine bestimmte Entscheidung als völlig falsch erachten und deshalb der Not gehorchend eine andere Entscheidung wählen. Dann entscheide quasi ein „Notfallprogramm" bei ihnen, das dann eine Sofortreaktion auslöse. Es sei nicht das „Ich", das in solchen Situationen entscheide, sondern vielmehr ihr Körper.

Pietro und Sandro bemerken, dass er ihnen das bereits einmal beschrieben habe, aber das für sie beide nach wie vor unverständlich sei, eine Steuerung der Menschen ohne Implantate und ohne externes Kontrollorgan. Wie funktioniert denn das Gehirn bei den Menschen? Wie kommt es zu Handlungen?

Chris: „Mit unserem großartigen Gehirn sind wir in der Lage zu denken, Mögliches und Unmögliches, Gedanken aus der Vergangenheit, Gegenwart und Zukunft. Das ist für uns das Bewusstsein. Die meisten Gedanken können wir in Sprache formulieren, was einen riesigen Schritt in der Entwicklung der Menschheit darstellt.

Wir können uns aber auch Gedanken machen, woran wir gerade denken oder was wir gerade tun oder fühlen. Es ist quasi ein Wahrnehmen, das über dem normalen Denken, Tun und Fühlen liegt. Beim Meditieren wird uns dieser Vorgang recht schnell bewusst. Wenn ich meditiere, wird es mir bewusst, dass ich gerade an etwas Bestimmtes denke oder fühle. Wir sagen dann:

Ich denke an das und das, ich fühle, ich tue gerade das, ich habe diese Meinung und so weiter. Diese Aussagen sind verbunden mit etwas, das wir als ICH bezeichnen, eine Art zentrales Kontrollorgan bei uns im Gehirn. Nebst dem ICH gibt es aber noch zwei weitere Aspekte, nämlich das ‚mir‘ im Sinne von ‚das gehört mir‘ und das ‚mich‘ im Sinne von ‚das macht mich traurig‘, ‚das erfreut mich‘. Diese drei Aspekte ergeben das ‚Selbst‘ und bilden unsere Identität.

Dann gibt es auch Situationen, in denen wir kein Bewusstsein haben, zum Beispiel wenn wir schlafen oder in Narkose sind, oder in denen unser Bewusstsein verändert ist, zum Beispiel wenn wir zu viel Alkohol getrunken oder bestimmte Drogen oder Medikamente eingenommen haben, die auf unser Gehirn einwirken. Das zentrale Kontrollorgan bei uns wird dadurch nicht außer Betrieb gesetzt, aber das Bewusstsein und das Ich-Erleben sind verändert oder ausgeschaltet. Im Normalfall, abgesehen vom Schlafzustand, sind Menschen im Zustand des Wachbewusstseins, haben ein Ich-Erleben und sind der Meinung, dass sie frei entscheiden können. Ist das bei euch auch so?"

Die beiden Explorer bleiben stumm. Nun verweist Chris erneut auf seinen Nachbarn, den Neurobiologen, der zum freien Willen eine andere Meinung habe. Er ist der Meinung, dass Menschen keinen Ort im Gehirn haben, den man als ICH bezeichnen kann und wo Entscheidungen kreiert werden. Solche Orte der Steuerung seien zu Tausenden im Gehirn verteilt, aber nicht an einem Ort lokalisiert. Demzufolge gebe es auch kein zentrales ICH an einem bestimmten Ort mit einem freien Willen. Es gebe sozusagen Tausende kleine ICHs, die im Wettstreit gegeneinander antreten. Eines dieser kleinen ICHs werde sich sodann durchsetzen und dann entstehe eine Entscheidung oder eine Handlung, die dominant in Erscheidung tritt. Das sei aber nicht der freie Wille, den die Person als eigene Entscheidung erlebe oder vorgebe, sondern die Entscheidung von anderen Instanzen innerhalb des Gehirns.

Chris beteuert, dass er diese Meinung nicht teile, obwohl er dazu über keine speziellen Kenntnisse verfüge. „Ich habe das

Gefühl, dass ich entscheiden kann, und ich weiß auch, weshalb ich so entscheide. Wenn ich bei einer Sache unsicher bin, frage ich mein ‚Bauchgefühl' und entscheide dann diesem Gefühl entsprechend. Aber es bin immer ich, der entscheidet. Dass Menschen kein ‚Ich' haben, wie das mein Nachbar behauptet, finde ich absurd. Ich habe die Freiheit, zu wählen. Die meisten anderen Menschen sehen das auch so. Sie erleben diese innere Freiheit, selbst zu entscheiden, als etwas ganz Zentrales, und fordern das oft auch vehement ein, wenn diese Freiheit eingeschränkt wird. Es gibt allerdings auch Menschen auf der Erde, die diese persönliche Freiheit nicht an erste Stelle setzen, sondern das Wohl der Gemeinschaft über den Willen des Einzelnen stellen. Wie ist das bei euch Explorern?"

„Wir haben auch eine Art ‚Ich', aber anders als bei euch", antwortet Pietro. „Wir haben unsere Nummer und die Funktionsbezeichnung, zum Beispiel Explorer 7, und diese Nummer ist auch im zentralen Kontrollsystem vorhanden, sie ist sehr wichtig. Mit dieser Nummer kann die Verbindung zu allen Implantierungen, die jeder Einzelne von uns erfahren hat, rekonstruiert werden, und noch vieles mehr. Unsere Tätigkeiten seit dem Verlassen der Marsbasis ist mit dieser Nummer abrufbar, und natürlich vor allem die Erkenntnisse, die wir gewonnen haben. Die Nummer ist sozusagen unser ‚Ich'. Bei dem, was ihr als ‚freien Willen' bezeichnet, sieht es so aus: Wir können aufgrund eines Abwägens der Vor- und Nachteile und unter Berücksichtigung der Vorgaben Entscheidungen treffen. Unsere Entscheidung ist somit abhängig von den Vorgaben sowie der Plausibilität und Nützlichkeit unseres Vorgehens. Gefühle oder gar etwas wie ein ‚Bauchgefühl' haben wir nicht. Gefühle spielen bei uns keine Rolle. Wir sprechen also nicht von einem freien Willen, sondern von unserem Abwägen, was nützlicher ist und mehr Vorteile als Nachteile bringt. Und das, was ihr als ‚Selbst' bezeichnet, kennen wir nicht. Zudem ist es für uns schwierig, zu verstehen, was das überhaupt ist."

29

Betty spricht über Gott, Hoffnung, Liebe und Krieg

Farmer Chris spricht regelmäßig mit seiner Frau Betty über seinen Austausch mit den beiden Explorern Pietro und Sandro. So auch jetzt wieder: „Ich musste bei meinem letzten Austausch mit den beiden allen Mut zusammennehmen, um sie etwas kritisch anzugehen." „Was hast du denn kritisiert?", will seine Frau wissen.

„Ich sagte ihnen, dass sie uns Menschen nie richtig verstehen können, weil ihnen der Zugang zu den Gefühlserfahrungen fehle. Sie verstehen nicht, wie sich das anfühlt, jemanden innig zu lieben, auch nicht die Gefühle von Glück, Freiheit, Begehren, Wut und anderes mehr. Sie verstehen auch nicht, wie wichtig es für uns ist, einer Gemeinschaft anzugehören, einem Sportclub oder einem Land, und dass das für uns so wichtig sein kann, dass wir uns manchmal dafür aufopfern und sogar sterben."

„Ich finde es richtig, dass du ihnen deine Meinung gesagt hast", entgegnet Betty. „Das ist aufrichtig und führt zu einem offenen Dialog. Aber aus meiner Sicht hast du einen ganz entscheidenden Aspekt nicht erwähnt."

„Was meinst du damit?"

„Für die allermeisten Menschen ist es doch elementar wichtig, dass wir uns auf eine höhere Macht ausrichten, auf Gott, seinen Sohn Jesus Christus und auf den Heiligen Geist, der uns alle verbindet. Durch Gott und seine Vergebung gelangen wir nach unserem Tod ins Himmelreich. Gott und Jesus Christus zeigen uns den Weg, den wir gehen sollen. Das ist doch das, was uns Reverend Markus jeden Sonntag im Gottesdienst kundtut und das uns in unserem Glauben bestärkt. Du bist ja am Sonntag auch dabei, und viele andere ebenso."

„Ich habe einen Moment daran gedacht, das Pietro und Sandro darzulegen, bin dann aber wieder davon abgekommen, weil es ja auf der Erde verschiedene Religionen gibt, nicht nur unsere christliche."

„Ja schon, aber die allermeisten Menschen glauben an eine höhere Instanz, nach der wir unser Leben ausrichten, die uns Hoffnung und Vertrauen auf ein Leben nach dem Tode gibt."

„Wenn du das so überzeugend vorbringst, dann schlage ich vor, dass du das den beiden Pietro und Sandro selbst sagst. Ich organisiere ein Meeting und übergebe dir dann das Wort. Du weißt aber, dass die Kommunikation mithilfe der Übermittlungsstation nicht einfach ist, oft langsam, weil sie verschiedene Begriffe nicht sofort verstehen. Ist das okay für dich?"

„Ja, aber du darfst mir nicht dreinreden."

„Ich kann dir das nicht versprechen, aber ich werde mir Mühe geben."

Nun nimmt Farmer Chris mit den beiden Explorern Kontakt auf. Dabei erklärt er, dass beim letzten Meeting ein wesentlicher Aspekt, der für die Menschen wichtig ist, nicht erwähnt wurde. Um die Menschen zu verstehen, sei dieser Aspekt wichtig und er möchte die Explorer gerne darauf aufmerksam machen. Er erhält von Pietro eine zustimmende Antwort und anderntags kann dieser Austausch stattfinden.

Chris erwähnt zu Beginn, dass sich seine Frau Betty an sie beide wenden möchte, weil sie in dieser Sache besser Bescheid wisse als er. Er habe Betty über seine Kontakte mit ihnen beiden in groben Zügen informiert. Zwischen ihr und ihm bestehe absolute Offenheit, aber auch Verschwiegenheit nach außen. Sie habe übrigens auch das bebilderte Wörterbuch beschafft, das sie erhalten hatten.

Die beiden Explorer Pietro und Sandro sind erstaunt. Da war doch diese Vereinbarung mit Chris, dass er mit niemandem über die gemeinsamen Kontakte spreche. „Können wir Chris wirklich vertrauen?", fragt Sandro.

„Ich glaube, er ist ein aufrichtiger Mensch", antwortet Pietro, „zudem interessiert es mich sehr, was eine Frau zu sagen hat und auch wie sie es sagt. Denkt und argumentiert sie gleich wie Chris?"

„Ja, darauf bin ich auch gespannt."

„Hallo Pietro und Sandro!", beginnt Betty. „Ich bin Betty und freue mich auf den Kontakt mit euch beiden. Es ist für mich etwas Besonderes, euch über einen wichtigen Aspekt zu informieren, der für die allermeisten Menschen ganz zentral ist. Es geht um unseren Glauben, unsere Hoffnung und Liebe."

„Hallo Betty! Über die Liebe hat uns Chris schon informiert. Das ist etwas, das zwischen Mann und Frau stattfindet. Aber was Glaube und Hoffnung ist, das ist mir nicht klar", antwortet Sandro.

„Wenn ich über Liebe spreche, meine ich eine andere Form der Liebe, eine Liebe, die auf alle bezogen ist. Wir nennen sie Nächstenliebe. Aber ich beginne zuerst mit dem Glauben. Dieser ist für die allermeisten Menschen wichtig. Er ist eine tiefe, innere Überzeugung, eine Gewissheit, die uns Menschen einen Weg aufzeigt, die uns über das Gute und das Böse aufklärt und eine klare Perspektive aufzeigt. Der Glaube gibt dem Leben Hoffnung und Sinn.

Wir, also Chris und ich und unsere Gemeinschaft mit Reverend Markus, wir glauben an Gott-Vater, den Allmächtigen, an Jesus Christus, seinen Sohn, und an den Heiligen Geist. Jesus Christus hat uns den Weg zu Gott, dem Erlöser, aufgezeigt, und in der Bibel ist das alles niedergeschrieben."

„Was meinst du mit ‚Gott, dem Allmächtigen' und was ist‚der Heilige Geist'?", erkundigt sich Pietro.

„Gott ist der Schöpfer von Himmel und Erde, also auch aller Lebewesen. Er ist ein übernatürliches Wesen und verfügt über eine große Macht. Er weist uns den richtigen Weg, um nach unserem Tod und nach Vergebung unserer Sünden ins Himmelreich zu gelangen, wo wir für immer von unseren Schmerzen und Entbehrungen befreit werden. Der Glaube an ihn und Jesus Christus gibt uns Hoffnung, erlöst zu werden. Dazu müssen wir den anderen Menschen mit Liebe und Wertschätzung begegnen und sie unterstützen, wenn sie in Not sind."

„Wenn Gott der Schöpfer aller Lebewesen ist, hat er dann auch uns erschaffen?", will Sandro wissen.

„Ja, ich denke schon", antwortet Betty etwas zögerlich. „Ihr seid für mich zwar unbekannte Wesen, aber Jesus lehrt mich, allen Wesen mit Liebe und Wertschätzung zu begegnen, also auch euch." Dann fährt Betty fort: „Der Heilige Geist ist die geistige Verbindung von Gott zu Jesus und zu uns, die wir im Glauben erfahren. Er gibt uns die Kraft, ein gutes, rechtschaffenes Leben zu führen, bis zum Tod stark zu sein und von den Toten aufzuerstehen. Nur wenn wir uns an die Gebote von Gott und Jesus Christus halten, werden wir ins Himmelreich aufgenommen, sonst nicht. Reverend Markus belehrt uns immer wieder, dass der Heilige Geist und die Heilige Schrift uns auf vier wichtige Fragen eine Antwort geben. Das sind die Fragen: Woher komme ich? Wohin gehe ich nach meinem Tod? Warum bin ich hier? Und: Wie entscheide ich, was gut und böse ist?"

Nun will Sandro wissen, was mit ‚Himmelreich' gemeint ist.

„Das Himmelreich ist irgendwo im Himmel, über der Erde, im All, wir wissen nicht, wo genau, aber wir glauben daran, dass es existiert und dort ist, wo sich Gott befindet, der Schöpfer aller Wesen. Dort befindet sich das Paradies."

„Das alles ist für uns schwierig zu verstehen", meint Pietro. „Meines Wissens haben wir Explorer nie etwas von einem anderen Wesen oder einem Schöpfer gehört. Das hätte man uns von der ‚Mission Erde' sicher zugetragen."

„Vielleicht seid ihr Explorer nicht lang genug in die Schule und in den Religionsunterricht gegangen", bemerkt Chris etwas spöttisch, entschuldigt sich aber sogleich. „Sorry, das ist mir gerade so herausgerutscht. Das ist als Witz gemeint."

„Was ist das, ein Witz?" will Pietro wissen. Chris und seine Frau versuchen zu erklären, was ein Witz ist, und dass damit eine Belustigung gemeint ist, die zum Lachen anregt. Aber es macht den Anschein, als ob Explorer das Gefühl der Belustigung nicht kennen und deshalb nicht verstehen, was ein Witz ist. Zudem können sie auch nicht lachen.

Chris nimmt das Gespräch über Gott wieder auf: „Es ist möglich, und das ist meine Überzeugung, dass Gott keine physische Existenz ist, sondern eine geistige", bemerkt er. „Deshalb ist es wichtig, dass wir ganz reale Dinge und Rituale haben, die wir mit Gott in Verbindung bringen. Dazu gehören Kirchen und

Kathedralen, Klöster, die Feste an Weihnachten und Ostern, die Bibel, Choräle und Oratorien, der Weihrauch und anderes mehr. Dann muss ich noch erwähnen, dass es uns nicht immer gelingt, mit Liebe und Wertschätzung anderen Menschen zu begegnen. Wenn Menschen einander Schaden zufügen oder sogar Krieg führen, ist das leider nicht der Fall. Solches ist auch schon mehrfach dort vorgekommen, wo Menschen aus verschiedenen Ländern aufeinander gestoßen und dabei gestorben sind."

„Was ist das, Krieg?", will Sandro wissen.

Chris: „Krieg ist für Menschen etwas Schreckliches, weil sie sich gegenseitig mit ihren Waffen töten oder verletzen. Sie missachten das Gebot Gottes ‚Du sollst nicht töten', das uns die Heilige Schrift vermittelt. Anstelle von Gott gehorchen sie ihrem Führer, der ihnen sagt, was sie tun müssen. Dazu gehört auch das Töten anderer Menschen. Krieg ist das Böse schlechthin."

„Warum tun sie das?"

„Das ist eine gute Frage", antwortet Chris. „Sie gehorchen ihrem Führer oder König, der ihnen sagt, weshalb das Töten für das Vaterland oder für die Gemeinschaft notwendig ist. Sie glauben an den Führer, dass er den richtigen Weg geht, und viele Menschen seines Volkes oder seiner Gemeinschaft unterstützen ihn."

„Menschen glauben also an Gott, aber auch an ihren Führer oder König. Ist das die gleiche Art von Glauben?"

„Nein. Beim Glauben an Gott ist es eine tiefe innere Überzeugung, eine spirituelle Erfahrung, die sich vor allem auf das Leben nach dem Tod bezieht. Beim Glauben an einen Führer geht es um das Hier und Jetzt, um das aktuelle Leben und die Gewissheit, dass er vieles für das Land genau richtig macht und man ihm deshalb vertrauen kann."

„Wie können wir den Krieg erkennen?", möchte Sandro noch wissen.

Chris: „Da verweise ich euch auf diejenigen Orte auf der Erde, wo sich Explosionen ereignen und Verwüstungen entstehen. Auch, wo es Ansammlungen von Panzern und Kanonen gibt, also große Fahrzeuge, die ihr erkennen könnt. Der Krieg ist das Schlimmste für uns, weil so viele Menschen unverschuldet sterben und Kriege von uns Menschen gemacht werden."

Pietro hat noch eine Frage: „Ihr habt vom Bösen gesprochen. Was ist denn das Gute?"

Betty erklärt: „Gut ist, wenn man andere Menschen unterstützt und fürsorglich ist, sie respektiert, ihnen ein Recht auf Selbstbestimmung zubilligt und ihnen gegenüber gerecht ist."

Und Chris ergänzt: „Wir Menschen haben einen Sinn für das Moralische. Ich meine damit, dass wir eine innere Notwendigkeit verspüren, Notleidenden Hilfe zu leisten und Ungerechtigkeit zu bekämpfen. Und das ist eine Wesensart aller Menschen, unabhängig von ihrer Religion oder Staatszugehörigkeit."

Die beiden Explorer sind beeindruckt und bedanken sich bei Chris und Betty für all diese Informationen. Sandro erwähnt: „Dies alles gibt es bei uns Explorern nicht, keinen Gott, der allmächtig ist und erlöst. Kein Paradies. Auch Krieg und Tod kennen wir nicht. Das alles ist für uns unvorstellbar."

„Wir haben einen Nachbarn" ergänzt Betty, „er ist Neurobiologe und hat uns erklärt, dass Wut und andere heftige Gefühle wie das sexuelle Begehren in der Mitte unseres Gehirns, in der Amygdala, entstehen. Er forscht nach einem Mittel, das die heftige Reaktion der Amygdala bei Menschen verhindert. Habt ihr auch so etwas wie eine Amygdala im Gehirn, in der Mitte des Kopfes?" Nach einer Pause bemerkt Sandro: „Ich glaube, wir haben das nicht, dafür aber zahlreiche implantierte Chips, aber Genaueres kann ich dazu nicht sagen. Auf jeden Fall haben wir nicht diese heftigen Gefühle und schon gar keine Kriege gegeneinander."

Die beiden Explorer verstehen nun Farmer Chris besser, wenn er sagt, Explorer würden Menschen nie richtig verstehen können.

Betty erwähnt zum Abschluss noch: „Wenn ihr Krieg nicht kennt, dann seid ihr uns Menschen in der Entwicklung weit voraus. Wir wünschen uns das auch sehnlichst, dass es keine Kriege mehr gibt, aber das gelingt uns Menschen nicht. Es macht den Eindruck, dass ihr dem Göttlichen näher seid als wir. Für mich seid ihr deshalb ein Vorbild und ich würde gerne erfahren, wie wir Menschen auch so leben können wie ihr. Deshalb möchte ich mit euch näher in Kontakt kommen und unseren Austausch intensivieren. Ich meinerseits kann euch gerne mehr über Jesus Christus, Mutter Maria und über Gott erzählen, wenn ihr das wollt. Oder wir geben euch eine Bibel, da steht alles drin." Die Explorer bedanken sich, verweisen aber darauf, dass sie nun zuallererst die Sprache besser lernen müssen.

Explorer 7 bemerkt nach dem Informationsaustausch, dass Gott für die Menschen das zentrale Kontrollorgan sein könnte, nach dem die Außerirdischen schon so lange suchen. Gott gibt den Menschen die Leitlinien vor, nach denen sie sich ausrichten. Aber sie haben eine gewisse Freiheit, sich danach zu richten oder dagegen zu verstoßen. Aber wo ist denn dieser Gott? Sein Kollege ergänzt: „Betty hat etwas erwähnt, das ich nicht verstehe. Sie sagte: ‚Für mich seid ihr ein Vorbild und ich würde gerne erfahren, wie wir Menschen auch so leben können wie ihr'. Ich habe nicht verstanden, warum wir für sie ein Vorbild sein sollten, wenn wir doch so vieles von den Menschen nicht verstehen." Explorer 7 nickt zustimmend.

30

Bettys Kontakte zu Jesus und Mutter Maria

Nach diesem eindrücklichen Austausch bemerkt Betty zu Chris: „Wenn sie sich melden, werde ich ihnen nicht nur über Gott berichten, sondern auch über die Liebe und Sexualität zwischen Mann und Frau und über die Zeugung eines Kindes. Ich bin davon überzeugt, dass sie keine Ahnung davon haben, wie kleine Menschen entstehen. Und vorab möchte ich ihnen von meinen direkten Kontakten zu Jesus und Mutter Maria erzählen, dem Channeling, das für mich sehr wichtig geworden ist."

Mit Channeling bezeichnet Betty ihren direkten Kontakt zu Jesus und zur heiligen Mutter Maria. Chris weiß um ihre tiefe

Verbundenheit zur Religion. Oft bittet sie Gott in ihren Gebeten, ihre Anliegen zu unterstützen. Manchmal bittet sie ihn um Verzeihung wegen ihrer Verfehlungen. Auch betet sie zu Jesus und zur Heiligen Mutter Maria. Sie bittet um Trost und Zuversicht. Die Worte, die sie sodann von Maria oder Jesus empfängt, sind für sie eine große Erleichterung, geben ihr Hoffnung und Kraft.

Seit einiger Zeit hat sie nun Mutter Maria gebeten, ihr Ratschläge und Hinweise für ein erfülltes und glückliches Leben zu geben, was denn auch geschah. Betty bezeichnet ihre Kommunikation mit Maria und Jesus als eine Form des Channelings. Es ist der direkte Austausch zwischen den beiden. Nun hat sie begonnen, diesen Channeling-Austausch in ihr Tagebuch aufzunehmen. Sie schreibt auf, was Mutter Maria ihr im Channeling gesagt hat. Chris war erstaunt, als er davon hörte, und bat sie, dass er ihre Texte von Mutter Maria und Jesus lesen dürfe, wozu Betty zustimmte.

Chris vertiefte sich nun in das Tagebuch und war etwas unsicher, wie er sich äußern sollte. Einerseits bestaunte er die klare sprachliche Ausdrucksweise in der Niederschrift von Betty. Er hatte dabei den Eindruck, Mutter Maria sei sehr präsent und vertraut mit der Person „Betty", und ihre Äußerungen seien klar und vernünftig. Andererseits wusste er nicht recht, wie das Channeling effektiv funktioniert. Deshalb fragte er Betty, wie es denn dazu komme, dass sie diese Texte erstellen könne. Betty antwortete, dass sie nachts manchmal sehr das Bedürfnis habe, in ein Channeling einzutreten, was denn auch manchmal gelinge. Sie höre dann den Äußerungen von Maria oder Jesus sehr genau zu und schreibe sie frühmorgens in ihr Tagebuch.

Chris staunt über dieses Vorgehen, ist aber auch etwas skeptisch, dass sich Jesus und Maria so direkt und unmittelbar melden, da er glaubte, die beiden führten im Himmel ein zurückgezogenes Dasein, ohne Kontakte zu den Menschen. Betty aber ist ganz überzeugt von der geistigen Präsenz der beiden und deren Worte zu Trost und Zuversicht berühren sie zutiefst in ihrem Inneren.

Betty informiert nun Chris auch über ihre Kontakte zu Reverend Markus. Sie habe ihm vor einiger Zeit mitgeteilt, dass sie mit Jesus und Mutter Maria Channelings habe, worauf er sehr interessiert reagierte. Sodann sei sie von Markus eingeladen worden, an einer Channeling-Sitzung beiwohnen zu dürfen, was denn auch geschah. Zuerst habe sie ihn gebeten, zwei Fragen zu formulieren, auf die er gerne von Mutter Maria eine Antwort erhalten möchte. Sodann habe sie ihre Augen geschlossen und den Kontakt zu Mutter Maria gesucht. In Trance habe sie sich dann als Maria gefühlt und das ausgesprochen, was Maria zu den beiden Fragen antwortete. Reverend Markus war über diese unglaubliche Nähe und Präsenz zu Mutter Maria mithilfe des Channelings sehr berührt. Deshalb möchte er Betty gerne demnächst einladen, das Channeling an einem der sonntäglichen Gottesdienste vor den Anwesenden zu wiederholen. Das würde sicher sehr viele interessieren und der Versammlungsraum würde sich einmal sicher ganz füllen.

Chris ist erstaunt über die Aktivitäten seiner Frau und antwortet mit einem wortlosen Nicken. „Was die Explorer betrifft", antwortet er nun, „möchtest du wirklich das Channeling gegenüber den beiden erwähnen? Wir Menschen sind uns ja gar nicht einig, ob es sowas überhaupt gibt. Einige zweifeln daran. Ich würde das eher nicht erwähnen." „Doch, das ist mir wichtig!", antwortet Betty.

Beim nächsten Kontakt mit den beiden Explorern Pietro und Sandro berichtet Betty detailliert über ihr Channeling mit Mutter Maria und Jesus. Die beiden verstehen nicht, wie das Channeling technisch ausgeführt wird, ob dazu ein Sender verwendet werde und wo sich „im Himmel" Maria und Jesus befinden. Sie wissen um die Verzögerung bei ihren Kontakten zur Marsbasis. Sie müssen jeweils wegen der großen Distanz mehrere Minuten warten, bis eine Antwort bei ihnen eintrifft. Es sei den beiden deshalb unklar, wie das Channeling ohne Zeitversatz bei der Antwort von Mutter Maria realisierbar sei. Betty erklärt, dass es sich hier nicht um einen Kontakt mittels eines physischen Mediums wie den Radiowellen gehe, sondern um eine spirituelle Verbindung zwischen zwei Personen. „Ich und viele andere glauben daran, dass es geistige Verbindungen außerhalb materieller Strukturen gibt. Chris ist da allerdings skeptisch."

Die beiden Explorer sind sprachlos. Sie haben schon nicht verstanden, was Gott, Jesus, Mutter Maria sind, was der „Himmel" ist, und jetzt erfahren sie noch, dass es geistige, spirituelle Verbindungen gebe, die nicht an ein materielles Medium gebunden sind. Sie erkennen, dass sie weit davon entfernt sind, Menschen zu verstehen.

Da ist aber noch ein anderer Aspekt, der die beiden nachdenklich stimmt. Pietro: „Wäre es möglich, dass Chris und seine Frau gar keine richtigen Menschen sind, sondern hochintelligente Roboter, die sich einen Spaß daraus machen, uns Außerirdische auf den Arm zu nehmen? Das bebilderte Wörterbuch könnte ja auch ein Erzeugnis intelligenter Roboter sein, quasi eine bebilderte Erfindung und Beschreibung des Lebens der angeblichen ‚Menschen‘. Allerdings haben Chris und Betty oft über ihre Gefühle und auch über die anderer Menschen gesprochen, was nicht gerade zu den Stärken der Roboter gezählt werden kann."

„Ich verstehe deine Zweifel", antwortet sein Kollege. „Im visuellen Wörterbuch stand auch nichts über Gott, Mutter Maria und über das Channeling. Vielleicht erwähnen sie absichtlich skurrile Dinge, die es nicht gibt, um zu prüfen, was wir wissen und woran wir zweifeln. Vielleicht tun sie dies auch aufgrund einer Enttäuschung, weil wir ihre zahlreichen Fragen über uns Außerirdische kaum oder nur oberflächlich beantwortet haben."

Sie beide stehen vor der Frage: Ist das Bild der Menschen, das wir von Chris und Betty erfahren, real oder erfunden? Oder beides? Sind die „Menschen" reale Lebewesen oder hochintelligente Roboter? Und wie könnten sie das herausfinden?

31

Woher kommen die Explorer?

Die beiden Explorer 7 und 8 halten Rückschau. Die neue Situation ist für sie einerseits ein riesiger Gewinn, weil sie Einblick in das Leben und Funktionieren der Menschen gewinnen und sie das in Staunen versetzt. Diese Einblicke sind für sie sehr wichtig. Gleichzeitig können sie die Sprache der Menschen lernen und vielleicht das erworbene Wissen über das Funktionieren der Menschen bei den Meetings – mit Vorsicht, da sie ja unerlaubte Wege beschreiten – einbringen. Andererseits aber müssen sie mit harten Sanktionen rechnen, wenn sie den versteckten Kontakt mit Farmer Chris offenlegen oder ihr Vorgehen aufgedeckt wird. Auch besteht die Gefahr, dass bei einer Routinekontrolle ihrer Erkundungsstation entdeckt wird, dass sich auf der nachträglich zugeteilten kleinen Übermittlungsstation der Austausch mit Chris abgespeichert ist, der nichts mit dem Auftrag der beiden Explorer 7 und 8 zu tun hat. Dann wäre es möglich, dass die ganze Geschichte mit Farmer Chris auffliegt. Explorer 7 und 8 überlegen sich deshalb, wie sie sich aus dieser Situation befreien könnten.

Explorer 8 hat eine Idee und gibt sie wie gewohnt in den Rechner der kleinen Übermittlungsstation ein, der nicht mit dem Zentralspeicher verbunden ist. Sein Kollege erkennt, dass Explorer 8 einen vertraulichen Austausch will, der deshalb nur schriftlich erfolgt. Die Idee von Explorer 8 ist folgende: Er schlägt vor, dass die gesamte Konversation mit Farmer Chris und das im Entstehen begriffene Wörterbuch, alles gespeichert auf dem kleinen Rechner der Übermittlungsstation, an einem anderen Ort gespeichert wird, der sicherer ist, und die Daten auf der Übermittlungsstation sodann wieder gelöscht werden. Dazu hat er folgenden, etwas komplizierten Plan, den er seinem Kollegen wiederum schriftlich in den kleinen Rechner eingibt:

Er möchte die Kommunikation mit Farmer Chris auf dem Armgerät abspeichern, das er wie jeder Explorer am linken Arm trägt. Es handelt sich dabei um ein Kommunikationsgerät, das mit dem zentralen Informationssystem verbunden ist. Es vermittelt alle Informationen, die für die Explorer wichtig sind. Mit ihm erfolgt die akustische und schriftliche Kommunikation mit allen Mitgliedern der „Mission Erde". Auch sind alle Ergebnisse der bisherigen Erkundungen abrufbar. Damit der verbotene Austausch zwischen ihnen und Farmer Chris auch bei einer Routinekontrolle vor Ort nicht erkannt werden kann, will Explorer 8 ein speziell präpariertes Armgerät einsetzen, das nicht mehr mit dem zentralen Informationssystem verbunden ist. Dazu will er folgendermaßen vorgehen: Er benützt sein eigenes Armgerät, das bestens funktioniert, und führt ihm gezielt einen Defekt zu. Mit dem so manipulierten Gerät, das nicht mehr funktioniert, will er zur Reparaturstation in der Basisstation gehen. Sein Kollege dort wird den Defekt feststellen und ihm ein neues Armgerät abgeben, das alte als defekt kennzeichnen, bei der Zentrale abmelden und somit aus dem Netz nehmen, anschließend das neue anmelden. Dann will er den Kollegen bitten, dass er sein altes Gerät mitnehmen darf, da er alte elektronische Geräte sammle und in seinem Arbeitsraum an prominenter Stelle platziere. Diese Bitte würde ihm sicher nicht abgeschlagen. Danach werde er – wieder zurück in der Erkundungsstation – den von ihm ausgeführten Defekt wieder reparieren respektive rückgängig machen, sodass das Gerät wieder funktioniert und wie bisher mit ihrer kleinen Übermittlungsstation verbunden werden kann, aber nun nicht mehr mit dem zentralen Informationssystem verbunden ist, von dem es ja abgekoppelt wurde. Technisch sollte das möglich sein. Ab diesem Zeitpunkt kann er alle abgespeicherten Informationen von Farmer Chris auf das alte, wieder reparierte Armgerät übertragen und auf dem kleinen Rechner der Übermittlungsstation löschen. Die Daten sind dann offiziell nicht vorhanden, lediglich auf dem alten, abgekoppelten Armgerät, das defekt und ausrangiert ist und bei einer Kontrolle von niemandem beachtet wird.

Sein Kollege Explorer 7 ist sehr erstaunt über dieses intelligente Vorgehen und nickt zustimmend. Als Antwort schreibt er: „Toll, prima Idee. Gib mir Bescheid, wenn das mit der Reparatur geklappt hat und die Abspeicherung auf dem alten Armgerät funktioniert. Fortan können wir nun bei den neu eintreffenden Informationen von Chris in gleicher Weise vorgehen und uns endlich auch unserem Wörterbuch widmen, das bruchstückhaft bereits vorliegt."

Das Vorhaben gelingt. Mit der Abspeicherung auf dem ausrangierten Armgerät, das sie in einem Versteck aufbewahren, sind sie sicher, dass ausschließlich sie beide Zugriff auf das Wörterbuch haben. In kurzer Zeit entsteht ein recht ansehnliches visuelles Wörterbuch, das täglich erweitert wird.

Die Explorer beginnen nun ebenfalls mit der Programmierung eines Übersetzungsprogramms, mit dem sie einfache Sätze übersetzen können. Dabei erkennen sie, dass die Sprache der Menschen eine ähnliche Struktur hat wie ihre Sprache. Somit müssten auch die Denkvorgänge beim Kommunizieren ähnlich sein, vermuten sie. Ihre Kommunikation mit Chris bestätigt dies. Das stimmt die beiden Explorer zuversichtlich. Sie lernen in kurzer Zeit dank ihrer neuen Möglichkeiten eine Vielzahl von Wörtern und Sätzen, die sie alle abspeichern. Sie können nun auch komplexere Texte schreiben. Chris hat ihnen auch über die akustische Verbindung mittels Mikrofon verschiedene Wörter vorgelesen und auch die phonetischen Zeichen ausgesprochen. Dies hilft den beiden, die phonetische Schrift bei den Wörtern im Wörterbuch zu lesen und auszusprechen, was für sie nicht ganz einfach ist. Beim Wörterbuch, das bei ihnen im Aufbau ist, beginnen sie mit einfachen Begriffen aus dem visuellen Wörterbuch, zu denen auch ein Bild besteht. Sie lernen somit auf vier verschiedenen Ebenen gleichzeitig. Sie haben das Bild, den entsprechenden Begriff in der Sprache von Chris und in ihrer Sprache und die akustische Information.

Die beiden Explorer sind sehr erleichtert, dass die verbotene Kommunikation mit Chris nicht mehr in der Übermittlungsstation abgespeichert wird, aber trotzdem verfügbar ist. Sie erkennen auch, dass eine immer größere Diskrepanz zwischen ihrem Wissen über die Menschen und dem Wissen der anderen Explorer entsteht. Das führt zu einer zunehmenden Überlegenheit, die sie mit ihrem unerlaubten Vorgehen erlangen können. Sie wissen nicht, wie sie damit umgehen sollen, ohne dass Nachteile für sie entstehen.

Die nun intensive Beschäftigung mit Wesensart und Herkunft der Menschen hat dazu geführt, dass sich die beiden Explorer mehr und mehr auch Gedanken über die eigene Herkunft machen. Wie sind Explorer überhaupt entstanden? Woher kommen sie? Dies interessiert ja auch Farmer Chris. Aber das sind

Gedanken, die eigentlich nicht zu ihren Aufgaben gehören und die Captain Brown nicht für wichtig hält. Sein Motto lautet ja: „Konzentriert euch auf den Auftrag, alles andere ist nicht eure Aufgabe!"

Nun haben sie aber erfahren, dass Menschen beachtliche Kenntnisse über ihre eigene Herkunft und Geschichte haben, Explorer jedoch nicht. Zumindest wissen die beiden Explorer nichts von einer solchen Geschichte und haben in ihrem Datenspeicher auch nie Unterlagen dazu gesehen. Das bedeutet allerdings nicht, dass es solche Dokumente überhaupt nicht gibt. Wie könnten sie zu solchen Informationen gelangen? Wer könnte ihnen dabei behilflich sein?

Bei dieser Frage richtet sich Explorer 7 plötzlich auf und meint: „Ich hätte dazu eine Idee: Bei unseren bisherigen Präsentationen, bei denen nebst der Leitung auch der Vertreter des Zentralrats, Commander C3, präsent war, bemerkte ich eine auffallend freundliche und wertschätzende Haltung von Commander C3 unseren Beobachtungen und Erkenntnissen gegenüber, im Gegensatz zur Leitung. Wir könnten uns ja beim nächsten Treffen bei ihm erkundigen, ob er etwas über die Geschichte der Explorer weiß oder Kenntnis hat, wie das in Erfahrung gebracht werden kann." Diese Idee findet sein Kollege sehr gut.

Commander C3, der tatsächlich mehr Erfahrung hat als Captain Brown, hat Hintergrundwissen und Kontakte zu Mitgliedern der obersten Führung auf dem Mars. Er ist Mitglied des Zentralrats und nimmt als Vertreter des Zentralrats Einsitz im Leitungsteam der „Mission Erde". Aufgrund seiner langen Erfahrung ist er sicher derjenige, der am ehesten etwas zur Geschichte der Explorer berichten kann.

Ein solcher Besuch von Commander C3 bei der „Erkundungsstation-Alpha" ist nun angekündigt worden und die beiden Explorer erwarten ihn. Sie berichten ihm zuerst über neuere Beobachtungen bei den Menschen, die Arbeitsteilung zwischen Männern und Frauen, Tätigkeiten wie den Bau von Häusern, ihre Kontakte zu den anderen bewegten Objekten und anderes mehr. Die Explorer erwähnen aber gegenüber Commander C3 in keiner Weise ihre verbotene Tätigkeit mit Farmer Chris und die immensen neuen Erkenntnisse, die sie dadurch erlangt haben.

Commander C3 hört aufmerksam zu, erkundigt sich aber, weshalb seit der letzten Besprechung nicht mehr wirklich neue Beobachtungen gemacht worden sind. Das sei auch der Leitung aufgefallen.

Die Explorer reagieren etwas verlegen und erklären, dass es mit den gegebenen Mitteln nicht einfach sei, weiterführende Beobachtungen zu tätigen. Immerhin hätten sie die unterschiedlichen Aktivitäten von Männern und Frauen erkannt und sich mit der Sprache der Menschen beschäftigt, wobei sie allerdings nur sehr langsam vorankämen. Sie erwähnen auch, dass bedingt durch ihre intensive Beschäftigung mit dem Leben der Menschen Fragen aufgetaucht seien, auf die sie keine Antwort hätten und die sie etwas nachdenklich stimmten.

Commander C3 möchte wissen, worum es denn da geht. Die Explorer zögern mit ihrer Antwort. Schließlich antwortet Explorer 7: „Es geht uns um folgende Fragen: Woher kommen wir, die Explorer? Wie entstehen wir? Wie lange gibt es uns schon? Gibt es uns einmal nicht mehr? Wer oder was ist die oberste Instanz, die alles erkennt und alles leitet, also unsere oberste Führungsinstanz? Hat sie einen Namen und wo befindet sie sich? Können wir mit ihr Kontakt aufnehmen? – Das sind Gedanken, die bei uns beiden seit dem Beginn der ‚Mission Erde' entstanden sind."

Commander C3 ist erstaunt, dass sich die beiden Explorer mit solchen Fragen beschäftigen, wo sie doch ganz andere Aufgaben zu meistern haben. Er erkundigt sich deshalb, woher ein solches Interesse gekommen ist. Sie geben dazu etwas ausweichend Antwort und verweisen nochmals darauf, dass die Fragen zum Leben der Menschen sie zu Gedanken nach ihrer eigenen Herkunft führten. Von Farmer Chris, der explizit Fragen in dieser Richtung gestellt hatte, lassen sie nichts verlauten.

Commander C3 überlegt sich, was er auf diese tiefschürfenden Fragen antworten könnte, hat aber den Eindruck, dass die beiden etwas verheimlichen, sie wirken verunsichert. Schließlich entscheiden sich die beiden Explorer, Commander C3 mindestens teilweise über das verbotene Vorgehen mit Farmer Chris zu informieren. Diese Information soll aber im Geheimen erfolgen und auch so, dass nichts davon in den Zentralspeicher gelangt. Dabei hoffen sie, dass Commander C3 sie nicht bei der Leitung anzeigt. Eine Möglichkeit für ein solches Geheimgespräch bietet die interne Übermittlungsstation, die sie ja schon mehrmals für ihre geheime Kommunikation mit Chris verwendet haben.

Sie führen Commander C3 nun in einen Nebenraum ihrer Station ES-Alpha, in den Kommunikationsraum und zum Rechner der kleinen Übermittlungsstation, der vom Zentralspeicher abgekoppelt ist. Nun geben sie am Rechner folgenden Text ein, der sogleich auf dem Bildschirm erscheint: „Wir beide möchten Ihnen etwas mitteilen, das nur Sie erfahren sollen, aber nicht auch die Leitung. Deshalb geben wir hier bei diesem Gerät, das nicht mit dem Zentralspeicher verbunden ist, unsere Information an Sie ein. Wenn Sie die Information gelesen haben, löschen wir den Text sogleich wieder und Sie geben uns Ihre Antwort, auch wiederum schriftlich auf dem Rechner. Geht das für Sie in Ordnung?"

Commander C3 scheint erstaunt zu sein, reagiert jedoch nicht. Sie betrachten dies als eine Zustimmung und beginnen mit ihrer Information. Sie berichten zuerst ganz allgemein über ihre Idee, wie mittels eines speziellen Vorgehens viel mehr über Menschen in Erfahrung gebracht werden könne, was ja schließlich ihre Aufgabe sei. Ihr Vorgehen entspreche jedoch nicht ganz den Vorschriften. Nun fragen sie Commander C3, ob sie ihn darüber informieren können. Commander C3 nickt wortlos und nun informieren sie ihn über ihr Vorgehen mit den erstellten Metallplatten, deren Platzierung auf der Erde neben der Farm und die Antworten des Farmers Chris. Damit sei, wie erhofft, eine zunehmend bessere Kommunikation zustande gekommen. Sie erwähnen auch das visuelle Wörterbuch, das sie vom Farmer erhalten hatten und das ihnen nun sehr helfe, die Sprache der Menschen zu lernen. Gleichzeitig erfahren sie anhand der Bilder sehr viel über das Leben der Menschen, das für sie aber in vieler Hinsicht unverständlich sei. Den Kommunikationsapparat, den sie dem Farmer übergeben haben und mit dem sie seither schriftlich kommunizieren können, erwähnen sie jedoch nicht.

Commander C3 lässt sich das visuelle Wörterbuch zeigen und reagiert mit großem Erstaunen, verweist aber auch darauf, dass die beiden Explorer sich nicht korrekt verhalten hätten und das keine Lappalie sei. Das Kontaktverbot sei von ihnen nicht eingehalten worden. Sein Erstaunen über das bebilderte Wörterbuch ist aber derart überwältigend, dass das Vergehen der Explorer in den Hintergrund gerät. Auch hat sich bei ihm selbst ein zunehmendes Interesse an den Menschen aufgebaut. Er ahnt, dass diese in vieler Hinsicht den Explorern ähnlich sind, und erkennt, dass mit dem Vorgehen der beiden Explorer eine einmalige Gelegenheit besteht, wichtige Informationen über die Menschen zu erhalten.

Während dieses Gesprächs bekommt Commander C3 eine dringende Nachricht vom Zentralrat. Er erfährt, dass dieser auf der Erde den Start eines länglichen, bewegten Objektes *(Raketenstart)* und eine große Explosion registriert habe. Das längliche Objekt habe sich von der Erde entfernt, die Erde umkreist und sei dann vermutlich in Richtung Mond geflogen. Die Explosion *(Atombombenexplosion)* sei viel stärker gewesen als etwa eine Eruption *(Vulkanausbruch),* die sie auf der Erde schon wiederholt beobachten konnten. Die Leitung der „Mission Erde" werde dringend aufgefordert, diesen besorgniserregenden Ereignissen nachzugehen.

Commander C3 ist wegen dieser Meldung beunruhigt. Er leitet sie sogleich an Captain Brown und die Leitung weiter und fügt an, dass er vermute, dass Menschen in diese beiden Ereignisse involviert sind. Deshalb sei er der Meinung, dass Menschen vermutlich eine Schlüsselposition zum Verständnis der Ereignisse auf der Erde einnehmen. Seiner Meinung nach sollten die Beobachtungen rund um die Tätigkeiten der Menschen intensiviert werden.

Die beiden Explorer, die neben ihm stehen und das mitverfolgen, setzt er kurz über die zwei eigenartigen Vorfälle in Kenntnis, danach verabschiedet er sich. Sie nehmen diese Neuigkeiten schweigend hin. Sie wissen, dass sie eine Verbindung zu Farmer Chris haben und ihn auf die beiden Ereignisse ansprechen können. Explorer 7 bemerkt noch: „Eine Antwort auf unsere Fragen, woher wir kommen, wie wir entstehen und wie lange es uns schon gibt, haben wir überhaupt nicht erhalten. Zum Glück hat er das visuelle Wörterbuch nicht mitgenommen."

Explorer 8 will seinen Kollegen noch auf etwas anderes aufmerksam machen: „Bei mir entstand der Eindruck, dass unsere Arbeit von der Leitung im Versteckten beobachtet wird. Bei den gegenseitigen Besuchen der Kollegen untereinander wird ja stets über dies und das geplaudert. Ein Kollege bemerkte kürzlich bei einem solchen Treffen, wir beide sollten achtsam sein, die Leitung habe vermutlich ein kontrollierendes Auge auf uns gerichtet." Das verunsichert auch Explorer 7.

Teil V

Der erlaubte Weg

32

Eine geniale Idee

Explorer 8 hat eine neue Idee und unterbreitet sie seinem Kollegen, wiederum als verdeckte Kommunikation über den kleinen Rechner der Übermittlungsstation. „Ich habe nun schon lange überlegt, wie wir aus dem Dilemma herauskommen könnten, das seit dem Kontakt mit Farmer Chris entstanden ist. Einerseits ist dieser Kontakt für uns außerordentlich wichtig, weil wir die Sprache lernen und die Menschen besser verstehen, andererseits ist es ein verbotenes Vorgehen und es drohen uns üble Konsequenzen, wenn das ans Licht kommt. Auch bei aller Vorsicht unsererseits mit der verdeckten Kommunikation ist es möglich, dass wir aufgedeckt werden. Und nun glaube ich, eine zündende Idee gefunden zu haben."

„Da bin ich aber sehr gespannt", antwortet Explorer 7. „Mich besorgt diese Situation nämlich auch, und das zunehmend. Schieß los!"

„Also, folgendes: Wir melden uns bei Captain Brown und machen ihn auf ein neues Vorgehen aufmerksam, das uns detaillierte Informationen über die Menschen gibt und uns ermöglicht, die Sprache der Menschen zu lernen. Dies wäre ein großer Gewinn für die ‚Mission Erde', deklarieren wir. Das Vorgehen entspricht dem bereits durchgeführten verbotenen Vorgehen mit Farmer Chris, worüber wir Captain Brown natürlich nicht informieren. Neu bei unserem Vorgehen ist nun aber, dass alles so aufgegleist wird, dass die Leitung die Zustimmung dazu selbst erteilt und wir somit nichts Verbotenes tun."

„Das finde ich eine geniale Idee, mach weiter."

„Wir suchen die Kontaktperson wiederum an einem Ort fern abseits von großen Zentren, jedoch nicht in der Nähe von Farmer Chris. Dann schlagen wir Captain Brown das genau gleiche Vorgehen mit den Metallplatten vor, das wir bei Farmer Chris angewendet haben. Den Kommunikationsapparat erwähnen wir vorerst nicht, obwohl wir ihn später auch einsetzen wollen. Wir brauchen ihn, damit die Kommunikation einfacher und schneller wird. Sodann erklären wir ihm, wie wir schrittweise die Sprache erlernen können."

„Ja, das ist ein praktikables Vorgehen", meint der Kollege, „aber Captain Brown möchte sicher verhindern, dass dieser Mensch andere informiert und daraus ein großes Aufsehen entsteht."

„Daran habe ich auch gedacht. Deshalb beschreiten wir auch hier den gleichen Weg wie bei Farmer Chris, der ja auch einverstanden war, dass alles unter uns bleibt."

„Gut, das leuchtet ein", bemerkt Explorer 7. „Da ist aber noch etwas, was wichtig ist. Wir sollten Captain Brown explizit auf einen heiklen Punkt ansprechen. Es geht um das vom Zentralrat angeordnete strikte Verbot, auf der Erde zu landen. Wir vertreten dazu die Meinung, dass eine Kontaktaufnahme mittels einer Metallplatte, die auf der Erde deponiert wird, keine Landung darstellt und deshalb keine Vorschrift verletzt. Ich hoffe, dass Captain Brown diese Meinung übernimmt. Wenn es später einmal diesbezüglich eine Untersuchung gäbe, wären Captain Brown und die Leitung in der Verantwortung, und nicht wir."

Nachdem Captain Brown über diesen Vorschlag der beiden Explorer informiert wurde und er realisiert, dass sich die beiden recht intensiv mit dieser Idee beschäftigt haben, will er das Vorhaben in der Leitung diskutieren. Es gibt längere Erörterungen, aber dann folgt das Einverständnis dazu, unter der Bedingung, dass sie eine Rückmeldung erhalten, wenn der Kontakt nicht wie geplant verläuft. Commander C3 signalisiert ebenfalls seine Unterstützung. Er verweist zudem darauf, dass der Zentralrat soeben die Leitung aufgefordert habe, die Erkundungen über die Menschen zu intensivieren. Die Leitung interpretiert diese neue Anweisung vom Zentralrat im Sinne einer Unterstützung der von den beiden Explorern vorgebrachten Idee.

Commander C3 ist etwas erstaunt, dass die Leitung eine solche Kontaktaufnahme mit einer Metallplatte in keiner Weise einer Landung auf der Erde entspricht. Er findet das eine etwas gewagte Auslegung der Vorgaben, die der „Mission Erde" auferlegt worden sind, äußert sich aber nicht dazu. Er hofft, dass die Idee mit der Kontaktaufnahme auf erlaubtem Weg gelingen wird.

33

Transparenter Kontakt zu Farmer Bill

Die Umsetzung des Plans von Explorer 7 und 8 verläuft reibungslos. Es kann auf der Erde ein geeigneter, abgelegener Ort gefunden werden und die erstellte Metallplatte wird vor dem Haus eines Menschen deponiert, der ebenfalls Farmer ist. Zwei Tage später reagiert er und breitet vor seinem Haus eine große weiße Plane am Boden aus. Darauf deponierte er ein Plakat mit der Aufschrift: „Hallo, I am farmer Bill. Who are you?"

Die Explorer ergreifen nun das Plakat mithilfe ihrer Drohne und befördern es in die ES-Alpha. Sie erkennen, dass es sich um Worte in der Sprache der Menschen handelt, so wie bei Farmer Chris. Sie verstehen den Text, weil sie die Sprache mit der Hilfe von Farmer Chris bereits recht gut gelernt haben. Aber das darf niemand wissen. Also tun sie so, als ob sie den Text nicht richtig verstehen.

Sie antworten mit der zweiten Metallplatte, genauso wie bei Farmer Chris. Auf der dritten Metallplatte ist beim Männchen unten ein Buch dargestellt, mit dem Titel „Dictionary", dann ein dicker Pfeil zum Männchen oben. Direkt neben dem Pfeil steht: „Dictionary with pictures please. Thank you." Damit wollen sie andeuten, dass sie gerne ein bebildertes Wörterbuch hätten.

Die Reaktion von Farmer Bill lässt etwas auf sich warten, ist aber sehr positiv: Er legt ihnen ein Wörterbuch mit Bildern auf die weiße Plane und einen Zettel mit der Frage: „Okay for you?"

Nach zwei Tagen landet das Buch in der Erkundungsstation und die beiden Explorer sind hocherfreut. Ihre Antwort an Farmer Bill lautet: „Yes, thank you. Very good. You are our teacher. We learn your language."

Die beiden Explorer tun nun so, als ob sie die Sprache lernten, dies in kleinen Schritten, genauso wie das bei Farmer Chris geschah. Sie tun dies, um der Leitung den Dialog mit Bill vorlegen zu können und zu belegen, wie sie die Sprache mithilfe von Bill nach und nach erlernen.

Das Vorgehen bei diesem „Sprachkurs" ist allerdings sehr umständlich, da er über die Methode mit den Metallplatten geht. Deshalb haben sie eine „neue" Idee, die das Vorgehen enorm erleichtert. Sie gehen damit zu Captain Brown und berichten zuerst ausführlich über die Fortschritte in den Bereichen Wortschatz, Ziffern und Zahlen. Es besteht Zuversicht, dass mit der Zeit eine einigermaßen brauchbare Kommunikation hergestellt werden kann.

Captain Brown ist sehr beeindruckt, dass eine einfache Kommunikation mit Bill möglich ist, und lobt die beiden Explorer. Er weiß aber nichts darüber, dass sie ein Wörterbuch mit Bildern erhalten haben und sie nebst den Worten auch vieles über das Leben der Menschen erfahren.

Die Explorer schlagen Captain Brown nun vor, dass man Bill mithilfe eines digitalen Assistenten und einer Drohne ein kleines Kommunikationsgerät geben könnte, das die Kommunikation enorm vereinfacht. Es entspricht dem Vorgehen wie bei Farmer Chris. Dass sie dank der Hilfe von ihrem „Lehrer" Chris bereits an einem Wörterbuch arbeiten, erwähnen sie nicht. Ebenso nicht, dass sie an der Programmierung eines Übersetzungsprogramms arbeiten, das mittlerweile schon recht gut funktioniert.

Captain Brown bewilligt sodann dieses Gerät mit der Begründung, dass der Zentralrat die Leitung aufgefordert habe, die Erkundungen über die Menschen zu intensivieren. Er bewilligt aber auch den nicht ganz problemlosen Transport der kleinen Übermittlungsstation samt Antenne mithilfe eines digitalen Assistenten und einer Drohne. Für die Bewilligung sprach auch die Tatsache, dass fortan die Kommunikation mittels Metallplatte und der Übermittlung mit dem digitalen Assistenten entfällt und damit das Risiko vermindert wird, dass die Erdenmenschen dieses verdeckte Eindringen in ihren Raum und in ihre Angelegenheiten entdecken könnten.

Kurz vor dem Transport haben die beiden Explorer noch die Idee, am Gerät eine kleine technische Verbesserung anzubringen. Es geht um die Aufnahme der gesprochenen Sprache der Menschen mittels Mikrofon und die Übertragung an die Explorer. Solche Aufnahmegeräte haben alle Erkundungsstationen, um Geräusche aus dem All aufnehmen zu können. Die Explorer sind überzeugt, dass die gesprochene Sprache ihnen helfen werde, die Sprache schneller zu lernen. Vielleicht gelingt es auch in ferner Zukunft, mithilfe von Spracherkennungsprogrammen die gesprochene Sprache der Menschen direkt in schriftliche Form umzuwandeln. Diese Programme müssten zuerst entwickelt werden, was technisch aber möglich wäre. Der Leitung teilen sie jedoch nicht mit, dass sie diese technische Ergänzung mit dem Mikrofon vorgenommen haben.

Das ganze Unterfangen kann wie geplant durchgeführt werden. Farmer Bill hatte anfänglich Mühe, das Gerät mit der für ihn angepassten Tastatur zu bedienen. Mit der Zeit gelingt jedoch eine weitgehend problemlose Kommunikation.

Einige Tage später demonstrierten die Explorer der Leitung, wie der Kontakt nun gelungen war und dass Antworten von Farmer Bill auf Fragen der Explorer eingetroffen waren. Die Leitung zeigt sich sehr zufrieden und spricht von einer Auszeichnung, die sie demnächst erhalten sollen. Captain Brown gibt ihnen nun offiziell den Auftrag, ein Wörterbuch zu erstellen, das dann allen zur Verfügung steht, und wenn möglich, auch ein Übersetzungsprogramm.

Die beiden Explorer können sich nun offiziell und mit voller Transparenz mit Farmer Bill schriftlich unterhalten und ihre sprachlichen Fähigkeiten verbessern. Als Nächstes widmen sie sich den Tonaufnahmen. Sie bitten Farmer Bill, Worte und Sätze auszusprechen, sodass sie zur schriftlichen auch die akustische Information erhalten. Vielleicht gelingt es ihnen mit einigem Programmieraufwand, die gesprochene Sprache der Menschen in schriftliche Form zu transformieren und schließlich auch die schriftliche Antwort der Explorer in die gesprochene Sprache der Menschen umzuwandeln.

Die Explorer sind mit dem Ergebnis der nun offenen Kommunikation zu Bill sehr zufrieden. Zudem können sie sich weiterhin auf dem verbotenen Weg mit Farmer Chris unterhalten. Sie überlegen sich jedoch, ob sie diesen Kanal nicht besser beenden sollten. Wie könnte das geschehen? Wie würde Farmer Chris das aufnehmen?

34

Abbruch der „Mission Erde"?

Die Explorer 7 und 8 bleiben mit Farmer Bill weiterhin in Kontakt, um die Sprache zu erlernen. Dies erfolgt nun im Auftrag der Leitung. Der geheime Kontakt zu Farmer Chris bleibt jedoch bestehen. Aufgrund der jüngsten Ergebnisse der beiden Explorer ist die Leitung wieder optimistischer, mithilfe der beiden Explorer 7 und 8 neue Erkenntnisse zu gewinnen.

Anders sieht es im Zentralrat auf dem Mars aus, wo gerade eine wichtige Grundsatzdebatte stattfindet, bei der es um die Weiterführung oder den Abbruch der „Mission Erde" geht. Der Rat hat noch nichts über die neusten Entwicklungen bezüglich der Sprache und Kommunikation mit den Menschen erfahren. Commander C3 konnte ihnen noch nicht darüber berichten. Die Mitglieder des Zentralrats haben schon seit einiger Zeit den Eindruck, dass die „Mission Erde" nicht wirklich relevante Erkenntnisse bringt, die für die „Titaner", so wie sich die Extraplanetarier auf der Marsbasis nennen, wesentlich sind. Zudem sind sie ungeduldig, weil bereits viel Zeit verstrichen ist. Deshalb wird die Mehrheit bei der anstehenden Grundsatzdebatte wohl eher für eine Beendigung der Mission votieren.

Nun haben sich zwei Ereignisse ergeben, die ernsthafte Schwierigkeiten signalisieren und eine Beendigung der „Mission Erde" noch mehr ins Zentrum rücken. Es geht einerseits um einen Start einer Rakete von der Erde aus und andererseits um eine gewaltige Explosion (*Atombombenexplosion*). Die Leitung mit Captain Brown ist bereits darüber informiert worden, stuft aber diese beiden Ereignisse als weniger dramatisch ein.

Commander C3 ist nun mit dem Zentralrat verbunden und vertritt die Meinung, dass die „Mission Erde" jetzt nicht aufgegeben werden sollte. Er begründet dies ausführlich mit den jüngsten Erfolgen bei der Kontaktaufnahme mit Menschen. Es sei zwei Explorern gelungen, mit einem Menschen eine direkte

Verbindung aufzubauen, und zurzeit gehe es darum, dass die beiden deren Sprache lernen. Sie haben bereits ein Wörterbuch mit Begriffen in beiden Sprachen in Bearbeitung, ebenfalls arbeiten sie an einem Übersetzungsprogramm. Dies sei auch im Hinblick auf die vorgesehene Kontaktaufnahme der DERO, der denkenden Roboter, von Nutzen, die ja mit den Menschen kommunizieren sollten. Ferner können die Explorer dem kontaktierten Menschen Fragen über alles Mögliche stellen und dieser habe bis jetzt sehr bereitwillig Auskunft gegeben. Besonders bemerkenswert finde er auch, dass zwischen Menschen und Explorern zahlreiche Ähnlichkeiten bestehen, die Titaner bei ihren bisherigen Erkundungen anderer Planeten noch nie vorgefunden hätten. Gerade diese Ähnlichkeit führe zu völlig neuen Fragen über die Herkunft der Titaner und der Menschen. Deshalb finde er, Commander C3, es sei schade und auch unvernünftig, gerade jetzt die Mission aufzugeben.

Nach eingehender Diskussion wird im Zentralrat entschieden, dass das Projekt „Mission Erde" vorläufig nicht aufgegeben wird. Die ES-Alpha soll sich weiterhin mit den Menschen beschäftigen. Auch mit deren Energieversorgung und dem Steuerungssystem.

Kurze Zeit später bestellt Captain Brown alle Explorer zum Meeting ein. Er informiert zuerst über die beiden Ereignisse, den Raketenstart und die große Explosion, die den Zentralrat aufgerüttelt haben, ferner darüber, dass ein Abbruch der „Mission Erde" diskutiert worden ist. Aktuell sei aber ein Abbruch nicht das Thema.

Captain Brown fährt fort: „Ich habe von den beiden Erkundungsstationen ES-Geografie und ES-Bewegte Objekte eine Beurteilung der beiden Vorfälle verlangt. Der Raketenstart ist aus Sicht der Explorer nicht problematisch. Die Explorer könnten die Rakete in einem dringenden Fall mit einem speziellen Raumschiff einfangen, sodann manövrierunfähig machen und auf die Mondbasis bringen. Anschließend würden wir die Rakete detailliert untersuchen, um die Technik und den Entwicklungsstand festzustellen. Das wäre ein willkommenes Geschenk für uns, weil wir damit einen wichtigen Schritt weiterkämen. Nun hat sich gezeigt, dass das längliche Objekt tatsächlich zuerst in Richtung Mond geflogen ist, dann aber in eine Umlaufbahn um die Erde einschwenkte und ein kleines Objekt ausgesetzt hat, das sich nach der Loslösung entfaltet hat und beachtlich große, segelartige Flügel ausbreitete. Dieses Objekt kreist nun um die Erde, zusammen mit anderen gleichartigen Objekten. Zurzeit überlegen wir uns, ob wir einen digitalen Assistenten in die Nähe des kleinen Objektes senden sollen, um dieses besser beobachten zu können.“

Captain Brown fährt fort: „Das zweite Ereignis betrifft eine große Explosion mit riesigem Feuerball. Sie fand auf der südlichen Halbkugel statt, in einem Gebiet, wo es keine Häuser und Zentren gibt. Dementsprechend sind dort auch keine Menschen beobachtet worden. Es entstand eine eigenartig geformte Wolke in der Atmosphäre, mit einem schlanken Stiel, und darüber eine Wolke wie ein riesiger Pilz. Wir beobachteten die Umgebung und hatten den Eindruck, dass sich der Boden rund um diese Explosion verändert hat. Auch erkannten die Explorer rundherum zahlreiche helle Flecken (Feuer). Besonders bemerkenswert ist, dass sie verschiedene Arten von Strahlungen feststellen konnten, Strahlen, die wir von der Erkundung anderer Planeten kennen. Es wäre möglich, dass dieses Ereignis von einem Meteoriten verursacht wurde.

Zwei Explorer erkundigten sich, ob sie mit dem digitalen Assistenten eine Drohne in der Nähe der Explosion auf die Erde aussetzen können, die die verschiedenen Strahlungen und deren Intensität messen soll. Ferner möchten sie mit dem Roboter Bodenproben entnehmen. Ich will jedoch ein anderes Vorgehen einschlagen. Zuerst sollen Messungen und Bodenproben vom Mond genommen werden, weil dieser vermutlich von der Erde stammt. Anschließend soll das genau gleiche Verfahren auf der Erde durchgeführt werden, und zwar an zwei Standorten: Dort, wo die Explosion stattgefunden hat, und an einem zweiten Ort, deutlich entfernt. Damit erhalte ich Vergleichswerte, ohne die kaum Schlussfolgerungen gezogen werden können.“ Die Explorer der Erkundungsstation ES-Geografie finden dies ein intelligentes Vorgehen und bemerken selbstkritisch, dass sie eigentlich auch auf diese Idee hätten kommen können.

„Nun will ich", fährt Captain Brown fort, „die interessanten Erkenntnisse der Explorer 7 und 8 der ES-Alpha erwähnen. Die Explorer hatten ja den Kontakt zu Farmer Bill aufgenommen, um die Sprache der Menschen zu erlernen. Zudem haben sie Farmer Bill ein Kommunikationsgerät übergeben, das nicht nur die schriftliche Kommunikation, sondern auch die Erfassung von Bildern ermöglicht. Damit haben sie das Fundament für eine Kommunikation mit den Menschen gelegt, das uns bei unserer ‚Mission Erde' einen enormen Schritt weiter bringt. Natürlich braucht es Zeit, bis wir die wichtigsten Begriffe und Tätigkeiten erfasst haben, aber wir sind auf einem guten Weg."

Captain Brown schließt das Meeting mit der Bemerkung: „Wir von der Leitung sind froh, einen Weg gefunden zu haben, mit den Menschen in Kontakt zu treten. Gleichzeitig erstaunt uns das breite Wissen der Menschen. Wir können kaum mehr verstehen, dass wir zu Beginn die Flugobjekte in den Vordergrund stellten und die Menschen als nebensächliche Objekte beurteilten. Diese neuen Ergebnisse motivieren uns, die ‚Mission Erde' unbedingt fortzusetzen und demnächst mit den Menschen direkten Kontakt aufzunehmen."

Captain Brown gratuliert den beiden Explorern 7 und 8 für ihre Arbeiten und Entdeckungen. Die beiden schauen sich an und wirken sehr zufrieden. Von der verbotenen Kontaktaufnahme der beiden Explorer zu Farmer Chris weiß außer Commander C3 niemand etwas. Was die anwesenden Explorer sehr hellhörig stimmte, war die Bemerkung, man wolle demnächst mit den Menschen direkten Kontakt aufnehmen. *Hat Captain Brown vor, auf der Erde zu landen?*

Die Explorer verlassen nach dem Meeting den Konferenzraum und Explorer 6 meldet sich einmal mehr mit kritischen Bemerkungen, die er an seine Kollegen links und rechts stehend richtet. „Ich sage das ja nicht laut, aber ich habe meine Zweifel an der Leitung und den Erfolgschancen der ‚Mission

Erde'. Die Leitung verheimlicht uns vieles über unsere Herkunft und Geschichte. Alles, was wir über unsere Herkunft wissen, ist, dass es auf dem Mars eine Basisstation gibt, von der aus wir gestartet sind. Aber mehr wissen wir nicht. Jeder Mensch weiß mehr über seine Geschichte und Herkunft als wir. Vermutlich will die Marsbasis alle Explorer der ‚Mission Erde' auf die Erde abschieben."

„Dann bin ich überzeugt, dass die Leitung uns heimlich beobachtet und kontrolliert. Und da ist noch der Vorfall, der sich kürzlich ereignete. Dabei war das Kommunikationssystem der gesamten ‚Mission Erde' für kurze Zeit zusammengebrochen. Der Ausfall ist zuerst beim digitalen Assistenten der Erkundungsstation ES-Geo aufgetreten, der recht nahe bei der Erde platziert war, genau dort im Raum, wo sich viele meteoritenähnliche Objekte befinden *(Satelliten)*. Dann verbreitete sich der Ausfall auf die gesamte ‚Mission Erde'. Einen solchen Ausfall hat es noch nie gegeben. Ich bin deshalb fest davon überzeugt, dass die Menschen den Ausfall verursacht haben. Sie konnten in das zentrale Kontrollorgan der ‚Mission Erde' eindringen und es lahmlegen. Auch das hat man uns verschwiegen."

Die Kollegen sind recht erstaunt über die deutliche Kritik und hören ihm weiterhin aufmerksam zu. Explorer 6 fährt fort:

„Für die Menschen ist die Energiefrage ganz zentral. Wenn die Explorer auf der Erde landen, werden die Menschen die Raumfähre sofort beschlagnahmen und nach den Energiequellen der Raumfähre und der zentralen Steuerung suchen. Das könnte dann das Ende der ‚Mission Erde' sein. Und da ist noch die riesige Explosion auf der Erde *(Atombombenexplosion)*. Das war kein Vulkanausbruch, sondern eine von Menschen ausgelöste Explosion. Und die Rakete, die in den Weltraum gestartet ist und einen Flugkörper *(Satellit)* auf seine Umlaufbahn brachte, ist ebenfalls von Menschen gesteuert. Deshalb sind sie ziemlich sicher in der Lage, den Mond mit einem Flugobjekt anzufliegen und dort eine Explosion auszulösen, die unsere Mondbasis zerstört. Die Menschen sind viel weiterentwickelt als wir denken und sie sind alles andere als harmlos für uns Explorer."

Die anderen Explorer, die dem zugehört haben, wissen nicht recht, was sie davon halten sollen. Der Vorfall mit der Rakete, die in den Raum startete und große Ähnlichkeit zu ihren Raumstationen hat, ist offensichtlich eine Tatsache. Da geben sie Explorer 6 recht. Also sind auch seine anderen Behauptungen zutreffend? Oder handelt es sich um eine Verschwörungstheorie? Es entsteht betroffenes Schweigen. Explorer 6 spürt, dass er nicht der Einzige ist mit solchen Gedanken.

Explorer 7 und 8 begeben sich wie alle anderen auch in ihre Erkundungsstationen. Explorer 7 beginnt sogleich mit seinen Bemerkungen zum Meeting und zu Captain Brown. „Ich glaube, Captain Brown stellt sich das mit dem Erlernen der Sprache der Menschen und dem Wörterbuch zu einfach vor. Wenn wir zum Beispiel in unserem Wörterbuch, das wir nun erstellen, den Begriff ‚Haus' aufnehmen und dazu sogar noch ein Foto von Farmer Bill einfügen, dann meinen wir, dass alle Häuser so aussehen wie die Farm von Bill. Dabei wissen wir aus dem visuellen Wörterbuch von Farmer Chris, dass die Häuser dort ganz anders aussehen. Es sind Gebäude in einer Stadt. Das kann zu Verwirrung führen.

Oder ein anderes Beispiel: Du erinnerst dich noch, als Farmer Chris uns eine Reihe von Fragen stellte. Zum Beispiel seine Frage: ‚Möchtet ihr mit uns Menschen in Kontakt treten? Mit einzelnen Menschen oder mit dem Präsidenten?' Damals hatten wir nicht verstanden, was die Worte ‚Kontakt' und ‚Präsident' bedeuten. Also mussten wir ihn nach der Bedeutung fragen. Seine Erklärungen waren für uns nicht einfach, aber schließlich haben wir verstanden, was gemeint ist, aber nur mit seiner Hilfe. Captain Brown realisiert das nicht richtig. Und die Worte ‚Kontakt' und ‚Präsident' sind noch einfach zu verstehen im Vergleich zu Begriffen wie ‚Vertrauen', ‚Liebe', ‚Gefühle', ‚Glaube', ‚Gott', das ‚Böse' und viele andere. Wir werden viel Zeit und Geduld investieren müssen, um wenigstens einen bescheidenen Grundwortschatz zu erarbeiten. Und Farmer Bill können wir auch nicht dauernd damit belästigen."

Sein Kollege meint dazu: „Durch den Kontakt mit Bill und Chris erfahren wir viel mehr über die Menschen als nur die Bedeutung der einzelnen Worte. Wir erkennen, worin ihr Lebensalltag besteht, wie sie sich zum Beispiel informieren und kommunizieren, und dass ihr Kontrollorgan nicht implantiert und aufdatiert wird, so wie bei uns, dass sie einen Körper mit vielen Organen besitzen, sie Gefühle haben und ihr Handeln steuern können und vieles mehr. Dieses Wissen sollten wir vorderhand für uns behalten, damit wir gegenüber Captain Brown einen Wissensvorsprung haben. Vielleicht hilft uns das irgendwann mal."

„Ja, all dieses Wissen ist sehr beachtlich", antwortet sein Kollege Explorer 7. „Und noch vieles mehr, zum Beispiel die Zeiterfassung, die Jahreszeiten, die Planeten im Sonnensystem und anderes mehr. Ich bin auch der Meinung, dass wir dieses große Wissen für uns behalten und Captain Brown gegenüber nach wie vor nichts über unseren verbotenen Kontakt zu Farmer Chris berichten. Nur so können wir das Vertrauen von Captain Brown, so wie es jetzt besteht, beibehalten. Das Wissen, das wir von Farmer Bill erhalten, ist dagegen gegenüber Captain Brown absolut transparent, aber es ist auch viel bescheidener."

„Das gesammelte Wissen vom visuellen Wörterbuch und den Gesprächen mit Farmer Chris vergrößert unseren Wissensvorsprung gegenüber Captain Brown und den anderen enorm, und – ich wiederhole mich – ich weiß nicht recht, wie wir damit umgehen können", ergänzt Explorer 8. „Aber wir können doch die Kommunikation mit Chris nicht beenden, das möchte ich nicht und es verbessert auch nicht unsere Lage", bemerkt sein Kollege. Explorer 8 nickt zustimmend.

Teil VI

Bizarres in der Geschichte der Explorer

35

Besuch von Commander C3

Bei seinem erneuten Besuch der Erkundungsstation ES-Alpha interessiert sich Commander C3 für die weiteren Kontakte mit Farmer Chris und Farmer Bill. Er wurde ja von den beiden Explorern 7 und 8 über ihren verbotenen Kontakt zu Farmer Chris informiert und er kennt das Verbot, dass der Zentralrat der „Mission Erde" auferlegt hat. Da heißt es: „Keine Landung auf der Erde, kein direkter Kontakt mit den Bewohnern." Deshalb ist er in Sorge um das Vorgehen der beiden Explorer, in Bezug auf mögliche Probleme bei der „Mission Erde". Nun lässt er sich von den beiden über das weitere Geschehen informieren, das sich nach dem letzten Treffen ergeben hat.

Zur Fortsetzung geben die Explorer detailliert Auskunft. Zuerst ging es darum, die Sprache der Menschen mithilfe von Farmer Chris Schritt um Schritt zu erlernen. Die neue Idee der beiden, das identische Vorgehen mit Farmer Bill durchzuführen, nun aber offiziell und mit Einwilligung der Leitung, ist Commander C3 bekannt. Er fand dies eine kluge Idee der beiden, quasi eine Kopie des Vorgehens mit Farmer Chris. Auch ist er erleichtert, dass die Erkundungen jetzt offiziell geführt werden. Nun könne ja der Kontakt zu Farmer Chris beendet werden, bemerkt er.

Die Explorer erwähnen, dass sie Farmer Chris sehr viel zu verdanken hätten. Ohne seine Hilfe beim Erlernen der Sprache wären sie heute nie da, wo sie jetzt sind. Farmer Chris habe ihnen aber auch immer wieder Fragen nach der Herkunft und der Entstehung der Explorer gestellt, die sie nicht hätten beantworten können. Deshalb möchten sie gerne mit Commander C3 darüber sprechen.

Commander C3 erkundigte sich, was für Fragen Farmer Chris denn hat. Die Explorer erinnern ihn, dass sie ihn schon einmal um Auskunft gebeten hatten, er aber darauf keine Antwort gab. Es gehe um die Fragen: „Woher kommen die Explorer und wie entstehen sie?"

Commander C3 erinnert sich, dass er diesen Fragen bewusst ausgewichen war. Er erklärt, dass er eine Antwort geben wolle, aber zuerst möchte er noch verstehen, weshalb sich die beiden Explorer so intensiv und fast hartnäckig mit den Menschen der Erde befassen, und dabei auch ein sehr riskantes Vorgehen, den Kontakt zum Farmer Chris, eingeschlagen hätten.

Die Explorer geben bereitwillig Auskunft. Sie hätten schon von Beginn an ein spezielles Interesse an den Menschen, insbesondere auch den sehr kleinen Menschen gehabt; das sei für sie stets viel interessanter gewesen als die anderen Aspekte der „Mission Erde". Und die Frage „Wie entstehen die kleinen Menschen?" sei bei ihnen schon sehr früh aufgetaucht. Als sie dann das visuelle Wörterbuch von Farmer Chris erhielten, sei dieses Interesse noch stärker geworden. Sie hätten aus den Bildern enorm viel über die Menschen erfahren, über ihre Lebensweise, ihr Funktionieren, den Kontakt zu anderen Menschen, ihre Andersartigkeit und insbesondere auch ihre Kenntnisse über die Geschichte der Menschheit. Da sei ihnen plötzlich klar geworden, dass sie über ihre eigene Herkunft und die Geschichte der Explorer praktisch nichts wüssten. Die Frage von Farmer Chris „Woher kommen die Explorer?" sei plötzlich auch für sie zu einer Frage geworden.

Und da sei noch etwas anderes: Sie hätten den Eindruck, dass sie manchmal beim Beobachten der Menschen komische, prickelnde Gefühle hätten und Zuneigung verspüren, zum Beispiel beim Beobachten von zwei Menschen, Mann und Frau, die sich berühren, sich näher kommen und mit den Armen gegenseitig umschlingen und so verharren, oder wenn sie sehr kleine Menschen beim Spielen beobachteten, oder wenn der Säugling an der Brust der Mutter liegt. Eigenartig sei auch, dass sie beide gleichzeitig diese Gefühle und Eindrücke verspürten. Als sie einmal beobachteten, wie sich ein Mann und eine Frau umarmten, habe Explorer 8 vorgeschlagen, dass Explorer 7 ihn auch mal halten solle, was er nach einigem Zögern denn auch tat.

„Und, wie ist es gewesen?", fragt Commander C3. „Es fühlt sich gut an", antwortet Explorer 8, „es intensiviert dieses angenehme prickelnde Gefühl, dieses Gefühl, innerlich berührt zu werden. Wir haben uns dann an den folgenden Tagen wiederholt umarmt, um zu erkunden, ob sich diese komischen Reaktionen erneut einstellen. Das traf auch zu: wieder dieses komisch angenehme, prickelnde Gefühl."

Explorer 7 ergänzt, dass dieses spezielle Gefühl für sie beide eine besondere Erfahrung sei und mit dem visuellen Wörterbuch und den vielen Bildern von Männern und Frauen, aber auch durch den Austausch mit Farmer Chris, eine Türe zu einer neuen Welt aufgegangen sei. Vielleicht gebe es ja einen Zusammenhang zwischen diesen speziellen Gefühlen und der Frage „Woher kommen die Explorer?" respektive der Frage „Woher kommen die kleinen Menschen?" Sie hätten sich auch gefragt, woher diese speziellen Gefühle kommen und ob dies eventuell etwas mit den ihnen implantierten Chips zu tun habe.

Commander C3 fand diese Schilderung etwas eigenartig. Er konnte diese Gefühlsregungen der Explorer 7 und 8 nicht einordnen, wusste nicht, was er dazu sagen könnte, wirkte nachdenklich; es entstand eine Pause, für kurze Zeit blieb er stumm. Seine Gedanken führten ihn zurück in eine vergangene Zeit, die ihn bedrückte.

36

Eine betrübliche Geschichte der Außerirdischen

Nach einer Pause erklärt nun Commander C3 gegenüber den beiden Explorern 7 und 8, dass er auf ihre Frage „Woher kommen die Explorer?" antworten wolle. Er reagiert aber etwas eigenartig, kann nicht sogleich antworten, was für ihn unüblich ist. Schließlich bemerkt er:

„Woher wir kommen? Ich weiß es auch nicht. Ich weiß nicht mehr als ihr."

Danach winkt er den Explorern 7 und 8 zu und deutet an, dass sie zu ihm kommen sollen. Er bewegt sich in Richtung des Kommunikationsraumes der Erkundungsstation ES-Alpha und stellt sich vor der Übermittlungsstation auf, damit er mit ihnen kommunizieren kann, ohne dass die Leitung etwas davon erfährt. Jegliche sprachliche Kommunikation wird ja automatisch registriert und kann von der Leitung abgehört werden. Er kennt dieses Vorgehen mithilfe der Übermittlungsstation bereits, wonach er nicht mehr sprechen soll, sondern seine Ausführungen auf der Tastatur eingibt, die Explorer 7 und 8 dann auf dem Bildschirm der Übermittlungsstation ablesen können, danach wird alles gelöscht.

Gleich zu Beginn schreibt er, er wisse sehr wohl einiges über die Geschichte der Explorer und Titaner, aber es sei eine lange, betrübliche Geschichte, von der die beiden Explorer vermutlich auch betroffen seien. Das weckt bei ihnen besondere Aufmerksamkeit: *Eine lange, betrübliche Geschichte! Was soll das? Was ist damit gemeint? Inwiefern davon betroffen?*

Sie bitten und bedrängen den Commander, zu erzählen. Widerwillig beginnt er, fordert aber zuerst strikte Geheimhaltung. Wenn das publik würde, könnte das schreckliche Auswirkungen auf ihn, auf sie beide und ziemlich sicher auf alle Explorer haben, also nicht nur auf diejenigen der „Mission Erde". Diese Bemerkung zu den „Auswirkungen" erstaunt die beiden Explorer.

Commander C3 beschreibt folgende Geschichte und tippt sie in den Rechner ein, der nicht mit dem zentralen Kontrollorgan verbunden ist: Vor längerer Zeit wurde ihm fälschlicherweise eine Nachricht zugestellt, die nicht für ihn bestimmt war. Darin wurde ihm mitgeteilt, unter welcher Adresse und mit welchem Sicherheitscode die „Geschichte der Außerirdischen" im großen Datenspeicher der Titaner, also aller Explorer überhaupt, einsehbar sei. Woher diese Nachricht kam, konnte er nie ausfindig machen. Er habe sodann mit diesen Angaben Zutritt zum großen Datenspeicher erhalten und während vieler Stunden und mit viel Erstaunen und Erschrecken erfahren, wie die

Explorer große Wandlungen durchmachten, die sehr eigenartig und nachhaltig sind.

Um die Gegenwart zu verstehen, müsse man etwas über die Geschichte der Explorer wissen, und dazu habe er dem Dokument wichtige Informationen entnehmen können. Ein entscheidender Wendepunkt waren die Ereignisse rund um die „Mission Lorenz", die vor einiger Zeit von den Explorern durchgeführt wurde.

Die Explorer seien damals noch autonome Wesen gewesen und waren nicht mit einem zentralen Kontrollorgan verbunden. Es wurden regelmäßig unter allen Explorern Informationen ausgetauscht, aber eine Befehlsstruktur wie heutzutage gab es noch nicht. Die Explorer hatten also viel Freiraum. Etwas sei auch noch wichtig: Es gab damals drei Typen von Explorern: „männliche Explorer", „weibliche Explorer" und kleine Explorer, die sich meistens in der Nähe der „weiblichen Explorer" befanden, so wie wir das bei den Menschen vorfinden. Es bestand damals somit eine gewisse Ähnlichkeit zu den Menschen von heute. – Die beiden Explorer staunen, als sie das vernehmen!

Im erwähnten Dokument werden ferner ausführlich Probleme geschildert, die damals zwischen Männern und Frauen entstanden. Bei Explorationen im All und bei den Reisen zu weit entfernten Planeten habe es unter den Besatzungen immer wieder große Probleme zwischen männlichen und weiblichen Besatzungsmitgliedern gegeben, zum Teil mit heftigen Auseinandersetzungen, die dann in einem Fall zum Abbruch einer Mission führten. So öffnete beispielsweise eine außer Kontrolle geratene Frau während des Flugs die Hauptschleuse der Raumfähre, was zu einem völligen Desaster führte.

Wesentlich einschneidender sei ein anderer Vorfall gewesen, so Commander C3: Die Explorer der „Mission Lorenz" hätten auf dem bewohnten Planeten Lorenz landen sollen. Von diesem Planeten war bekannt, dass auf ihm die gleichen physikalischen Gesetze gelten wie auf dem Planeten Titan, was ihn für die Explorer besonders interessant machte. Leider hatte man es aber unterlassen, vor der Landung den Kontakt zu dessen Bewohnern zu suchen. Zum großen Schrecken der Explorer wehrten sich die herangeeilten Bewohner mit Waffen gegen die gelandeten Eindringlinge, indem sie die Explorer, also die Besatzung, bestehend aus Männern und Frauen, mit einem Wasserwerfer besprühten, sodass sich auf den gelandeten Explorern und der „Raumstation Lorenz" ein feiner, übelriechender Schaum bildete. Die Explorer, die mit freundlicher Absicht Kontakt aufnehmen wollten, zogen sich in die Raumstation zurück und verließen den Planeten in höchster Eile.

Auf dem Rückflug zur Basis legten die Explorer, die bereits auf dem Planeten Lorenz gelandet waren, wie gewohnt ihre Raumanzüge ab, unterzogen sich der obligaten Reinigung und begaben sich sodann in die klimatisierten Räume der Raumstation zu ihren Kollegen. Mit der Zeit bildete sich, für alle unerwartet, ein gelber Nebel, der aus der Klimaanlage austrat und in alles eindringen konnte. Es war nicht klar, ob der Nebel schädlich war, und es dauerte recht lange, bis er wieder verschwand.

Kurze Zeit darauf veränderte sich die Funktionsfähigkeit zuerst nur bei denjenigen Explorern, die den Planeten effektiv betreten hatten und besprüht wurden, später auch bei allen anderen Kollegen. Sie waren teilweise nicht in der Lage, ihre Arbeit zu bewältigen, ihr Denken und Handeln war auffallend inkohärent, verlangsamt, fehlerhaft, ihr Gang unsicher. Einfache Tätigkeiten, die früher Routine waren, konnten sie nicht oder nur mit Mühe erledigen. Dabei starrten sie in die Leere und wussten nicht mehr, was sie tun sollten. Schließlich waren sie froh, überhaupt die Rückreise bis zur Basisstation geschafft zu haben. Die Symptome klangen ab, verschwanden aber nie ganz. Das Leben auf der Basisstation aber ging weiter. Als Ursache der Symptome vermutete man den eigenartig dichten, vermutlich giftigen Nebel, der sich in der ganzen Raumstation verbreitete.

Wenige Zeit danach wurde festgestellt, dass bei einigen anderen Explorern der Basisstation die gleichen Funktionseinschränkungen mit den gleichen Symptomen auftraten. Dabei war bemerkenswert, dass es Explorer waren, die mit einem „männlichen Explorer" oder einem „weiblichen Explorer" eng befreundet waren, der oder die an der Landung auf dem Planeten Lorenz direkt beteiligt war und anschließend auch diese Funktionseinschränkungen erlitten hatte. Es machte den Eindruck, dass die Funktionseinschränkung auf den Partner respektive die Partnerin übertragen wurde. Auf die Frage, wie diese Übertragung auf befreundete Explorer stattfinden konnte, wurde keine Antwort gefunden. Möglicherweise war es die physische Nähe der Beteiligten, die eine Rolle spielte. Die Leitung zeigte sich besorgt, aber die Arbeit ging weiter, allerdings mit der Beobachtung des Planeten Lorenz nur aus der Ferne, eine zweite Landung wurde verboten.

Schließlich bemerkte man nach längerer Zeit bei Explorern, die in keiner Weise in Kontakt zu betroffenen Kollegen kamen, erneut etwas Eigenartiges: Auch bei ihnen wurden die gleichen Funktionseinschränkungen beobachtet. Wie war das möglich?

Die Leitung war verunsichert und wollte mehr Klarheit über diese Vorfälle. Nun wurden Informatiker und Programmierer herbei beordert. Die Gruppe der Informatiker, die für den ganzen Datenfluss zwischen dem Zentralrechner, den Erkundungsstationen und allen Explorern verantwortlich war, und auch die regelmäßigen Abgleichungen der einzelnen Explorer mit dem zentralen Kontrollorgan überwachte, wurde aufgefordert, eine detaillierte Sicherheitsprüfung zu allen Vorgängen seit der Landung auf Lorenz vorzunehmen und Unregelmäßigkeiten zu protokollieren.

Und nun kommt das Brisante, meint Commander C3: Die Prüfung ergab, dass nach dem spektakulären Vorfall auf dem Planeten Lorenz, als die gelandeten Explorer und ihr Raumschiff abgespritzt wurden, Unregelmäßigkeiten und Fehler bei den darauffolgenden Abgleichungen mit dem Kontrollorgan entstanden waren, die man nicht festgestellt hatte. Diese Fehler wurden unglücklicherweise vom zentralen Kontrollorgan auf alle Explorer übertragen, sodass bei einzelnen Kollegen die bekannten Funktionseinschränkungen auftraten, obwohl sie gar nie mit infizierten Kollegen direkt in Kontakt gekommen waren. Es bestand somit die Gefahr, dass alle Explorer früher oder später durch das zentrale Kontrollorgan ebenfalls infiziert würden. Obwohl sich viele Programmierer mit dem Problem befassten, konnte der Schaden nie ganz ausgemerzt werden. Es traten in der Folge immer wieder, allerdings nur vereinzelt, Explorer auf, die von diesen Funktionseinschränkungen betroffen waren.

Gemäß dem Dokument, das Commander C3 gelesen hatte, war dieses dramatische Ereignis mit der Landung auf dem Planeten Lorenz, verbunden mit dem schädlichen Besprühen der Gelandeten mit den Wasserwerfern, eine sehr bedrohliche Situation für die Explorer, weil davon auch das Kontrollorgan betroffen wurde. Die Leitung hatte darauf sehr einschneidende Maßnahmen ergriffen. Insbesondere die „Attacke" auf das zentrale Kontrollorgan war für sie alarmierend. Deshalb wollten sie die Möglichkeit haben, das Kontrollorgan eines jeden einzelnen Explorers genauer kontrollieren zu können. Sie ergriffen Maßnahmen, berichtet Commander C3, die nun möglicherweise auch für die beiden Explorer von Bedeutung sind.

Die erste Maßnahme der Leitung bestand darin, ein Verbot zur Landung auf dem Planeten auszusprechen, das so lange gelte, bis die Erlaubnis zur Landung erteilt werde. Alle Explorer mussten persönlich und in Anwesenheit aller Beteiligten erklären, dass sie dieses Verbot einhalten werden.

Zweitens wurden alle Explorer der „Mission Planet Lorenz" abgezogen, isoliert und mit anderen Aufgaben betraut. Diese Isolation sei sicher hart für die Betroffenen gewesen, meint Commander C3.

Die dritte Maßnahme sei sehr einschneidend, betont er. Es betrifft die Auswahl von Explorern für neue Missionen. Die für neue Missionen geeigneten Explorer werden nun, gemäß Dokument, vor ihrem Einsatz auf eine andere Raumstation verlegt, auf die sogenannte Transformationsstation. Dort werden alle rekrutierten Explorer einer längeren Operation unterzogen.

Bei der Operation werde den Betroffenen ein völlig neues Kontrollorgan implantiert (mit Mikrochips), das der Leitung eine bessere Kontrolle über das Verhalten der einzelnen Explorer ermöglicht. Die Operation und das Implantat bewirken, dass das eigenständige Handeln, der Wille, aber auch das Begehren mit den dazu gehörenden Gefühlen, fortan stark eingeschränkt seien. Das Erleben dieser Explorer werde so verändert, dass sie nach der Operation solche Emotionen und Begehren gar nicht mehr empfinden können. Das hätten die Betroffenen nach der Operation aber nicht als Mangel erlebt, weil sie diese Gefühle gar nicht mehr verspüren konnten. Durch diese Eingriffe wurden sie zu einem beachtlichen Teil gleichgeschaltet, aber so, dass sie dies gar nicht bemerkten, sondern sich immer noch als eigenständige Wesen erlebten.

Commander C3 bemerkt dazu, das sei die perfekte Kontrolle, jemanden zu kontrollieren, ohne dass er es merkt. Die mittels der Implantate vermittelte „Realität" sei eine virtuelle Realität. Die äußere Realität, die Wirklichkeit, ist nicht mehr nötig, sie wird weitgehend durch die virtuelle Realität ersetzt, ohne dass dies bemerkt wird. Die übrigen mentalen Funktionen blieben erhalten, die Wahrnehmung, das Denken, die Intelligenz. Lediglich das Langzeitgedächtnis und das Erleben der Ich-Identität, und wie erwähnt der Gefühlsbereich, werden durch den Eingriff deutlich verändert.

Ferner mussten die operierten Explorer sich regelmäßig mit dem zentralen Kontrollorgan verbinden, damit ihr Implantat auf den neusten Stand synchronisiert wurde. Sie erlebten dieses Abgleichen ihres internen Steuerungssystems, so bezeichneten sie ihr Implantat, als völlig normal und für die Erfüllung ihrer Aufgaben bei der neuen Mission notwendig. Diese Synchronisation erfolgte in der Regel parallel zum Auftanken ihrer internen Energieversorgung. Das interne Kontrollorgan ist zusammen mit dem Kommunikationszentrum im Kopf der Explorer lokalisiert, der interne Energiespeicher befindet sich in der Körpermitte.

Ein weiterer Grund für die Operation auf der Transformationsstation liege, so berichtet Commander C3, in den wiederholt aufgetretenen Streitigkeiten zwischen männlichen und weiblichen Explorern, die wie erwähnt auch zu einem Abbruch einer Mission führten. Mit der Operation sollten die Geschlechtsunterschiede, die für die Streitigkeiten verantwortlich gemacht wurden, ausgeschaltet werden. Die Betroffenen wurden deshalb operativ zu geschlechtsneutralen Wesen ohne Geschlechtsteile umfunktioniert. Es gab bei diesen Explorern somit keine „weiblichen" und „männlichen Explorer" mehr, nur noch eine Gattung „Explorer". Damit könne man den Schwierigkeiten aus dem Weg gehen, die sich bei früheren Missionen zwischen den unterschiedlichen Typen ergeben hatten, lautete die Begründung. – Wiederum staunen die beiden Explorer und können kaum fassen, was sie da alles vernahmen.

Commander C3 erklärt ferner, dass von der Operation auch das Gedächtnis betroffen sei. Es werden alle Erinnerungen aus der Zeit vor der Operation gelöscht. Dadurch ist den Operierten auch nicht aufgefallen, dass sie zu geschlechtsneutralen Wesen gemacht wurden. Sie hatten ja keine Erinnerung an den Zustand vor ihrer Operation. Dies hatte auch Auswirkungen auf ihr „Ich-Erleben", sie fühlten sich nicht als ein Wesen, dass eine persönliche Lebensgeschichte hat, eine Biografie. Sie konnten nicht beschreiben, woher sie kamen, wie sie entstanden und wer ihre Lebensgenossen waren.

Die operierten Explorer wurden sofort nach dem Eingriff in einen eigenen Bereich geführt, wo sie keinen Kontakt mehr zu anderen Explorern hatten, die nicht operiert worden waren, nur noch mit bereits Operierten. Sie erlebten sich als Explorer, die für eine besondere Mission ausgewählt und demzufolge auch besonders wichtig waren. Ersichtlich war dies an der auffallend prächtigen Plakette, die an der Kleidung auf Brusthöhe angeheftet wurde. Auch erhielten sie die offizielle Bezeichnung „Explorer".

Zu den Operationen bemerkt Commander C3, er habe bei seiner Lektüre auch erfahren, dass es vereinzelt Operationen gab, bei denen sich das gewünschte Ergebnis nicht vollumfänglich eingestellt hatte. So gab es Explorer, wie sich später herausstellte, die trotz der Operation vereinzelte Gefühle und auch Begehren empfinden konnten, möglicherweise auch Gefühle, die dem früheren Geschlecht vor der Operation entsprochen hatten. Es wäre nun möglich, meint der Commander und richtet sich direkt an sie beide, dass sie solche Explorer seien, bei denen die Umwandlung nicht ganz gelungen war und Reste der Gefühle sowie der Identität vor der Operation erhalten geblieben seien. Vor allem bei den ersten durchgeführten Operationen seien solche Vorfälle aufgetreten.

Die beiden Explorer sind perplex! Es entsteht eine lange Pause. Sie fragen Commander C3, ob wirklich alle Explorer der „Mission Erde" von dieser Operation betroffen seien, was er bestätigte. Das gelte auch für ihn selbst, Captain Brown und die Leitung. Dann fragen sie, ob die Explorer vor der Operation, also die „männlichen Explorer", größer gewesen seien als die „weiblichen", und die „weiblichen" eine höhere Stimmlage als die „männlichen" gehabt hätten. Genau das trifft nämlich für Explorer 7 und 8 zu: Explorer 7 ist größer und Explorer 8 hat eine höhere Stimmlage.

Commander C3 meint, dass das zutreffen könnte, da „männliche Explorer" damals eine größere Kleidergröße trugen als „weibliche". Auch bezüglich der Stimmlage sei es möglich, dass hier Unterschiede bestanden hätten. Genaueres wisse er aber nicht. Im erwähnten Dokument habe es diesbezüglich jedoch Hinweise gegeben. Bemerkenswert seien, wie schon erwähnt, die Hinweise im Dokument, dass gewisse Gefühlsreaktionen nach der Operation nicht immer vollständig gelöscht waren.

Die Explorer erinnern sich an ihre Gefühlsreaktionen, die sie bei der Betrachtung von Menschen, vor allem sehr kleinen, immer wieder empfunden hatten, dieses prickelnde Gefühl. Da war aber auch ihr gelegentliches Bedürfnis, sich zu berühren. *Sind das Hinweise darauf, dass bei ihnen beiden die Operation nicht vollumfänglich gelungen war?* Auffallend für sie waren ja schon auch die Unterschiede zu den anderen Explorern. Und sie verstehen nun auch die eigenartigen, kritischen Bemerkungen der Kollegen ihnen gegenüber. *Tragen Explorer 7 Überreste eines „männlichen" und Explorer 8 eines „weiblichen Explorers" in sich? Sind sie quasi Pietro und Sandra?* Sie hatten sich ja gegenüber Farmer Chris als Pietro und Sandro ausgegeben.

Die beiden Explorer fallen in ein tiefes Nachdenken. Was Explorer 8 nicht erwähnt, sind die Probleme, die er mit seiner Brust hat. Er hat vorne an der Brust zwei Wölbungen, die bei allen anderen Kollegen nicht vorhanden sind. Er selbst empfindet sich deshalb als nicht ganz normal und hatte stets diese Wölbungen mithilfe der Kleidung „unsichtbar" gemacht, sodass dies nicht aufgefallen war.

Nun hat er im Laufe der Beobachtungen der Menschen gesehen, dass die meisten Menschenfrauen auch solche Wölbungen haben und dies vermutlich ein Hinweis darauf ist, dass er Überreste eines „weiblichen Explorers" in sich trägt. Es scheint, als ob er eine „Sandra" und nicht ein „Sandro" ist, aber das behält er für sich, auch weil er sich deswegen etwas schämt.

Commander C3 erwähnt nicht, dass er vermutlich auch einer ist, bei dem die Operation nicht ganz geglückt ist, und er sich gerade deswegen mit den beiden Explorern verbunden fühlt und sie besser versteht als die anderen.

Er erklärt, dass es das erste Mal sei, dass er anderen darüber erzähle, was er in diesem Dokument gelesen hatte. Er wisse, dass er eigentlich nicht darüber sprechen dürfe, weil es streng geheime Informationen über die Explorer enthalte. Er habe jedoch den beiden davon erzählt, weil er eine gewisse Ähnlichkeit zu ihnen verspüre und sie ihm auch ihren Fehltritt mit Farmer Chris offengelegt hatten. Das alles verbinde sie.

Commander C3 beendet seine langen Ausführungen und betont, dass er ziemlich sicher der Einzige sei, der von all dem Kenntnis habe. Im Zentralrat und in der Leitung habe niemand je eine Bemerkung dazu abgegeben. Das Dokument, das er via Blindkopie erhalten hatte, sei nur an ihn gegangen, soweit erkenntlich.

Die beiden Explorer sind sehr erstaunt und haben viele Fragen, nicht nur zur Operation, sondern auch zur Organisation der Explorer, zur Zentrale und der obersten Leitung. Commander C3 kann ihnen dazu kursorisch Auskunft geben:

Er erinnert sich sehr vage, wie er vor langer Zeit auf der Basisstation Mars etliche Ausbildungen durchlaufen habe und schließlich dank seiner langen Ausbildung und Führungserfahrung den Status eines Commanders erhielt. Dass er offenbar vorher auf der Transformationsstation, nicht weit entfernt von der Basisstation, eine große Operation durchgemacht habe, daran erinnert er sich nicht. Lebhaft in Erinnerung ist ihm jedoch der Blick auf den Boden des Planeten Mars, mit dem schönen hellen und dunklen Gestein.

Seine ersten klaren Erinnerungen gehen zurück bis zur „Vorbereitungsstation Mission Erde", die etwas abseits von der „Basisstation Mars" gelegen war. Hier wohnten die für die „Mission Erde" ausgewählten Explorer nach ihrer Operation und warteten auf ihren Einsatz sowie die Überstellung auf den Erdmond. Auch erinnert er sich noch an den Flug im geräumigen Raumschiff „Mission Erde", zusammen mit etlichen anderen Explorern und Mitgliedern der Leitung, und an die Landung auf dem Mond, auf derjenigen Seite, die von der Erde aus nicht einsehbar ist. Leider war dadurch auch der direkte Blick auf die Erde verunmöglicht.

Aus dem erwähnten Dokument, in das er Einsicht hatte, sei ihm klar geworden, dass er vor seiner Operation ein anderer Explorer gewesen sein musste, vielleicht ein „männlicher" oder „weiblicher Explorer"? Die Operation sei im Dokument näher beschrieben, aber er möchte darüber nicht sprechen.

Die Kandidaten für die Missionen stammen gemäß dem Bericht alle aus der „Kolonie Mars", einem Ort, ebenfalls auf dem Mars stationiert, wo es „männliche", „weibliche" und kleine Explorer gibt. Aus dieser Gruppe seien dann die Kandidaten und Kandidatinnen rekrutiert worden, die später der Operation unterzogen wurden.

Im Dokument wird noch summarisch auf weit zurückliegende Epochen in der Geschichte der Explorer Bezug genommen. So wird eine „Station S5" erwähnt (*Jupiter: fünfter Planet im Sonnensystem*), die deutlich weiter entfernt sei und von der die Explorer der „Kolonie Mars" stammen. Nur vage wird im Dokument auch von einer noch viel weiter entfernten Station gesprochen, dem Ursprungsort der Explorer. Dabei sei der Name

„Titan" erwähnt worden. Leider fehlten nähere Angaben dazu. Die Explorer seien eigentlich der Herkunft nach „Titaner", eine Bezeichnung, die man aber selten höre. Auch sei es möglich, dass die „Titaner" früher, also noch weiter zurückliegend, von einem Planeten eines anderen Sonnensystems stammen. Bei diesem Exoplaneten habe man Biomarker und Methaneis gefunden, ein Zeichen dafür, dass Leben möglich ist.

Commander C3 fährt fort: „Während der Ausbildung auf der Basisstation Mars erhielten die angehenden Commander manchmal Besuch von der weit entfernten Zentrale der Explorer auf dem Planeten S5 (Jupiter). Diese Besucher hatten eine gewisse Ähnlichkeit zu Menschen, da sie wie diese Sauerstoff zum Funktionieren benötigten, was bei den Explorern nicht der Fall war. Sie trugen deshalb einen Raumanzug mit künstlicher Belüftung. Die Kommunikation erfolgte über ein Mikrofon und Kopfhörer, glücklicherweise in derselben Sprache wie die der Explorer."

Er habe den Eindruck gehabt, dass es bei diesen Besuchern jeweils zwei verschiedene Typen gegeben habe, „männliche" und „weibliche Explorer", die beide auch manchmal heftige Gefühle zeigten. Er sei deshalb sehr erstaunt gewesen, als er nun bei der „Mission Erde" so viele Ähnlichkeiten zu den Menschen auf der Erde festgestellt habe. Er frage sich deshalb, ob das nicht Spuren einer weit zurückliegenden Verwandtschaft seien. Wenn es stimmt, dass die „Titaner" ursprünglich von einem Planeten eines anderen Sonnensystems stammen, wäre es ja möglich, dass die Menschen auch von dort stammen und deshalb eine Verwandtschaft bestehe. Eine andere Überlegung geht davon aus, dass die Explorer früher einmal auf der Erde waren, sich aber als Erdbewohner anders entwickelten als die Menschen, und die Erde sodann verlassen hatten.

Commander C3 beendet seine langen Ausführungen, die er in den Rechner der Übermittlungsstation eingegeben hat, und wünscht nun, dass der gesamte Text gelöscht wird, wie vereinbart. Explorer 7 geht an den Apparat und löscht sogleich den umfangreichen Text, woraufhin Commander C3 beruhigt ist und sich verabschiedet.

Zurück bleiben die beiden Explorer, tief beeindruckt über das, was ihnen Commander C3 alles berichtet hat. Unfassbar groß muss der Raum sein, den die Explorer respektive „Titaner" kennen und offenbar auch kontrollieren. Sie verstehen jetzt, dass die Erkundung der Erde für die oberste Leitung ein wichtiges Unterfangen darstellt. Aber noch unfassbarer ist das, was Commander C3 über die Operationen erzählt hat und dass sie vermutlich davon auf eine spezielle Art betroffen seien. Das berührt sie beide. Und nun erscheint auch noch eine andere Problematik am Horizont: *Was bedeutet das nun, dass sie dieses große Wissen über die betrübliche Geschichte der Außerirdischen haben und alle anderen der „Mission Erde" nicht? Wie sollen sie damit umgehen?* Explorer 8 meint, dass es die Geschichte gar nicht gebe, wenn Commander C3 aus irgendeinem Grund nicht mehr existiere. Nun bemerkt sein Kollege, daran habe er auch bereits gedacht. Deshalb werde er das gelöschte Dokument wieder aktivieren, er wisse, wie er das bewerkstelligen könne. Nachfolgend werde er es auf dem ausrangierten Armgerät speichern und den Quellentext endgültig löschen. Explorer 8 staunt über das schlaue Vorgehen seines Kollegen und nickt zustimmend.

Teil VII

Scheitert der Kontakt zu den Menschen?

37

Die Leitung plant Landung auf der Erde

Captain Brown wünscht von seinem Assistenten eine Konferenz-schaltung zum Zentralrat auf dem Planeten Mars. Die Verbindung gelingt und der Vorsitzende des Zentralrats meldet sich. Die Kommunikation ist allerdings ziemlich störungsanfällig, aber er hat sich daran gewöhnt. Wenn er seine Mitteilung beendet hat, dauert es jeweils recht lange, bis die Antwort vom entfernten Mars eintrifft. *(Rund 6 Minuten).* Captain Brown unterbreitet einen Vorschlag, nach Absprache mit der Leitung, nämlich die Landung auf der Erde und die Kontaktaufnahme mit den Menschen. Commander C3 sei neben ihm und könne das bestätigen. Commander C3 nickt zustimmend.

Letzterer weiß, dass Captain Brown mit seinem proaktiven Vorstoß verhindern möchte, dass der Zentralrat die „Mission Erde" aufgibt, gerade jetzt, als ein Weg zur Kommunikation mit den Menschen gefunden wurde. Er möchte unbedingt auf der Erde landen, ein Abbruch wäre für ihn ein Desaster. Captain Brown begründet seinen Vorschlag gegenüber dem Vorsitzenden folgendermaßen: „Wir müssen von den Menschen keine Attacke befürchten, sie sind friedliebend. Technisch wie auch von ihrer Entwicklung her haben sie in keiner Weise das Niveau von uns Explorern. Alle ihre Flugobjekte haben eine sehr bescheidene Geschwindigkeit und keine große Reichweite, nicht vergleichbar mit unseren Raumschiffen. Ein Kontakt mit den Menschen stellt für uns Explorer einen viel größeren Gewinn als eine Gefahr dar. Und für die Menschen wäre ein Kontakt sicher auch von großem Nutzen. Wir sollten diese Gelegenheit nicht verpassen, insbesondere jetzt, wo eine Möglichkeit zur Kommunikation gefunden wurde."

Der Zentralratsvorsitzende wägt Vor- und Nachteile ab. Dabei erinnert er Captain Brown an die letzte Zusammenkunft, als man über die Beendigung der „Mission Erde" diskutierte.

Man habe sich damals im Zentralrat doch dazu entschieden, mit der Mission vorläufig fortzufahren, aber von einer Landung war nicht die Rede gewesen. Eine Landung sei ein deutlich größerer Schritt als die Fortsetzung der bisherigen Beobachtungen, wie sie der Zentralrat beschlossen hatte. Er bittet nun, dass sich Commander C3 zuschaltet und näher begründet, weshalb er für eine Landung ist.

Commander C3 klinckt sich ein: „Ich kann die großen Fortschritte im Bereich der Kommunikation mit den Menschen bestätigen, die in jüngster Zeit gemacht wurden. Es ist der Erkundungsstation Alpha gelungen, die Sprache der Menschen nicht nur zu entziffern, sondern auch für eine Kommunikation zu verwenden, allerdings im Moment nur schriftlich, aber immerhin. Man kann den Menschen nun Fragen stellen und sie können uns antworten. Ein automatisches Übersetzungsprogramm ist in Bearbeitung. Die Raumstation kann nach einer Landung den Menschen auf einem großen Bildschirm anhand von Sätzen mitteilen, dass wir Explorer uns freuen, wenn wir mit ihnen in Kontakt treten können. Die gelandeten Explorer würden selbstverständlich keine Waffen tragen, jedoch die gewohnten Raumanzüge.

Außerdem würden die Menschen erkennen, dass wir nur mit einer einzelnen Raumstation gelandet sind, mit der in keiner Weise feindselige Auseinandersetzungen begonnen werden können. Die Gelandeten werden auch direkt nach der Landung eine spezielle farbige Flagge ausbreiten, zu der die Menschen offenbar eine sehr gute, vertrauensvolle Beziehung haben. Aus meiner Sicht kann ohne weiteres mit einer Detailplanung der Landung begonnen werden.“

Captain Brown ist sehr zufrieden mit dieser ausführlichen Stellungnahme von Commander C3 und nickt anerkennend.

Der Zentralratsvorsitzende erkundigt sich, woher Commander C3 das mit der Flagge wisse. C3 erklärt, man habe in verschiedenen Aufnahmen gesehen, dass diese Flagge mit bestimmten Symbolen immer in Zusammenhang mit einem freudigen oder feierlichen Ereignis stand, an dem viele Menschen beteiligt sind. Oft hielten die Menschen diese Flagge auch in den Händen und schwenkten sie hin und her. Das werde dann der erste Explorer nach der Landung auch tun, sobald er aus der Raumstation schreite.

Der Vorsitzende zeigt sich erstaunt über den differenzierten Plan, auf der Erde zu landen und damit eine Gelegenheit zu nutzen, mit deren Bewohnern in Kontakt zu treten. Damit könnte direkt vor Ort erkundet werden, wie deren Energieversorgung funktioniert und wie die Steuerungssysteme der Menschen mit dem zentralen Kontrollorgan verbunden sind und anderes mehr.

Eigentlich wollte der Zentralratsvorsitzende bei der Landung einen anderen Weg einschlagen und zuerst mit einem DERO landen, und nicht mit Explorern. Falls es Schwierigkeiten gäbe, wäre der Verlust eines DERO das viel kleinere Problem als der Verlust von Explorern, die vielleicht in Gefangenschaft genommen werden könnten. Der Zentralrat hatte denn auch die Entwicklung eines DERO im Labor auf der Marsbasis sehr gefördert. Das Vorhaben scheiterte aber bisher an den Schwierigkeiten auf der Ebene der Kommunikation. Es war unmöglich, dem DERO eine Sprache oder Kommunikationsmöglichkeit mittels Programmierung zu übermitteln, die ausreichend wäre, um sich nach der Landung mit den Menschen auszutauschen. Die Sprache und Zeichengebung der Menschen war nicht bekannt und das blockierte die Lernfähigkeit der DERO. Der Zentralrat wusste auch nichts über die Fortschritte im Bereich der Kommunikation mit den Menschen, was die Situation nun deutlich ändert. Die Landung mit einem DERO steht deshalb zurzeit nicht zur Diskussion.

Der Vorsitzende erteilt schließlich grünes Licht, nachdem er sich mit dem Zentralrat besprochen hat. Captain Brown ist sehr zufrieden und bedankt sich beim Zentralrat, ebenso Commander C3. Captain Brown versteht das ihm erteilte „grüne Licht" so, dass damit die Landung gemeint ist. Nun ist für ihn der Weg frei für ein Ereignis, das ihn berühmt machen und in die Geschichte der Explorer eingehen wird. Voller Elan widmet er sich jetzt der Zusammenstellung des Teams für die „Landeoperation Erde". Eine separate Raumstation steht für diese Exkursion zur Verfügung. Entgegen seiner Gewohnheit erteilt er nun seine Anweisungen im Alleingang und in forschem Tempo, ohne die Leitung zu konsultieren.

Commander C3 macht sich im Stillen Gedanken über die geplante Landung, Gedanken, die auch etwas Düsteres enthalten. Was der Zentralrat nicht mitbekommen hat, ist das Faktum, dass die Leitung der „Mission Erde" nur beschränktes Wissen über die Menschen hat. Man weiß nicht, wie sie eine Landung aufnehmen, wie sie reagieren werden. Es wäre dringend angesagt, dass Explorer 7 und 8 vorher mit Farmer Bill Kontakt aufnehmen und vorsichtig abtastend Fragen stellen, die auf eine mögliche Landung ausgerichtet sind. Auch habe er nichts von einem Notfallplan gehört für den Fall, dass die Menschen die Raumstation der Explorer besetzen und eine Rückkehr verhindern.

Commander C3 erinnert sich an das geheime Dokument, das nicht für ihn bestimmt war, er aber trotzdem einsehen konnte. Darin wird ausführlich von einer missglückten und folgenschweren Landung berichtet, bei der man vorgängig die Bewohner des Planeten „Lorenz" nicht kontaktiert hatte. Offensichtlich haben Captain Brown, die Leitung und der Zentralrat keine Ahnung von diesen verhängnisvollen Ereignissen von damals. Aber das kann er hier nicht erwähnen. Er ist ja nicht autorisiert, darüber zu berichten, und weiß nicht, was er damit auslösen könnte, wenn er es offenlegt. Obwohl Commander C3 diese unglücklichen Ereignisse kennt, interveniert er nicht, weil er weiß, wie wichtig die Landung und damit der erhoffte Erfolg für Captain Brown ist, der sich das nun in den Kopf gesetzt hat und davon nicht abweichen wird.

Captain Brown beginnt sogleich mit der Detailplanung der Landung. Er bestimmt sechs Explorer, die ihm geeignet erscheinen und sich nun ins Übersetzungsprogramm einarbeiten müssen. Sie bilden das Team der „Landeoperation Erde" und benützen die Raumfähre, die für diese Operation vorgesehen ist. Wichtig bei der technischen Ausrüstung ist der Kommunikationsapparat mit dem großen Bildschirm und dem Übersetzungsprogramm. Der große Bildschirm wird nach der Landung außerhalb der Raumfähre platziert, sodass die Menschen den Text gut lesen können. Der Text für die Begrüßung muss noch geschrieben werden. Damit die Menschen antworten können, erhalten sie eine Konsole mit einer Tastatur und einem kleinen Bildschirm. Sie werden gebeten, darin ihre Antworten und auch ihre Fragen an die Explorer einzugeben. Dann muss auch noch die Flagge hergestellt werden, die möglichst genau der Flagge entspricht, die Menschen in dieser Region der Erde verwenden.

Captain Brown befiehlt ferner der Erkundungsstation ES-Geo, ihren digitalen Assistenten über der Erde so zu positionieren, dass das geplante Landungsgebiet ständig beobachtet wird. Die Landung erfolgt in der Nähe von Farmer Bill, abseits von Häusern und Zentren.

Als die beiden Explorer 7 und 8 von der bevorstehenden Landung hören, reagieren sie sehr kritisch. Explorer 7: „Die Landung kommt viel zu früh. Aus meiner Sicht hat Captain Brown zu sehr das Erfolgserlebnis vor Augen. Er will in erster Linie auf der Erde landen und sich vor Ort dem zentralen Kontrollorgan der Menschen widmen, weil er davon ausgeht, dass dies der Ort ist, von wo aus Menschen und damit alles Geschehen auf der Erde gesteuert wird. Aber meiner Meinung nach liegt er da falsch. Er kann sich nicht vorstellen, dass Menschen eigenständige Wesen sind, ihr Handeln selbst bestimmen, kein implantiertes Kontrollorgan haben und schon gar nicht regelmäßige Abgleichungen mit einer Zentrale vornehmen müssen. Farmer Chris hat sich ja in dieser Hinsicht uns gegenüber klar geäußert. Menschen haben vermutlich eine viel größere Wahlfreiheit als Explorer. Es gibt bei ihnen keine Zentrale, die von außen das Kontrollorgan der Menschen beeinflusst oder gar steuert. Das bedeutet auch, dass Menschen auf die Landung möglicherweise unberechenbar reagieren."

„Ja, ich sehe das auch so", bestätigt Explorer 8. „Dazu kommen mir auch noch die Worte von Farmer Chris in den Sinn: Die Menschen hätten nebst angenehmen Gefühlen wie Begeisterung und Fröhlichkeit auch unangenehme Gefühle wie Wut und Zorn. Diese beiden letzten Gefühle seien bei den Menschen ein großes Problem, weil dabei manchmal Menschen, Tiere, Häuser und ganze Städte zu Schaden kommen und von den Menschen kaputt gemacht werden, wenn sie in Wut und Zorn handeln. Diese Äußerungen haben mich hellhörig gestimmt, denn das könnte bedeuten, dass Wut und Zorn der Menschen nach der Landung auch gegen die Explorer gerichtet werden."

„Wir können unsere Bedenken zur Landung Captain Brown nicht mitteilen", meint sein Kollege, „sonst erfährt er von unserem verbotenen Kontakt zu Farmer Chris. Wir können ihm nicht mitteilen, was Farmer Chris zur Wut der Menschen und den Verwüstungen gesagt hat. Aber das würde ihn jetzt auch nicht mehr von einer Landung abhalten. Er will sein Ding durchziehen."

38

Ein freudiges Meeting

Captain Brown informiert alle über das bevorstehende außerordentliche Meeting auf der Raumstation „Mission Erde". Die Explorer wissen, dass am Meeting wichtige Informationen bekannt gegeben werden, sodann die angekündigten Auszeichnungen für besondere Leistungen erfolgen sowie anschließend der beliebte Vergnügungsteil stattfindet, der in der Regel nach den Auszeichnungen eröffnet wird. Nun ist am Meeting die ganze verfügbare Mannschaft der „Mission Erde" eingetroffen.

Captain Brown teilt mit: „Heute ist ein großer Tag für uns alle. Die Leitung hat mit Zustimmung des Zentralrats folgendes entschieden: Wir nehmen direkten Kontakt mit den Menschen auf der Erde auf. Die Argumente, die für eine Landung sprechen, überwiegen die kritischen Überlegungen. Zur Landung mussten verschiedene Vorbereitungen getroffen werden. Dazu hatte ich das Team für die ‚Landeoperation Erde' mit sechs Explorern zusammengestellt, die vor kurzem mit unserer separaten Raumfähre von hier gestartet sind. Wir haben der Raumfähre auch ein spezielles Objekt mitgegeben. Es handelt sich um einen Stab, an dem ein farbiges Tuch befestigt ist. *(Nationalflagge der USA, die auf dem Mond deponiert worden war)*. Wir haben das Ding auf der Vorderseite des Mondes entdeckt, es ist möglicherweise ein Objekt von der Erde. Wenn das zutrifft, kann die Besatzung der Raumfähre das Objekt nach der Landung den Menschen als Geschenk überbringen. Die Erkundungsstation ES-Geo beobachtet mit ihrem digitalen Assistenten den Flug und insbesondere die Landung auf der Erde, in der Nähe von Farmer Bill. Ich erwarte, dass sich jeder mit vollem Einsatz bei dieser wichtigen Phase der ‚Mission Erde' engagiert und sein Bestes gibt. Wenn alles gut gelingt, werden wir Geschichte schreiben!"

Die anwesenden Explorer freuen sich, mit Ausnahme von Explorer 7 und 8, über diesen Entscheid. „Jetzt geht's richtig los", meint ein Kollege, der für seine Sprüche bekannt ist. Explorer 8 erkennt, dass es sich beim Stab mit dem Tuch um die USA-Flagge handelt, die er im bebilderten Wörterbuch gesehen hat. Das ist somit ein wunderbares Geschenk an die Menschen. Eine sehr gute Idee! Aber er hütet sich, dies im Meeting laut auszusprechen. Das würde ja seinen geheimen Kontakt zu Farmer Chris offenlegen. Er wendet sich an seinen Kollegen und teilt ihm das mit, ohne dass es jemand hört. Er deutet auch an, dass die Menschen vermutlich schon einmal auf dem Mond gelandet sind und die Flagge positioniert hatten. Das würde aber bedeuten, dass sie jederzeit auf dem Mond auftauchen könnten und das könnte für die „Mission Erde" zu einer desaströsen Konfrontation führen. Sein Kollege nickt ihm nachdenklich zu. Diese Vorstellung belastet ihn, aber auch, dass er das alles für sich behalten muss.

Captain Brown fährt fort: „Und hier noch eine ergänzende Bemerkung. Wie bereits einmal erwähnt wollen wir auf bestimmten Gebieten der Erde Zentren errichten, die Ausgangspunkte unserer künftigen Missionen sind. Dabei geht es zum Beispiel um die wichtigen Bausteine für Leben. *(Gemeint sind Kohlenstoff,*

Sauerstoff, Wasserstoff, Stickstoff, Schwefel und Phosphor.) Dafür brauchen wir Explorer, die leitende Funktionen übernehmen, und da seid ihr alle gefragt."

Nun schreitet Captain Brown zur Auszeichnung der zwei Explorer 7 und 8. Er beginnt: „Die beiden Explorer der ES Alpha haben es uns ermöglicht, dass eine Kommunikation zu den Menschen Realität geworden ist. Sie haben uns demonstriert, wie die Sprache der Menschen erlernt und die Kommunikation technisch bewerkstelligt werden kann. Nun ist ein Austausch zwischen Explorern und Menschen möglich. Das dabei eingeschlagene Vorgehen war nicht nur sehr intelligent, sondern auch von Vorsicht geprägt, sodass sich die Menschen uns gegenüber keineswegs verschlossen zeigten, sondern Vertrauen fanden. Deshalb habe ich nun auch die Landung auf der Erde befohlen. Das alles ist ein Quantensprung bei der Zielerreichung unserer Operation."

Und er fährt fort: „Die Explorer erhalten deshalb die begehrte Medaille ‚Für besondere Verdienste. – Mission Erde‘, eine der höchsten Auszeichnungen für Explorer. Ich bitte nun Commander C3, diese Auszeichnung den beiden Geehrten zu übergeben."

Commander C3 freut sich, die Medaille an der Brust der beiden zu befestigen, für jedermann gut sichtbar. Anschließend stellen sich die anwesenden Explorer in einer Reihe auf, um den Kollegen zu gratulieren, wobei sie den beiden auf die Schulter klopfen. Diese danken mit einem freundlichen Kopfnicken. Die beiden Gefeierten sind sich nicht ganz sicher, ob diese Anerkennung auch ernst gemeint ist. Ihr Zweifel wurzelt darin, dass einige Kollegen sie bei verschiedenen Gelegenheiten kritisiert oder komische Bemerkungen abgegeben hatten.

Zur Laudatio von Captain Brown bemerkt Explorer 8 zu seinem Kollegen: „Ich finde das nicht korrekt von Captain Brown, was er soeben vor allen gesagt hat. Er behauptete, dass sich die Menschen den Kontaktanstrengungen der Explorer nicht verschlossen haben, sondern Vertrauen gefunden hätten. Kontakt besteht jedoch nur zu einem Menschen, zu Farmer Bill, und da kann man nicht generalisierend von ‚den Menschen‘ sprechen.

Auch ist das mit dem Vertrauen nicht so klar. Hat Farmer Bill auch wirklich Vertrauen in uns? Wir haben ja viele seiner Fragen nicht beantwortet, und das ist doch nicht gerade vertrauensbildend!"

Explorer 7 nickt zustimmend. „Man hätte unbedingt Farmer Bill nach möglichen Problemen bei der Landung fragen müssen, ferner, ob er dabei sein möchte oder lieber gerade nicht, und andere Details, die vielleicht sehr wichtig sind. Und da ist ja noch Farmer Chris!"

Dann folgt der angekündigte Vergnügungsteil mit Spielen und Wettkämpfen. Die Explorer werden danach noch für kurze Zeit auf der Raumstation „Mission Erde" verbleiben, die sehr geräumig eingerichtet ist und in der jeder Explorer einen eigenen Raum zur Verfügung hat. Vorerst aber gibt es die Spiele.

Ein beliebtes Spiel ist „Die Eroberung des Planeten". Mehrere Explorer beteiligen sich am Spiel, das auf dem Bildschirm gezeigt wird. Jeder übernimmt die Rolle eines Roboters, den er dirigieren kann; alle spielen gegen alle. Ihr Raumschiff nähert sich dem Planeten und landet. Dann steigt die Besatzung des Raumschiffes aus, also die Eroberer, die nun Roboter sind. Jeder Explorer versucht nun, seinen Roboter so zu steuern, dass er möglichst viel Land, Häuser, Bewohner und Energiestationen unter seine Kontrolle bringen kann, wobei Widerstand der Bewohner garantiert ist. Wer am meisten dieser Objekte mithilfe seines Roboters unter vollständige Kontrolle gebracht hat, gewinnt und bekommt eine Auszeichnung.

Dann gibt es noch andere Spiele, die nur an besonderen Anlässen freigeschaltet werden, so zum Beispiel das „Raumschiff in Panne". Jeder hat eine eigene Spielkonsole. Das Raumschiff erleidet eine Panne und muss repariert werden. Wer das Raumschiff am schnellsten wieder flott bringt, hat gewonnen und bekommt eine Auszeichnung. Sehr beliebt ist auch das Gruppenspiel „Basisstation", in dem verschiedene Erkundungsstationen gegeneinander spielen. Es geht darum, welches Team, also welche Erkundungsstation, am schnellsten auf einem unerforschten Planeten eine große Basisstation für die Explorer errichtet hat. Dabei müssen viele Hindernisse überwunden werden.

Bei einem weiteren Spiel hat jeder Teilnehmer einen eigenen Bildschirm, auf dem Zeichen und Zahlen erscheinen, die keinen Sinn ergeben. Nach kurzer Zeit erscheinen andere Zeichen und Zahlen. Die Explorer müssen nun herausfinden, welche Botschaften sich hinter den sinnlosen Zeichen und Zahlen verstecken und richtig zusammengesetzt einen bestimmten Satz ergeben. Wer den Satz zuerst gefunden hat, hat gewonnen und wird ausgezeichnet.

Am Ende der Feier werden alle Gewinner auf eine Bühne beordert und erhalten von der Leitung eine Medaille, die sie vorne an der Brust anstecken können. Damit ist für jedermann ersichtlich, wer schon wie oft eine Auszeichnung erhalten hat. Letztere hat ein gewisses Gewicht bei der Beurteilung für eine Beförderung in eine anspruchsvollere Position. Auch deswegen sind die Spiele begehrt.

Die Explorer erinnern sich aber auch noch daran, was Commander C3 ganz zu Beginn der ‚Mission Erde' gesagt hat. „Wenn die ‚Mission Erde' gelingt und eine Landung erfolgt ist, dann stellt sich die Frage nach geeigneten Explorern, die ein ihnen zugeteiltes Gebiet kontrollieren und verwalten. Diese Explorer werden zu Distrikt-Verwaltern befördert, wobei bei dieser Beförderung auch Auszeichnungen für besondere Leistungen eine Rolle spielen." Es gibt sicher einige Kollegen, die sich daran sehr wohl erinnern und für die das eine Motivation ist, ein Spiel zu gewinnen.

Explorer 7 und 8 beteiligen sich nicht an den Spielen, wollen sich aber auch nicht davonschleichen. In Gedanken sind sie bei den vielen Ereignissen der letzten Zeit, aber auch bei der ausführlichen Rückblende durch Commander C3 auf die Geschichte der Explorer, der „Titaner". Besonders betroffen hat sie das, was Commander C3 über die Operationen auf der Transformationsstation gesagt hat und dass es seither keine „männlichen" und „weiblichen" Explorer mehr gibt. Und natürlich ist seine Bemerkung präsent, dass die Operation bei ihnen beiden möglicherweise nicht ganz gelungen sei und Spuren ihrer früheren Identität als Mann oder Frau noch erhalten sind. Dadurch würden sie sich auch von den anderen Explorern unterscheiden.

Sie schauen den Kollegen zu, wie sie freudig in die Spielwelt versunken sind. Sie beide aber schweben in einer ganz anderen Welt, einerseits in ihrer Innenwelt mit den Fragen „Wer bin ich?" und „Was in mir ist männlich und was weiblich?", andererseits in der Außenwelt mit den Fragen „Woher komme ich, woher kommen wir?" und „Wer sind die ‚Titaner' im Kosmos?" Und natürlich ist da noch die Frage nach dem Gelingen der Landung.

39

Verunsicherung auf der Erde

Während die Explorer sich nach dem Meeting im Vergnügungsraum ihren favorisierten Spielen hingeben, ereignen sich auf der Erde eigenartige Szenen, von denen aber bisher niemand im Vergnügungsraum etwas erfahren hat. Folgendes hat sich auf der Erde ereignet:

Bei Farmer Bill hatte der Nachbar, eine eher grimmige Gestalt, offenbar beobachtet, wie nachts eine Drohne etwas vor dem Haus von Bill deponierte und sich wieder entfernte. Das wiederholte sich mehrere Male. Er hatte trotz dieser Störung keinen Kontakt mit Farmer Bill aufgenommen und ihn auch nicht angesprochen, was es damit auf sich hat. Seine Beziehung zu Bill ist nicht die beste. Er hat aber bemerkt, dass seither draußen vor dem Haus von Bill ein eigenartiges Gerät stand, das sehr komisch aussah und an dem Bill manchmal herummachte. Seither ließ ihn diese Geschichte nicht mehr los und deshalb wandte er sich an die Presse, obwohl nun schon einige Zeit verstrichen war.

Die Reporterin hörte sich die Geschichte des Nachbarn am Telefon an und suchte ihn sodann zu Hause auf. Sie hatte nicht den Eindruck, dass er fabuliert, und doch fand sie die Geschichte sehr eigenartig. Als Nächstes suchte sie gleich nebenan Farmer Bill auf und wollte von ihm wissen, was er zu den Äußerungen seines Nachbarn sagt. Bill ist zunächst überrascht, dass die Presse bei ihm auftaucht, fühlt sich überrumpelt, berichtet jedoch offen über das, was vorgefallen war: das mit der Drohne, der Metallplatte im Garten, wie die eigenartige Begegnung mit zwei unbekannten Außerirdischen zustande kam und wie sich der Austausch mehr und mehr entwickelte. Er erwähnt das Wörterbuch, das er ihnen auf deren Wunsch gegeben habe und mit einer Drohne abgeholt wurde, und wie er später ein Kommunikationsgerät erhielt, um schriftlich mit den Außerirdischen kommunizieren zu können. Er habe ihnen sodann geholfen, mehr und mehr die Sprache der Menschen zu erlernen, und dabei festgestellt, wie sie Fortschritte machten. Das habe er alles gemacht, um eine gute Vertrauensbasis zwischen Außerirdischen und Menschen aufzubauen. Der völlig unerwartete Besuch der Reporterin hatte ihn so überrascht, dass er sich nicht an die Aufforderung der Außerirdischen erinnerte, mit niemandem darüber zu sprechen.

Die Reporterin ist über diese Geschichte sehr erstaunt und fragt sich insgeheim, ob der Farmer möglicherweise in einer Fantasiewelt lebt und diese Geschichte erfunden hat. Sie fragt ihn, weshalb er niemandem etwas davon erzählt habe und auch nicht zur Polizei gegangen sei. Er erklärt, dass die Außerirdischen das so gewünscht hätten. Die Reporterin notiert sich alles und fragt, ob er die Metallplatte noch habe und ihr das Kommunikationsgerät zeigen könne. Er holt beflissen die Platte mit den Aufschriften „Dictionary please" und „Book please, thank you", ebenso zeigt er ihr das Kommunikationsgerät zum Senden und Empfangen, das außerhalb des Hauses aufgestellt ist. Ohne zu fragen, fotografiert sie diese „Beweise", bedankt sich und macht sich davon, ohne ihren Namen zu hinterlassen.

Dieses Auftreten der Reporterin stimmt Farmer Bill ärgerlich, er kommt sich verschaukelt vor und sein Groll auf den Nachbarn nimmt weiter zu.

Die Reporterin verfasst sodann eine flüssige Titelstory mit Fotos von Bill, der Metallplatte und vom Kommunikationsgerät, ebenso erwähnt sie das Wörterbuch und die Kommunikation mit den beiden Außerirdischen. Die Story wird sogleich publik gemacht, in der gedruckten Version sogar auf der Titelseite. Viele der großen Nachrichtenstationen berichten anschließend darüber und das Echo ist beachtlich. Die Reaktionen in den Medien sind überwiegend voll von Empörung, Angst und Unsicherheit. Man fragt sich, was die Außerirdischen vorhaben und inwiefern sie auch befähigt sind, den Menschen Schaden zuzufügen. Dann gibt es auch Rückmeldungen, wonach das doch alles erfunden sei, ferner vereinzelt Rückmeldungen, wonach dieser Kontakt für die Menschen vielleicht auch eine Chance sei.

Farmer Bill erkennt, was sich da über ihm, den Menschen und den Außerirdischen zusammenbraut und entschließt sich, diese neue Situation den beiden Außerirdischen zu melden. Er schildert die wichtigen Punkte der Ereigniskette und seine Besorgnis und wünscht Antworten auf seine Fragen. Diese reagieren jedoch nicht, was ungewohnt ist. *(Kein Wunder; sie sind ja auf der Feier.)*

Obwohl in den Medien der volle Name von Bill nicht erschien, gelang es einigen aufgrund der Fotografie, den Wohnort von Bill zu ermitteln, was sich dann auch sofort in gewissen Medien herumgesprochen hatte. Deshalb versammelten sich vor dem Haus von Bill mehr und mehr Menschen, die ebenfalls das Kommunikationsgerät sehen wollten. Einzelne äußerten auch ihren Unmut, dass Bill sich erdreistet habe, mit den Außerirdischen in Kontakt zu treten, ohne die Polizei oder die Behörde zu informieren. Tags darauf trafen noch mehr Menschen ein und einzelne beschimpften Farmer Bill. Andere wiederum verteidigten ihn, er habe doch alles recht gemacht. Es entstand ein Handgemenge und bis endlich die Polizei eintraf, hatte es bereits Verletzte gegeben.

Kurz darauf fuhr auch das Militär auf, schickte alle Schaulustigen und die eingetroffenen Presseleute weg, umzingelte das Haus von Farmer Bill und nahm ihn in Gewahrsam. Es folgte der Abtransport zum nächstgelegenen Militärstützpunkt und zum Verhör, das Kommunikationsgerät wurde konfisziert. Ein Spezialist für digitale Kommunikationsapparate versuchte bereits vor Ort, mit den Außerirdischen in Kontakt zu treten, aber das gelang nur teilweise. Er benötigte deshalb Farmer Bill, der jedoch nicht mehr anwesend war. Nun versuchte es die Fachperson nochmals, mit dem Resultat, dass das Gerät überhaupt nicht mehr funktionierte. All diese Aktionen waren geheim und nichts durfte an die Presse durchsickern.

Den beteiligten Militärs, die bei Bill erschienen, wurde von der übergeordneten Stelle vorgeworfen, sie hätten dem Spezialisten keine Erlaubnis erteilen dürfen, mittels Kommunikationsapparat mit den Außerirdischen in Kontakt zu treten. Nun sei der Apparat defekt und die Hoffnung, dass Farmer Bill den Kontakt herstellen könne, habe sich zerschlagen.

Bei Farmer Chris ist ebenfalls eine neue Situation eingetreten. Er war ja der Erste, der mit den beiden Außerirdischen, die sich Pietro und Sandro nennen, in Kontakt stand. Als er in den Medien von der Situation mit Farmer Bill hörte, die ja genau auch seiner Situation entsprach, fühlte er sich von den beiden geprellt, reagierte wütend, weil er sie beide so sehr unterstützt hatte und ihre Bitte befolgte, sich nicht an andere Menschen zu wenden. Er überlegte sich, auch an die Presse zu gehen. Seine Frau Betty, die ihm ja das illustrierte Wörterbuch beschafft hatte, hatte das jüngste Geschehen ebenfalls mitverfolgt und meinte, er solle sich doch mit Reverend Markus besprechen, den er ja am Sonntag beim Gottesdienst sehe.

Chris fand das eine gute Idee, wartete aber nicht und machte sich sogleich auf den Weg zu ihm. Er schilderte ihm seine Erlebnisse mit den beiden Außerirdischen und seine Wut, dass er getäuscht und umgangen worden war. Er sei zu den beiden Außerirdischen Pietro und Sandro fair und offen gewesen, habe sie bei all ihren Wünschen unterstützt, genauso wie er es gegenüber seinen nächsten Mitmenschen auch tun würde. Ein wirklich gutes Gefühl habe er aber dabei nicht gehabt.

Reverend Markus war über diese Geschichte höchst erstaunt und konnte das Geschehen nicht einordnen. Er glaubt an Gott, den Allmächtigen, der die Menschen erschaffen hat, und Außerirdische haben in seinem Weltbild keinen Platz. Nun erkundigte er sich, was Chris mit „kein gutes Gefühl gehabt" meine. Chris erklärte, er habe kein gutes Gefühl gehabt, weil er befürchtete, er verletze durch seinen Kontakt mit Außerirdischen das Vertrauen von Gott in ihn und verliere dabei Gottes schützende Hand.

Reverend Markus nickte zustimmend und bemerkte, Chris hätte früher zu ihm kommen sollen, um mit ihm darüber zu sprechen und gemeinsam zu Gott zu beten. Nun hatte Chris Tränen in den Augen. Nach einem innigen Gebet zu Gott, in dem Chris Gott um Vergebung bat, schickte ihn Reverend Markus wieder nach Hause, mit dem Rat, mit niemandem außer seiner Frau über die Sache zu sprechen. Chris nickte und verabschiedete sich dankend.

Im Folgenden wurde nun Farmer Chris ohne sein Zutun direkt in das Geschehen verwickelt. Die Leiterin des Buchladens, bei der seine Frau Betty das visuelle Wörterbuch kaufte, ist in den Nachrichten ebenfalls über das Geschehen mit Farmer Bill informiert worden und erkannte die Ähnlichkeiten zur Situation ihrer Kundin Betty.

Nun meldete sich die Buchhändlerin auch bei der Presse und berichtete derselben Reporterin, dass vor einiger Zeit eine Kundin zu ihr in den Laden gekommen war, die sich nach einem visuellen Wörterbuch erkundigt habe. Da dies ein sehr unüblicher Wunsch für ein Buch sei, erkundigte sie sich, wofür sie denn das Buch brauche. Die Kundin antwortete etwas zögerlich, dass sie es einem fremden Gast geben wolle, damit er die Sprache besser lernen könne.

Wenige Tage darauf sei ein anderer Kunde, den sie persönlich gut kenne und der ganz in der Nähe von Betty wohnt, im Laden erschienen. Sie hätten geplaudert und der Kunde habe so nebenbei erzählt, dass er nachts manchmal von einem lästigen Brummen geweckt werde, das vom Haus des Nachbarn komme. Das Geräusch verstumme jeweils nach einer Weile, wie wenn es sich in den Himmel verziehen würde, ähnlich wie bei einer Drohne, die sich in der Luft entfernt.

Nun erinnerte sich die Buchhändlerin, dass im genannten Nachbarhaus die Kundin Betty wohnt, die vor einiger Zeit das visuelle Wörterbuch gekauft hatte und etwas von einem fremden Gast erzählte. Als sie aus den Medien die Geschichte mit Farmer Bill erfuhr, bei der auch ein Wörterbuch eine Rolle spielt, ferner ein Haus mit einem Garten und eine Art Drohne, die über dem Haus schwebte und wieder davonflog, da sei ihr der Gedanke gekommen, dass es sich bei ihrer Kundin Betty, der Frau von Farmer Chris, um eine ähnliche Situation handeln könnte. Deshalb sei sie zur Presse gegangen.

Die Reporterin erkundigt sich sodann, wo denn der Nachbar und die Kundin Betty wohnten. Bereitwillig gab die Buchhändlerin Auskunft, wenig später stand die Reporterin vor dem Haus von Farmer Chris und konfrontierte ihn und Betty mit den Vermutungen der Buchhändlerin. Für die beiden kam der Besuch der Reporterin nicht völlig unerwartet; ein ungutes Gefühl wegen der geheimen Sache plagte sie schon seit einiger Zeit. Nach einem bedeutungsvollen Blickaustausch zwischen Chris und Betty war es für beide klar, dass sie die Situation verheimlichen wollen.

Betty richtete sich zuerst an die Reporterin und erwähnte den Gast, der bei ihnen zu Besuch war und eine andere Sprache spricht. Da er sich bemühte, die Sprache von Betty zu lernen, zeigte er sich sehr erfreut über das Wörterbuch, das sie ihm schenkte. Farmer Chris wandte sich an die Reporterin, nahm Bezug auf die Drohne und erklärte, dass er mehrere wichtige Medikamente einnehmen müsse. Er habe nicht bemerkt, dass sie ihm ausgegangen waren und meldete sich deshalb im Spital, wo er operiert wurde. Da habe man ihm die Medikamente per Drohne geschickt und im Garten deponiert. Die Drohne kam zweimal, weil eines der Medikamente nicht auf Lager war. Als die Reporterin dies vernahm, erkannte sie, dass es sich hier offensichtlich um eine andere Situation als bei Farmer Bill handelt, und verabschiedete sich.

Nun ging Chris zu seiner Frau Betty und bedankte sich bei ihr, dass sie so blitzartig reagiert und ihn darin unterstützt hatte, nichts über seinen Kontakt zu den Außerirdischen verlauten zu lassen. Dann nahm er Kontakt zu den beiden Außerirdischen auf, wie üblich mit dem Kommunikationsapparat.

Er informierte Explorer 7 und 8 über die aktuelle Situation und wollte wissen, warum sie ihn nicht über Farmer Bill informiert hatten. Aber er erhielt keine Antwort.

Zurück in der Redaktion wurde die Reporterin von ihrem Vorgesetzten mit fragenden Augen begrüßt. Er wusste, in welcher Angelegenheit sie unterwegs gewesen war, und wartete gespannt auf eine Rückmeldung. Sie berichtete, dass es sich um einen unbedeutenden Vorfall handle, der nicht in Zusammenhang zur Situation bei Farmer Bill stehe. Der Vorgesetzte fand die Sache jedoch verdächtig und informierte sicherheitshalber die Polizei. Er wollte sich nicht einer allfälligen Kritik aussetzen, etwas vertuscht zu haben.

Am nächsten Tag stand die Polizei vor der Türe von Chris und forderte ihn auf, mit auf den Polizeiposten zu kommen. Er holte seine Jacke im Haus und bat mit leiser Stimme im Vorbeigehen seine Frau, die Metallplatten und den Kommunikationsapparat im Pferdestall zu verstecken. Auf der Polizeistation wurde er eingehend über die Vorgänge befragt und wiederholte seine Darstellung, die er und seine Frau der Reporterin gegeben hatten. Die Polizei wollte wissen, ob er eine Metallplatte und ein Kommunikationsgerät erhalten hat, was er verneinte. Nun veranlasste die Polizei eine Hausdurchsuchung. Tags darauf wurde er wieder nach Hause entlassen, nachdem die Beamten bei ihm zu Hause nichts Verdächtiges gefunden hatten.

Die sehr engagierte Reporterin wollte die Geschichte mit Farmer Bill und der Titelstory nicht zu den Akten legen und wandte sich an die regionale Flugüberwachung, die im Auftrag der Fluggesellschaften den gesamten Flugverkehr der Region überwacht. Sie erkundigte sich, ob vor einiger Zeit irgendein verdächtiges kleines Flugobjekt oder eine Drohne in der Gegend von Farmer Bill festgestellt worden war. Ihrer Meinung nach hätte die Flugüberwachung das erkennen müssen. Die Kontaktperson, die sie am Telefon erreichte, wusste jedoch nichts von einer solchen Beobachtung. Es sei nichts Auffälliges beobachtet worden, und warum sie denn das wissen wolle? Die Reporterin verwies nun auf die Titelstory und übermittelte der Kontaktperson den Artikel.

Als diese den Bericht gelesen hatte, war sie doch einigermaßen erstaunt. Sie richtete sich deshalb an den Leiter der Flugüberwachung und übergab ihm die Titelstory. Dieser ging der Sache etwas eingehender nach und stellte fest, dass in diesem Zeitfenster tatsächlich nichts Außergewöhnliches bezüglich Drohnen registriert wurde. Aber erst vor kurzem kam von einem Linienflugzeug die Information über ein komisches, undefinierbares Objekt im Anflug in Richtung Erde. Dem wurde jedoch keine Beachtung geschenkt, da solche Meldungen, Meteoriten betreffend, ab und zu vorkommen. Nun stellte der Leiter jedoch fest, dass die Beobachtung aus demjenigen Gebiet stammt, in dem Farmer Bill gemäß der Titelstory wohnt. Dies stimmte ihn hellhörig. *Wäre es möglich, dass ein unbekanntes Objekt in der Nähe von Farmer Bill aufprallte oder landete?* Die Angelegenheit schien ihm reichlich komisch zu sein.

Er meldete dies der obersten Polizeistelle und dem Gouverneur, der für diese Region zuständig ist. Der Gouverneur übergab die Angelegenheit dem Vorsitzenden des Militärdepartements, der sich mit der militärischen Luftraumüberwachung in Verbindung setzte. Offensichtlich war der Gouverneur erleichtert, dass er sich nicht weiter mit dieser Lappalie befassen musste. Die Abklärungen ergaben, dass keine auffälligen oder unbekannten Objekte in diesem Teil der Erde gesichtet worden waren.

Allerdings entdeckte die militärische Raumstation „Obsan III" im Raum über der Erde ein auffälliges Objekt. Die „Obsan III" wird von mehreren Astronauten geleitet und umkreist die Erde in großer Höhe. Die Astronauten meldeten, dass ein seltsames Objekt in der Größe eines Satelliten erkannt wurde, das jedoch keinem Satelliten entspreche. Es sei mit einem länglichen Gegenstand ausgerüstet, das wie ein Teleskop aussehe, und mit einem großen Schirm, einer Art Antenne. Das Objekt umkreise wie so viele Satelliten die Erde, und zwar so, dass die Bewegung synchron zur Bewegung der Erde verlaufe. Das Objekt sei somit stets über demselben Gebiet der Erde stationiert. Deshalb könne es sich auch nicht um einen Meteoriten handeln. Nun veranlasste der Leiter der militärischen Luftraumüberwachung, dass die Besatzung der Raumstation „Obsan III" dieses Objekt intensiver beobachten solle. *(Es handelt sich um den digitalen Assistenten der Explorer von der ES-Geo, der zur Beobachtung der Landung auf der Erde im Raum oberhalb des geplanten Landeortes stationiert worden war).*

40

Landung geglückt, aber Tumult auf der Erde

Während die Explorer in der Basisstation eifrig mit den Spielen beschäftigt sind, erscheint plötzlich Captain Brown mit der äußerst erfreulichen Nachricht, dass die Landeequipe mit ihrer Raumfähre nach drei Tagen in der Nähe von Farmer Bill ohne Probleme gelandet sei. Die Explorer unterbrechen für kurze Zeit ihre Spiele und gratulieren ihm überschwänglich. Auch sie freuen sich. Nun wird ihr Einsatz erst recht interessant. Explorer 7 und 8 sind erleichtert, weil ihre Befürchtung nicht eingetroffen ist, die Raumfähre würde beim Anflug von den Menschen angegriffen.

Die Kollegen wenden sich wieder ihren Spielen zu und Explorer 8 meldet sich bei seinem Kollegen für kurze Zeit ab. Er komme gleich wieder, wolle nur schnell in seiner Kabine nachschauen, ob eine Meldung von den beiden Farmern Chris und Bill über die Landung eingegangen sei. Er ist perplex, als er die unerfreuliche Meldung von Farmer Bill sieht. Nun ist auch noch eine Meldung von Farmer Chris eingetroffen, der ebenfalls sehr ungehalten ist. Farmer Bill meldet sichtlich aufgelöst:

„Meine Verbindungen zu euch Außerirdischen ist aufgedeckt worden. Eine Reporterin hat mich ausgefragt und in den Medien ist nun bereits ein Bericht über meine Tätigkeiten mit euch beiden erschienen. Menschen haben mit Angst reagiert und ich habe auch Angst, dass man mich umbringen könnte. Mein Foto von mir ist überall erschienen und vor meinem Haus stehen Menschen, die mir nicht freundlich gesinnt sind. Der Nachbar sagte, dass nun die Polizei oder das Militär kommen werde. Der Gouverneur sei in Panik geraten. Was soll ich tun? Farmer Bill."

Die Meldung von Farmer Chris ist kürzer und lautet: „Ich habe in den Medien die Geschichte mit Farmer Bill erfahren und bin sehr enttäuscht, dass ich von euch nicht über diesen Kontakt zur Bill informiert wurde. Ihr habt doch von mir gewünscht, dass ich nicht mit anderen Menschen darüber spreche, und daran habe ich mich gehalten. Nun habt ihr aber genau das getan. Ich überlege mir, auch zur Presse zu gehen. Chris."

Besorgt geht Explorer 8 zurück zu seinem Kollegen und informiert ihn über diese Meldungen, worauf dieser ebenfalls erschrocken reagiert. Sie verstehen nicht, weshalb sich Bill nicht an ihre Abmachung gehalten hat und erst noch einer Reporterin alles ausgeplaudert hat. *Was sollen sie Farmer Bill und Chris antworten?* Der vertrauliche Kontakt zu Farmer Bill ist offensichtlich aufgeflogen, und dies zum dümmsten Zeitpunkt. *Wie werden die Menschen darauf reagieren? Was bedeutet das für die Landung der Raumfähre? Werden sie versuchen, sie zu zerstören?* Offenbar haben die beiden Farmer nichts von einer Landung gehört, sonst hätten sie das in ihrer Meldung sicher erwähnt.

Sie verlassen den Spielraum und gehen nochmals zurück zum Kabinenbereich, um einen erneuten Kontakt zu Farmer Bill herzustellen, der aber trotz mehrmaligen Versuchen nicht gelingt. Es zeichnet sich ab, dass die Verbindung zu Bill gar nicht mehr existiert. Diejenige zu Chris dagegen ist intakt, aber er ist offenbar nicht in der Nähe des Kommunikationsapparates. Sie wollen es später wieder versuchen. Explorer 7 und 8 befürchten, dass Chris seine Ankündigung, zur Presse zu gehen, wahrmacht. Das würde bedeuten, dass die Presse den Zusammenhang ihrer Kontakte zu Bill und Chris erkennt und daraus folgert, dass die Außerirdischen eindeutig einen Plan haben, auf der Erde Fuß zu fassen. Wenn sie das nun zu einem Zeitpunkt publik macht, an dem die sechs Explorer der „Landeoperation Erde" soeben gelandet sind, werden die Menschen sicher mit Angst und Wut reagieren und sich von den Außerirdischen bedroht fühlen.

Zurück im Vergnügungsraum informieren sie Commander C3 über die neue Situation auf der Erde, von der dieser ebenso wenig wie Captain Brown erfahren hat. Es ist möglich, meint Explorer 8, dass die Menschen nun erfahren, dass noch ein zweiter Farmer mit den Außerirdischen Kontakt hatte. *(Dass Farmer Bill mittlerweile gefangen genommen und sein Übermittlungsgerät konfisziert wurde, davon wissen sie nichts).*

Diese unerfreuliche Mitteilung stimmt Commander C3 sehr besorgt. Damit hatte er nicht gerechnet, dass das unerlaubte Vorgehen der beiden Explorer bezüglich Farmer Chris zuerst von den Menschen aufgedeckt wird. *Wie soll er reagieren? Soll er den Zentralrat über die Vorgänge auf der Erde mit Farmer Bill und der Titelstory informieren?* Dann müsste er auch erläutern, wie der Kontakt zu Farmer Bill überhaupt zustande kam, ein Kontakt, der ja mit dem Zentralrat nicht abgesprochen wurde. Das könnte für ihn zu einem Problem werden. *Sollte er alles offen deklarieren und den Zentralrat auch über den unerlaubten Kontakt der beiden Explorer zu Farmer Chris informieren, den er bisher allen gegenüber verheimlicht hatte? Soll er auch erwähnen, dass er die beiden Explorer 7 und 8 über spezifische Details zur Entstehungsgeschichte der Explorer informiert hat, so auch über die missglückte Landung der „Mission Lorenz" und die Operationen? Das sind ja Informationen, die hochgeheim sind!*

Commander C3 ist unsicher, wie er in dieser schwierigen Situation vorgehen soll. Er könnte auch zuerst Captain Brown und die Leitung über die Vorgänge mit Farmer Bill auf der Erde informieren. Schließlich entscheidet er sich für folgendes Vorgehen und wendet sich an die beiden Explorer: „Ich rate euch beiden, selbst zu Captain Brown zu gehen und ihm mitzuteilen, dass ihr einen heimlichen Kontakt zu Farmer Chris aufgenommen hattet. Dies habt ihr getan, weil es die einzige Möglichkeit war, um die Sprache der Menschen zu erlernen und später mit ihnen in Kontakt treten zu können. Dann teilt ihm auch mit, was ihr soeben von Farmer Bill erfahren habt, also die Geschichte mit der Titelstory, und fragt ihn, wie ihr weiter vorgehen sollt. Damit habt ihr die Sache offen deklariert. Es zu verschweigen wäre nicht gut und könnte der ‚Mission Erde' schaden." Die beiden Explorer nehmen dies, deutlich zerknirscht, zur Kenntnis und ziehen sich zurück. Sie wollen jedoch nicht zu Captain Brown gehen und ihm alles offenlegen.

41

Folgen der Landung auf der Erde

Auf der Erde wurde die Landung von mehreren Menschen beobachtet, die sogleich ihre Freunde und Bekannten über das kuriose Ereignis informierten, und es dauerte nicht lange, bis sich mehr und mehr Leute in Richtung Landeplatz aufmachten. Vor Ort bildete sich auch eine Gruppe von Menschen, ganz in weißen Kleidern und mit Blumen geschmückt, die tanzend einen alten Mann ebenfalls in Weiß umkreisten. Es sind Menschen, die bei religiösen Zeremonien in Erscheinung treten und jemanden begrüßen und segnen, den sie besonders verehren. Sie wollten die Ankunft der Außerirdischen in diesem komischen Flugobjekt, das einer Rakete ähnelte, als besonderes Zeichen Gottes feiern. Sie sind die ersten, denen sich Gott mithilfe der Außerirdischen offenbart.

Kurz darauf fand sich die Presse ein und es entstanden die ersten Aufnahmen des gelandeten Flugobjekts und der vielen schaulustigen Menschen, der mit Blumen geschmückten, tanzenden Menschen, schließlich auch von der Polizei, die ebenfalls auftauchte. Einige reagierten wütend, zündeten Fackeln an und stürmten auf das fremde Objekt. Bald war jedoch klar, dass sie gegen dieses riesige Objekt aus hartem Material nichts ausrichten konnten. Nun begann ein Disput darüber, ob sich im Objekt überhaupt Außerirdische befänden oder ob es unbemannt sei. Einige gaben zu bedenken, dass es Außerirdische sind, die möglicherweise in guter Absicht auf der Erde gelandet seien und man ihnen demzufolge freundlich und respektvoll begegnen solle, vielleicht sogar mit Blumen, Gesang und Musik. Dann kam der Einwand, dass man mit den Außerirdischen höchstwahrscheinlich gar nicht kommunizieren könne, da es keine gemeinsame Sprache gebe. Hier entstand die Frage, wie Farmer Bill es zustande gebracht hatte, dass er mit den Außerirdischen kommunizieren konnte. Gemäß dem Pressebericht sei die Kommunikation zwar nicht sonderlich gut gelungen, aber doch einigermaßen passabel. Unklar war auch, wo sich Farmer Bill derzeit befindet.

Die Streitereien drohten zu eskalieren, sodass die Polizei intervenierte und militärische Unterstützung anforderte, aber die Verbindung zum Militär konnte aus unbekannten Gründen nicht hergestellt werden. Der Polizei gelang es schließlich, die beiden streitenden Lager, Gemäßigte und Radikale, auseinanderzutreiben.

Nun hatte das Militär, aufgeschreckt durch die Medienberichte über die Landung, sofort Aufklärungs- und Kampftruppen mobilisiert. Gleichzeitig erkundigte sich das Kommando bei der militärischen Luftraumüberwachung, ob ein fremdes Objekt auf seinem Weg zur Erde beobachtet worden sei. Der Leiter der Luftüberwachung gab jedoch negativen Bescheid; man wisse weder von einer Landung noch von einem Aufprall. Allerdings wurde im Raum über der Erde von der militärischen Raumstation „Obsan III" ein auffälliges Objekt erkannt, das zurzeit genauer beobachtet werde.

Als der Kommandant der militärischen Aufklärungs- und Kampftruppen beim gelandeten Objekt eintraf, war er in doppeltem Sinne sehr erstaunt: Er hatte noch nie ein derart eigenartiges und großes Objekt gesehen und zweitens eine so beachtlich große Menge von Menschen, die sich kurze Zeit nach der Landung eingefunden hatten. Die anwesende Polizei informierte ihn über die heftigen Streitereien und den Versuch, die

Streitparteien auseinanderzuhalten. Der Kommandant lobte das Vorgehen der Polizei und erklärte, dass das Kommando ab sofort beim Militär liege. Sodann meldete er dem Oberkommando die aktuelle Situation vor Ort, die zurzeit unter Kontrolle sei, und dass bisher keine Besatzungsmitglieder und keine Außerirdischen gesichtet wurden. Er bat um weitere Instruktionen.

Der Oberkommandierende war perplex zu hören, dass offenbar ein Objekt auf der Erde gelandet ist und die militärische Luftüberwachung und der Geheimdienst das überhaupt nicht registriert hatten. Es war ihm bewusst, dass dieses Versagen ein schlechtes Licht auf die militärische Führung wirft und er befürchtete deshalb Konsequenzen. Deshalb nahm er Kontakt zur Raumstation „Obsan III" auf und befahl, das unbekannte Objekt, das Ähnlichkeiten zu einem Satelliten hat, einzufangen und anschließend Rechner und Elektronik zu analysieren. Es sei möglich, dass ein Zusammenhang zwischen diesem unbekannten Objekt und dem fremden Objekt bestehe, das auf der Erde gelandet sei.

Dem Oberkommandierenden wurde, nachdem er dies alles vernommen hatte, plötzlich klar, dass das Militär wie auch die Führungsspitze des Landes überhaupt nicht vorbereitet sind auf solche Situationen wie einer Landung von Außerirdischen. *Wie soll man sinnvollerweise vorgehen? Falls sich im gelandeten Objekt tatsächlich Außerirdische befinden, wie soll man ihnen begegnen? Wer sollte Kontakt mit ihnen aufnehmen? Das Militär? Der Gouverneur? Männer? Oder besser Frauen, oder gar Frauen zusammen mit Kindern?*

Nach einiger Zeit meldete sich die Raumstation „Obsan III" beim Oberkommando und teilte mit, dass sie im beschlagnahmten Objekt, das wie ein Satellit aussehe, einen Rechner gefunden hätten, der offenbar in ständigem Kontakt zu einem anderen unbekannten Objekt stehe. Der Inhalt der Kontakte sei nicht zu ermitteln, aber der Kontakt basiere physikalisch auf einem Frequenzbereich, der den Menschen bekannt ist und von ihnen auch gestört werden kann. Das Oberkommando nahm diese Informationen entgegen und bat, noch die genauen technischen Angaben dazu zu senden.

Als der Oberkommandierende diese technischen Angaben, insbesondere den relevanten Frequenzbereich erhalten hatte, kontaktierte er den Kommandanten vor Ort und befahl ihm, mithilfe von Störsendern, die auf diesen Frequenzbereich ausgerichtet werden, das gelandete Objekt zu bestrahlen respektive zu stören. Dies, weil er vermutete, dass damit möglicherweise die Verbindung der gelandeten Außerirdischen mit der weit entfernten Zentrale gestört oder sogar unterbrochen werde. Dann würden sich die Außerirdischen, sofern es solche gibt, ergeben und das gelandete Objekt verlassen. Es war ihm aber bewusst, dass damit neue Probleme entstehen.

Der Oberkommandierende versammelte sodann die Führungsspitze. Zuerst drückte er seine Verärgerung aus, dass das Militär erst durch Presseberichte auf die Landung aufmerksam gemacht wurde. Nun gehe es aber um das weitere Vorgehen mit dem gelandeten Objekt. Einige der Führungsspitze befanden, man solle das Objekt, das unerlaubt gelandet sei, zerstören. Andere votierten dafür, dass zunächst weitere Informationen eingeholt werden sollen, bevor ein Entscheid gefällt werde. Solange keine offensichtlich gefährlichen Aktionen von den gelandeten Außerirdischen festgestellt werden, solle mit einer Gefangennahme oder einer Vernichtung zugewartet werden. Präventiv solle aber die Armee mit besonderen Abwehrwaffen in einiger Distanz vom Landeplatz und in sicherer Deckung in Stellung gehen.

Rund um das Gebiet der gelandeten Raumfähre hatten sich inzwischen noch mehr Menschen eingefunden, die von der Landung Wind bekommen und sich auf den Weg dorthin gemacht hatten. Mittlerweile waren die Straßen und Wege blockiert und dadurch wurde der Polizei das Durchkommen stark erschwert. Einige Schaulustige hatten ihre Zelte aufgeschlagen und machten sich bereit für eine längere Beobachtungszeit. Kleine Gruppierungen saßen im Kreis, beteten und sangen mit erhobenen Armen. Einzelne Bewohner dieser Gegend dagegen verließen den Ort und fuhren in der Gegenrichtung davon, vermutlich hatten sie Angst.

Nun sind Militärs mit Helikoptern in der Nähe der Raumfähre gelandet, zeitgleich mit mehreren Panzerfahrzeugen. Ein Helikopter war ständig in der Luft und Jagdflugzeuge überflogen den Ort in großer Höhe. Der Störsender wurde in Betrieb genommen. Er sollte die Kommunikation der gelandeten Raumfähre zu ihrer Basisstation zu unterbinden und es machte den Anschein, als ob dies gelungen wäre. Unglücklicherweise störte der Störsender aber auch die Kommunikation der Menschen, die sich in diesem Gebiet befanden.

Was der militärischen Raumüberwachung nicht gelungen war, ist die Beobachtung des Anflugs der Raumfähre und deren Landung auf der Erde, und das trotz der angeblichen Beobachtung des Luftraums rund um die Uhr. Dieser grobe Fehler ärgerte die militärische Raumüberwachung, die nun politische Debatten befürchtet.

Der Geheimdienst des Landes war nach dem Erscheinen der Pressemitteilungen auf der Suche nach Farmer Bill, der abgeführt worden war, wohin, blieb jedoch unklar. Auch das Kommunikationsgerät war unauffindbar. Farmer Bill wird dringend benötigt, um mit dem Kommunikationsgerät die Verbindung zu den Explorern herzustellen. Die Reporterin wurde ausgiebig befragt, in der Hoffnung, irgendwelche weitere nützlichen Informationen über Bill zu erhalten. Der Geheimdienst suchte sie auf und beschuldigte sie, dass sie die Titelstory veröffentlicht habe, ohne vorher die Polizei oder den Gouverneur informiert zu haben. Damit habe sie bei Verwaltung, Polizei und Militär große Probleme ausgelöst. Sodann wurde sie über ihren Besuch bei Farmer Chris und seiner Frau Betty ausgefragt. Der Geheimdienst wollte anschließend mit ihr zusammen die beiden aufsuchen und nochmals eingehend befragen. Es wurde vermutet, sie hätten etwas verschwiegen.

Chris, der über die Medien von der Landung erfahren hatte, befand sich in einem Loyalitätskonflikt zwischen den beiden Außerirdischen Sandro und Pietro einerseits und seinem Land und dem Gouverneur andererseits. Er möchte beiden seine Treue und Verlässlichkeit bekunden, aber das war nun schwierig geworden. Seine Frau Betty vertrat die Meinung, dass er zur Polizei gehen und alles offenlegen solle, so auch seine Lüge, wonach er mit den Außerirdischen nie Kontakt gehabt habe. Er sei seinem Land mehr verpflichtet als den Explorern. Chris wollte das jedoch nicht, weil er seine Gefangennahme befürchtete, und es entstand ein heftiger Streit zwischen den beiden.

In der gelandeten Raumfähre waren die Explorer äußerst nervös, was sonst nicht ihre Art ist. Der Kontakt zur Basis auf dem Mond schien gestört zu sein. Dadurch konnten sie kaum mehr Anweisungen zum weiteren Vorgehen erhalten. Glücklicherweise war es noch möglich gewesen, Captain Brown zu informieren, dass sie die Energiereserven bis über die Hälfte aufgebraucht hatten. Beim Landeanflug auf die Erde sei ihre Geschwindigkeit immer mehr angestiegen, sodass sie die Bremsung übermäßig stark einleiten mussten und sich dadurch die Energiereserven massiv verminderten. Es sei unklar, ob sie den Rückflug antreten können und bitten um Anweisungen. Auch wollten sie wissen, ob sie die Landetüre der Raumfähre öffnen und aussteigen sollen.

Vergeblich warteten sie auf Antworten. Nun überlegten sie, ob sie die kleine Luke öffnen wollen, von der aus jedoch kein Ausstieg zum Boden möglich ist. In Anbetracht der vielen Menschen rund um die Raumfähre fanden sie es keine gute Idee, die große Landetüre unten zu öffnen. Ein Explorer schlug vor, den mitgebrachten kleineren Bildschirm vor der Luke zu montieren und darauf die vorbereitete Botschaft erscheinen zu lassen. Sie hatten ja geplant, den großen Bildschirm nach der Landung vor der Raumfähre zu platzieren, also sehr nahe bei den Menschen. Das war nun aber nicht möglich.

Diese Idee des Kollegen fand Zustimmung und der kleine Bildschirm konnte auch tatsächlich mit etwas Improvisation montiert werden. Sodann schrieben sie folgenden Text: „Hello, we are your friends. Can we meet you? If this is o. k., show it with your hands in the air." Dabei entfaltete ein Explorer die vorbereitete Nationalflagge, streckte sie aus der Luke hinaus und schwenkte sie hin und her, ohne dass er dabei erkannt wurde. Damit sollte die friedliche Absicht signalisiert werden.

Nun war die Besatzung auf die Reaktion der Menschen gespannt. Tatsächlich gab es nicht wenige Menschen, die ihre Arme und Hände in die Luft streckten und winkten. Das war ein gutes Zeichen, befanden alle der Besatzung. Unter den versammelten Menschen gab es aber einige, die offensichtlich wütend waren und Menschen, die ihre Arme erhoben, angriffen und vereinzelt auch niederschlugen. Nun zog plötzlich ein Mann seine Pistole und schoss mehrmals in Richtung des Bildschirms, der auch getroffen wurde, sodass die Schrift erlosch. Die Explorer erschraken, zogen sich zurück und verschlossen die Luke. *Wie weiter?* Sie hatten noch einen zweiten Bildschirm in Reserve, aber wenn dieser auch in die Brüche ginge, könnten sie mit den Menschen nicht mehr kommunizieren. Völlig ratlos betätigten sie das Nothilfesignal, ein starkes Lichtsignal, das aus kurzen und langen Lichtimpulsen besteht, worin eine Botschaft verschlüsselt ist. Die Besatzung hatte sich ganz zurückgezogen und wartete auf eine Rückmeldung von Captain Brown, in der Hoffnung, dass die Mondbasis oder ein digitaler Assistent diese Notzeichen erkennen.

Die Menschen realisierten diese Lichtsignale und einige entfernten sich ängstlich und in Eile. Der Mann mit der Pistole wurde von den umstehenden Männern und Frauen überwältigt und das Militär, das nun zunehmend die Kontrolle übernommen hatte, führte ihn ab.

Inzwischen waren mehrere Lastwagen eingetroffen und Arbeiter luden Balken, Wände, Deckenelemente und Fenster aus. Die Menschen in der Nähe erkundigten sich bei den Arbeitern, was sie denn mit all diesen Materialien tun wollten. Sie erfuhren, dass das Gesundheitsdepartement eine Aufnahmestation errichten will, in der die Außerirdischen zur Quarantäne und Untersuchung aufgenommen werden. Es handle sich um eine besonders gut abgedichtete Isolierstation, deshalb sei der Aufwand auch so groß. Der Auftrag dazu hätte der Gouverneur des Landes vor kurzem erteilt.

Als sich das herumgesprochen hatte, formierte sich eine Gruppe von Männern und Frauen, die die Arbeiter mit Eisenstangen am Erstellen der Aufnahmestation hindern wollten, mit der Begründung, sie duldeten keine solche Isolierstation in ihrer unmittelbaren Nähe. Die Arbeiter zogen sich zurück; sie waren in der Minderzahl. Eine Frau geriet in Panik.

Die Reporterin erstellte über die aktuelle Situation eine neue Titelstory, was dazu führte, dass vor Ort noch mehr Schaulustige eintrafen. In ihrem Artikel äußerte sie sich über die Fähigkeiten der Außerirdischen, soweit dies mit den wenigen Informationen überhaupt möglich sei. Sie glaube, dass die Außerirdischen die Sprache der Menschen bruchstückhaft beherrschen und sich mit ihnen verständigen wollen. Das ergebe sich nicht nur aus dem Bericht von Farmer Bill, sondern auch aus dem Text auf dem Bildschirm, den die Gelandeten bei der Luke montiert hatten, und auf dem folgender Text erschienen war: „Hello, we are your friends. Can we meet you?" Leider wurde dann der Bildschirm angeschossen. Man müsse sich deshalb überlegen, so die Reporterin, wie eine schriftliche Kommunikation mit ihnen in die Wege geleitet werden könne.

Vor der gelandeten Raumstation herrschte immer noch große Unruhe. Die Polizei war nicht in der Lage, den Tumult der Menschen zu unterbinden, die wütend und in der Überzahl waren. Eine Polizistin half der in Panik geratenen Frau und beruhigte sie. Schließlich schaltete die Polizei die Nationalgarde ein.

42

Gerät alles außer Kontrolle?

Auf der Raumstation ist die Mehrzahl der Explorer immer noch eifrig mit den Spielen beschäftigt, als Captain Brown realisiert, dass der Kontakt zur gelandeten Raumfähre zurzeit nicht möglich ist und die Verbindung zum digitalen Assistenten der ES-Geo, der über dem Landeplatz stationiert wurde, unterbrochen ist. Damit hat er aktuell keine Verbindung mehr zur Raumstation. Vielleicht wäre eine Kontaktaufnahme mit der Hilfe von Farmer Bill möglich.

Auch bei den beiden Explorern 7 und 8 entsteht zunehmend Unruhe. Sie erfahren von Farmer Chris, dass eine Raumfähre auf der Erde gelandet sei und es anschließend große Menschenansammlungen mit Tumulten gegeben habe. Nun seien Polizei und Militär vor Ort. Aus der Raumfähre seien eine Flagge und ein Bildschirm ausgefahren worden, auf dem eine Botschaft an die Menschen erkenntlich war. Dann habe ein Mann auf den Bildschirm geschossen, der sogleich zerbrach. Der Polizei gelang es nicht, die Menge zu beruhigen. Das alles habe Chris aus den Medien erfahren, er frage sich, was das alles zu bedeuten habe und bitte um eine Rückmeldung.

Die Explorer 7 und 8 wissen von der erfolgreichen Landung ihrer Raumfähre, aber was seither geschah, ist offenbar außer ihnen beiden niemandem auf der Mondbasis bekannt. *Sollen sie Captain Brown über die neuen Informationen von Farmer Chris ins Bild setzen?* Aber dann erkundigt er sich, wer Farmer Chris sei, was bedeuten würde, dass sie ihren verdeckten und verbotenen Kontakt zu diesem offenlegen müssten, und das mit ungeahnten Konsequenzen. Sie beschließen, die Nachricht von Farmer Chris nun Commander C3 mitzuteilen.

Letzterer ist erschrocken über die neue Situation auf der Erde. Das ist alles andere als eine geglückte Landung. Er weiß nicht, wie er darauf reagieren soll. Commander C3 und die beiden Explorer trennen sich wieder und begeben sich unter die Spieler.

Explorer 7 wendet sich an seinen Kollegen und fragt: „Wäre es möglich, dass Commander C3 all sein Wissen um unsere unerlaubte Tätigkeit mit Farmer Chris der Leitung offenlegt? Das wäre das Ende unserer Tätigkeit bei der ‚Mission Erde'. Wäre es denkbar, dass er die Leitung auch darüber informiert, dass er uns beide über die Entstehungsgeschichte der Explorer, über die Operationen und die Implantate aufgeklärt hat und wir Kenntnis streng geheimer Vorkommnisse besitzen?" – Die beiden Explorer sind sehr verunsichert. Noch mehr beschäftigt sie der Rat von

Commander C3, selbst zur Leitung zu gehen und ihren verborgenen Kontakt zu Farmer Chris offenzulegen. Das kann für sie schlimme Konsequenzen haben, sie mögen gar nicht daran denken. Beide sind bedrückt und Explorer 7 bemerkt: „Ist das jetzt eine Situation, bei der wir das Gefühl ‚Angst‘ erleben, so wie es Farmer Chris und Betty geschildert haben?" Sein Kollege nickt.

Captain Brown befindet sich im Vergnügungsraum und verfolgt das Spielgeschehen. Nun informiert ihn sein Assistent, dass von der Besatzung der „Landeoperation Erde" eine wichtige Meldung eingetroffen sei. Die beiden begeben sich in den Konferenzraum.

Captain Brown vernimmt besorgt, dass es bei der Landung Schwierigkeiten gegeben habe. Die Raumfähre sei mit zu hoher, ständig ansteigender Beschleunigung auf die Erde zugeflogen, sodass ein massives Bremsmanöver eingeleitet werden musste, das nicht eingeplante Energiereserven verbrauchte. Captain Brown überlegt, was der Grund für diese Beschleunigung sein könnte, und vermutet, dass bei der Planung der Landung die Erdanziehungskraft völlig unterschätzt wurde, die offenbar stärker ist als die Gravitation auf dem Mond. Nun fehlt vermutlich die Energie, um beim Rückflug die Erdanziehungskraft zu überwinden. Die Besatzung weiß darüber kaum Bescheid und realisiert vermutlich nicht, dass sie ohne ein Aufladen der Energiereserven gar nicht mehr von der Erde loskommen, da beim Rückflug diese starke Gravitation überwunden werden muss.

Was Captain Brown aber noch mehr besorgt, ist die Meldung von der Besatzung, dass die Landung von den Menschen entdeckt wurde und sich viele von ihnen rund um die Raumfähre versammelt haben. Auch sei die Raumfähre beschossen worden. In der Ferne hätten sie eigenartig bemalte Fahrzeuge erkannt und oft werden sie von Flugobjekten mit großer Geschwindigkeit überflogen. Man habe Antennen in der Nähe der Raumstation aufgestellt. Es wäre möglich, dass dies Störsender seien. Die Explorer der gelandeten Raumfähre erkundigten sich, wie sie sich verhalten sollen und ob eine notfallmäßige Rettung mit Rücktransport der Besatzung oder der gesamten Raumfähre zur Basis eingeleitet werden könne. Die Besatzung habe sich ja auf die Begrüßung und den Austausch mit den Menschen vorbereitet und auch ein Kommunikationsgerät mit einem Übersetzungsprogramm und natürlich auch die Flagge mitgenommen. Aber all das sei jetzt wohl kaum realisierbar.

Anschließend stellt Captain Brown fest, dass der Kontakt zur Raumfähre abgebrochen oder unterbrochen wurde. Er entschließt sich, sofort ein Meeting mit der Leitung abzuhalten und beauftragt seinen Assistenten, alle Mitglieder der Leitung sowie Commander C3 aufzusuchen und unauffällig in den Konferenzsaal zu begleiten. Von den wichtigen Ereignissen auf der Erde mit den Farmern Chris und Bill sowie der Titelstory hat bis anhin, außer den beiden Explorern und Commander C3, niemand etwas erfahren.

Captain Brown erörtert zu Beginn des Meetings die neue Situation von der gelandeten Raumfähre und das Aufsehen, das sich bei den Menschen ergeben hat, ebenso, dass die Raumfähre beschossen worden sei. Dies habe ihm die Besatzung vor kurzem mitgeteilt. Anschließend sei der Kontakt abgebrochen. Nun sei ihm auch bewusst geworden, dass ein eigentlicher Notfallplan für eine solche Situation nicht besprochen worden war, da eine Landung weitab der großen Zentren auf dem Lande eingeplant war. Damit wollte man eine direkte Kontaktaufnahme mit den Menschen verhindern. Sollte die Raumfähre nicht wieder von der Erde abheben können, müsse eine Rettung eingeleitet werden. Dazu könnte die Raumstation eingesetzt werden, mit der die beiden Gerätespezialisten kürzlich auf dem Mond gelandet sind. Wie die Rettung aber vor Ort aussehen könnte, ist ihm unklar. Vielleicht könnten ein digitaler Assistent und eine Drohne eingesetzt werden, um die Besatzung umzulagern.

Nun hat ein Mitglied der Leitung einen Lösungsvorschlag. Die gelandete Raumfähre soll wieder starten und sogleich danach in eine Umlaufbahn um die Erde einschwenken, auf der Höhe der Satelliten. Soviel Energie sollte vermutlich noch vorhanden sein. Dort wird sie von einer unserer Raumstationen, die jetzt auf dem Mond stationiert ist, mit genügend Energie versorgt, sodass der Rückflug auf die Mondbasis eingeleitet werden kann. Captain Brown bedankt sich für diese Idee, er werde sie gerne näher prüfen. Er hat allerdings Zweifel, ob dazu überhaupt noch genügend Energie vorhanden sei.

Die etwas erstarrt wirkende Leitung diskutiert nun über mögliche Szenarien zum weiteren Vorgehen. Dazu scheint es hilfreich zu sein, wenn die beiden Explorer 7 und 8 auch anwesend sind, da sie Kontakt zu Farmer Bill haben. Vielleicht kann man über diesen Weg in Erfahrung bringen, ob er etwas über die Landung und die Reaktion der Menschen weiß und ob er einen Vorschlag hat, wie man das Beste aus der Situation machen könnte. Der Leitung ist bewusst, dass die beiden Explorer die einzigen sind, die mit Farmer Bill Kontakt hatten und die Sprache der Menschen einigermaßen beherrschen, also über wichtige Anliegen kommunizieren und das auch übersetzen können. Man benötige die beiden deshalb dringend. *(Die Leitung weiß nicht, dass der Kontakt zu Farmer Bill abgebrochen ist).*

Captain Brown realisiert zunehmend, dass einiges schiefgelaufen ist. Die Erkundungsstation ES-Geo, die die Erde ständig im Auge hat und besondere Ereignisse registriert, hat ihren digitalen Assistenten wie beauftragt im Raum relativ nahe bei der Erde stationiert, wo sich viele Objekte befinden und die Erde umkreisen *(Satelliten)*. Nun lässt er sich mitten im laufenden Meeting mit den drei Explorern der ES-Geo verbinden und kann einen davon auch erreichen. Er will wissen, ob der digitale Assistent auf der Erde besondere Ereignisse registriert habe, und zwar in der Region, wo Farmer Bill wohnt. Explorer 2 gibt Auskunft und berichtet, dass der Kontakt zum digitalen Assistenten seit kurzem überhaupt nicht mehr möglich sei. Auch habe man ihn erstaunlicherweise nicht mehr gesehen. Explorer 2 sei erschrocken und habe die Kollegen der anderen Erkundungsstationen gebeten, ihm zu helfen, ihren digitalen Assistenten ausfindig zu machen. Niemand konnte jedoch bis jetzt den digitalen Assistenten erkennen oder orten. Es scheine, als ob er verschwunden sei. Der Grund dafür sei ihm nicht bekannt. *(Sie realisieren nicht, dass ihr digitaler Assistent gekapert wurde).*

Captain Brown wird zunehmend unruhig. Im schlimmsten Fall ist die Raumfähre samt Besatzung verloren und die Menschen bemächtigen sich der Technologie, wenn sie die Raumfähre in Besitz nehmen und analysieren. Vielleicht gelingt es ihnen sogar, ins Netz der Explorer einzudringen. Aber er kann doch nicht die Explorer in dieser Situation im Stich lassen! Er ist ratlos.

Der anwesende Commander C3 fühlt sich zunehmend unter Druck. Er erinnert sich noch an die vor langer Zeit missglückte Landung der „Mission Lorenz" und deren fatale Folgen. Nun befürchtet er, dass es bei der „Mission Erde" ebenfalls schieflaufen könnte. Da sich die beiden Explorer 7 und 8 offenbar nicht bei Captain Brown gemeldet und ihn über den verbotenen Kontakt zu Farmer Chris informiert hatten, und auch nicht darüber, dass die Menschen auf der Erde via Presse Kenntnis von diesen Kontakten erhalten haben, fühlt er sich mehr und mehr verpflichtet, Captain Brown darüber zu informieren. Hinzu kommt, dass die Besatzung der Raumfähre nach der Landung in eine bedrohliche Situation geraten ist und deshalb Transparenz gegenüber Captain Brown dringend geboten ist. Es besteht somit nebst der verbotenen Kommunikation zwischen den beiden Explorern und Chris ein zweiter Konfliktherd, nämlich derjenige, der sich aus der unangekündigten und für die Menschen völlig überraschenden Landung der Raumfähre ergeben hat, die nun in Gefahr ist.

Nicht zum ersten Mal steht Commander C3 vor der Frage: Soll er der Leitung alles erzählen? Eine innere Stimme sagt ihm, dass er dazu verpflichtet ist. So entschließt er sich schließlich, die Leitung über die geheimen Kontakte zu Farmer Chris zu informieren, aber ohne die geheime und äußerst heikle „Geschichte der Explorer" mit den Operationen auf der Transformationsstation und der missglückten Landung der „Mission Lorenz" zu erwähnen, über die er mit den beiden Explorern gesprochen hatte.

Die Leitung ist aufgebracht, als sie das vernimmt, und rügt Commander C3, weil er erst jetzt darüber berichtet. Captain Brown wirkt sehr verärgert und deklariert, dass das für ihn und die beiden Explorer Konsequenzen haben werde. Ferner wolle er von den beiden Explorer alle Details erfahren. Sie sollen sich deshalb sofort melden und darüber Auskunft erteilen. Über die Sanktionen werde man zu einem späteren Zeitpunkt befinden. Commander C3 wird aufgefordert, die beiden sofort und unauffällig herzubringen.

Das Meeting wird unterbrochen und Captain Brown geht eilends in den Kommandoraum, begleitet von seinem Assistenten. Es scheint, als ob er sich mit dem zentralen Kontrollorgan verbindet und dort Manipulationen vornimmt, was dem Assistenten etwas ungewohnt vorkommt. Es sind Manipulationen in der zentralen Steuerung eines Kollegen, die Captain Brown vornimmt. Wen es aber betrifft, kann er nicht erkennen.

Nun trifft die Meldung ein, dass der Kontakt zur gelandeten Raumfähre nicht mehr hergestellt werden konnte. Dies sowie das verdeckte Vorgehen der Explorer 7 und 8, ferner die neue Situation mit den Farmern Chris und Bill beziehungsweise was sich daraus ergeben hat, ist für Captain Brown sehr besorgniserregend, und er ist ungehalten. Er hätte sich nie für eine Landung starkgemacht, wenn er das gewusst hätte.

Inzwischen hat sich auf der Erde wieder einiges ergeben, aber die Explorer – immer noch im Vergnügungsraum – wissen noch nichts über die jüngsten Ereignisse. Die beiden Explorer realisieren, dass die Verbindung zu Farmer Bill gänzlich verstummt ist. Aber Farmer Chris versuchte erneut, sie zu erreichen. Es gebe überall Probleme, besonders auch mit der gelandeten Raumfähre, meldet er. Vermutlich wisse das Militär nicht, wie es bezüglich der Raumfähre vorgehen solle. Farmer Chris bittet dringend um eine Rückmeldung.

Die beiden Explorer gehen wieder in den Vergnügungsraum zurück und schauen den Kollegen beim Spielen zu, sind aber in Gedanken an einem ganz anderen Ort. Sie haben nicht bemerkt, dass sich einige von der Leitung entfernt haben, und wissen nichts von einem Treffen der Leitung. Die beiden Explorer kommen überhaupt nicht in Feststimmung, obwohl sie sich früher gerne bei solchen Spielanlässen vergnügt hatten und sie soeben ausgezeichnet wurden.

Commander C3 findet die beiden Explorer 7 und 8 im Vergnügungsraum und fordert sie auf, ihm in den Konferenzraum zu folgen. Er hat ihnen eröffnet, dass er die Leitung über ihren verbotenen Kontakt zu Farmer Chris informiert und man ihn sehr gerügt habe, weil er das erst jetzt gemeldet habe. Besonders Captain Brown betonte, dies werde Konsequenzen für ihn und sie beide haben. Die Leitung wolle nun von den beiden genau erfahren, was Chris und Bill von der „Mission Erde" wissen und worüber sie Auskunft erhalten hätten. Deshalb, so fährt Commander C3 fort, bitte er sie, ihm zu folgen. Er bemerkt noch, dass er die geheime und äußerst heikle „Geschichte der Explorer" über die Transformationsstation und die Operationen, worüber er sie informiert habe, mit keinem Wort erwähnt habe.

Explorer 7 und 8 bereiten sich innerlich auf die Sanktionen gegen sie vor. Ziemlich sicher werden sie in Verbannung geschickt. Sie werden die Menschen wohl nie verstehen und nie erfahren, wie kleine Menschen entstehen, was Liebe ist und was sonst noch Frauen und Männer verbindet. Sie erahnen aber auch, dass Explorer die Menschen nie richtig verstehen können, weil bei ihnen im Gegensatz zu den Menschen der ganze Bereich der Gefühle weitgehend fehlt und kein Bezug zur eigenen Geschichte besteht. Das bedeutet, dass sie eher eine niedrige Form von Bewusstsein haben und den Menschen in vieler Hinsicht unterlegen sind.

Sie sehen sich in die Augen und verspüren beide so etwas wie ein Gefühl der tiefen Trauer, aber auch der Nähe zueinander. Nun nimmt Explorer 8 die Hand seines Kollegen und sie schreiten gemeinsam in Richtung Konferenzraum. Diese Verbundenheit tut gut und ihr Händedruck verstärkt sich. Explorer 7 fühlt sich aber etwas geniert. Ob das wohl die Kollegen gesehen haben, dass sie sich die Hände geben? „Ja, wenn auch", geht es ihm durch den Kopf, „sie sollen es nur sehen." Sie sollen sehen, dass etwas von einem Mann in ihm steckt und bei Explorer 8 etwas von einer Frau. *Sie sollen uns endlich so annehmen wie wir sind, eben etwas anders als sie.* Er verspürt plötzlich etwas Rebellisches, er möchte sie provozieren und ihnen zeigen, dass sie keine Ahnung haben, was sich auf der Marsbasis ereignet hat und bei ihnen beiden die Operation anders verlaufen ist, als bei den übrigen Explorern, und sie deswegen anders sind.

Nun wird ihm plötzlich auch klar, dass er durch sein Wissen über die Geschichte der Titaner und die Vorgänge auf der Transformationsstation ein gewisses Machtpotenzial in den Händen hat, das er einsetzen könnte, wenn er von der Leitung bestraft und vielleicht weggesperrt wird. Es wird ihm bewusst, dass er einen Trumpf in den Händen hält. Das stimmt ihn etwas zuversichtlicher und er verstärkt den Händedruck zu Explorer 8. – Zusammen mit Commander C3 begeben sie sich in Richtung Konferenzraum. Sie rechnen mit dem Schlimmsten und sind dementsprechend geknickt.

Auf dem Weg dahin nimmt Explorer 7 seinen Kollegen zur Seite und spricht leise: „Vielleicht bleibt uns eine letzte Chance. Wenn die Verbindung zur gelandeten Raumfähre nicht mehr funktioniert, die Kollegen von der Erde nicht mehr wegfliegen können und die schaulustigen Menschen rund um die Raumfähre unruhig werden, wäre Farmer Chris ja die rettende Person, zu der wir eine Verbindung haben. Wir würden Chris bitten, sich zur Raumfähre zu begeben und den Kommunikationsapparat mitzunehmen. Vor Ort könnte er mit dem anwesenden Militär oder den Behörden Kontakt aufnehmen und ihnen eröffnen, dass er genauso wie Farmer Bill mit den Explorern Kontakt hat und ebenfalls einen Kommunikationsapparat besitzt, den er mitgebracht habe. Sodann könnte man versuchen, einen Gesprächskontakt zwischen dem dortigen Militär und Captain Brown mittels Vermittlung von Chris und uns beiden herzustellen, und die Raumfähre würde natürlich auch einbezogen. Dabei verwenden wir den Kommunikationsapparat und erstellen die Übersetzung. Captain Brown wäre sicher sehr froh um diese Vermittlung, aber er wäre dabei auf unsere Hilfe als Übersetzer angewiesen. Er könnte die vor Ort versammelten Menschen beruhigen und erwirken, dass die Belegschaft der ‚Landeoperation Erde' in Ruhe gelassen wird und vielleicht sogar den Boden betreten darf, sodass ein richtiges Treffen zustande kommt. Wenn das gelingt, wird Captain Brown uns wohl kaum in die Verbannung abschieben. Er braucht uns dann."

Explorer 8 nickt freudig zustimmend, aber gibt zu bedenken: „Wieso sollte Farmer Chris sich mit dem Militär vor Ort in Verbindung setzen? Er muss ja befürchten, dass er sofort abgeführt wird, weil er damals bei der Einvernahme durch sie jeglichen Kontakt zu uns verneint und gelogen hatte."

Dazu Explorer 7: „Wenn er erkennt, wie wichtig seine Vermittlungsarbeit in diesem speziellen Fall ist und wie wichtig es für die Menschen vor Ort sein kann, eine friedliche Lösung zu finden, dann tut er dies vielleicht. Wir könnten ihm raten, sich zuerst mit dem Gouverneur in Verbindung zu setzen und ihn für dieses Vorgehen zu gewinnen, und erst dann gemeinsam zur Polizei oder zum Militär zu gehen."

„Das finde ich eine gute Idee. Soll ich dies Farmer Chris vorschlagen? Die Verbindung funktioniert ja offensichtlich noch?", erkundigt sich Explorer 8. Sein Kollege nickt zustimmend. „Aber prüfe vorerst, ob eine Verbindung zu Chris überhaupt möglich ist. Dann gehen wir anschließend mit der Idee zu Captain Brown. Erst wenn er diesem Vorgehen zustimmt, bitten wir Chris um seine Unterstützung."

Nun wendet sich Explorer 8 an Commander C3 und bittet ihn und seinen Kollegen, einen Moment zu warten, er müsse noch etwas in seiner Kabine holen, das für das Treffen mit der Leitung wichtig sei. Commander C3 setzt sich auf einen Stuhl, er wirkt müde und krank. Explorer 7 erkundigt sich, inwiefern er sich nicht wohlfühle. Dieser bemerkt, dass er sich nicht mehr gut erinnern und orientieren könne, er wisse nicht, wo er sich jetzt befinde und was vor kurzem vorgefallen sei. Explorer 8 fragt, seit wann er diese Erinnerungslücken habe. Commander C3 bemerkt, dass er das erst jetzt gerade festgestellt habe. Er erinnere sich nicht mehr an den Namen des Captains und wisse nicht, weshalb er hier sitze. Explorer 7 bemerkt, etwas fassungslos, er heiße Captain Brown und man werde ihn und die Leitung nun im Konferenzraum aufsuchen. Nun greift

C3 in seine Tasche und übergibt Explorer 8 eine kleine Schachtel. „Nehmt das an euch. In der Tasche befindet sich ein Datenträger. Darauf ist die gesamte Geschichte der Außerirdischen, soweit überhaupt bekannt, abgespeichert, auch die Sache mit der Transformationsstation, über die ich euch berichtet habe. Wenn mir etwas zustößt, habt ihr wenigstens diese Daten." Die beiden sind überrascht und bedanken sich sehr bei ihm.

Nun entfernt sich Explorer 8 wie angekündigt und geht zum Aufenthaltsraum, wo sich der Rechner befindet. Er entnimmt der Tasche den Datenträger und steckt ihn in den Rechner, worauf er sogleich erkennt, dass es sich tatsächlich um die Geschichte der Außerirdischen handelt. Sodann unternimmt er etwas, das er mit seinem Kollegen nicht abgesprochen hat und etwas gewagt ist. Er aktiviert auf seinem Rechner das von ihnen beiden erstellte Übersetzungsprogramm und übersetzt den Text auf dem Datenträger in die Sprache von Chris. Sodann sendet er den übersetzten Text an Farmer Chris, verbunden mit der Bemerkung, dass sie ihm diesen sehr vertraulichen Text, über den niemand von der „Mission Erde" Bescheid wisse, als Zeichen der Verbundenheit übermitteln wollen. Es könne sein, dass ihnen beiden, Sandro und Pietro, etwas zustoßen werde. Wenn das eintreffe, könne er über diese Informationen verfügen.

Bevor er wieder zu seinem Kollegen und zu C3 zurückgeht, speichert der den Bericht von C3 auf seinem Armgerät, ebenso das Übersetzungsprogramm. Zudem löscht er die Kontakte zu Farmer Chris auf seinem Rechner. Niemand hat bemerkt, dass er das ausrangierte Armgerät an sich genommen hat, auf dem nun die ungekürzte Geschichte der Außerirdischen von Commander C3 aufgezeichnet ist. Er weiß nicht recht, wieso er das getan hat, aber er hat eine schwache Vermutung, dass der Bericht ihnen beiden vielleicht noch nützlich werden könnte.

Wieder zurück realisiert er, dass es C3 nicht besser geht, im Gegenteil. Er sitzt ermattet auf einem Stuhl und bietet einen betrüblichen Anblick. Explorer 8 erkundigt sich, ob alles in Ordnung sei. Commander C3 versucht zu sprechen, stammelt, seine Äußerungen sind jedoch völlig unverständlich. Die

beiden Explorer verstehen lediglich Worte wie „Wo sind wir?".
Commander C3 hat Orientierung und Gedächtnis verloren und
kann nicht mehr sprechen!

Die Explorer 7 und 8 winken die Raumaufsicht herbei und
diese wendet sich sogleich an die Reparaturtruppe, die für jegliche Problemsituationen zuständig ist und den desolaten Zustand von Commander C3 ebenfalls feststellt. Es wird ihm nun
beim Aufstehen geholfen und er wird ohne großes Aufsehen
weggebracht.

Die beiden Explorer sind fassungslos. Explorer 7 meint: „Mir
kommt das alles sehr verdächtig vor. Captain Brown ist sicher alles andere als erfreut, dass Commander C3 ihn nicht aufgeklärt
hatte und hinter seinem Rücken mit uns beiden eine geheime
Aktion mit Farmer Chris tätigte, und das gerade jetzt, wo es bei
der Landung Probleme gibt. Ich hatte auch immer den Eindruck,
dass Captain Brown den Commander nicht leiden mochte, weil
er ihn als Kontrollinstanz erlebt hat. Deshalb wäre es sicher hilfreich, wenn Captain Brown ihn aus dem Kommunikationsnetz
entfernt und seine virtuelle Existenz löscht. Da der Captain als
Einziger direkten Zugang zum zentralen Kontrollorgan der ‚Mission Erde' hat, wäre er in der Lage, die im System gespeicherte
Identität von Commander C3 zu löschen. Von außen gesehen erscheint dies dann, als ob der Kontakt zu Commander C3 gestört
sei, aber in Wirklichkeit ist er im System gar nicht mehr existent.
Er befindet sich zwar auf der Reparaturstation, ist aber weder an-
sprechbar noch kann er reagieren. Er ist stumm gemacht worden!"

„Das klingt schrecklich", bemerkt Explorer 8. „Aber wir müssen nun zu Captain Brown und der Leitung. Ich habe vorher versucht, den Kontakt zu Farmer Chris herzustellen, und das ist
auch gelungen. Dies bedeutet, dass Captain Brown uns beide weiterhin braucht, wenn er mittels der Verbindung zu Farmer Chris
einen Kontakt zu den Menschen vor der Raumstation herstellen will und damit das Schlimmste abgewendet werden könnte."

Explorer 7: „Was mir nicht klar ist, ob wir Captain Brown
auch über das visuelle Wörterbuch, das wir von Farmer Chris
erhalten haben, informieren sollen. Damit haben wir ja enorme

Einblicke in das Leben der Menschen erhalten, worüber nur wir Kenntnis haben. Ich bin aber der festen Meinung, dass wir ihn darüber nicht informieren und damit unser großes Wissen über die Menschen nicht preisgeben. Vielleicht wird es einmal sehr wichtig für uns sein, wenn wir dieses Wissen ausspielen können."

„Ich sehe das nicht so", antwortet sein Kollege. „Wir sollten jetzt über alles berichten, auch über das visuelle Wörterbuch. Sonst geraten wir früher oder später wieder in eine Situation, in der wir vor einer Verurteilung stehen." Die beiden sind sich nicht einig und wissen nicht, wie sie sich nun verhalten wollen.

Nun betreten sie den Konferenzraum. Captain Brown ist gerade dabei, die desolate Situation zusammenzufassen und zählt alle missglückten Situationen auf. „Die Landung unserer Raumfähre hat, wie wir nun wissen, einen schlechten Verlauf genommen. Es gab unter den Menschen einen großen Tumult, was wir ja unbedingt vermeiden wollten. Der Bildschirm wurde angeschossen, sodass wir nun die geplante Kommunikation mit den Menschen nicht mehr führen können. Unser Kontakt ist abgebrochen, ebenso die Verbindung zum digitalen Assistenten der ES-Geo, der zwecks Beobachtung der Landung in der Nähe stationiert worden war. Die gelandete Station hat zu wenig Kraftstoff für den Rückflug. Die Menschen sind aufgebracht, Militär ist in der Nähe aufgefahren, die gelandeten Kollegen sind in Gefahr und wir haben kein Rettungskonzept für eine solche Situation. Es scheint, dass die gelandete Raumfähre verloren ist, und wir müssen den Abbruch der ganzen ‚Mission Erde' in Betracht ziehen."

„Und nun vernehmen wir auch noch", er richtet sich an die soeben eingetretenen Explorer 7 und 8, „dass unter den Mitgliedern der ‚Mission Erde' ein Vertrauensbruch entstanden ist, weil Explorer 7 und 8 geheime Kontakte zu einem Farmer namens Chris aufgenommen hatten und dies von Commander C3 gedeckt wurde. Dieser Farmer Chris hat offenbar breite Kenntnisse über uns erhalten und wir wissen nicht, wie er damit umgegangen ist, inwiefern er uns bereits Schaden zugefügt hat und was er nun beabsichtigt. Deshalb erwarte ich nun von den beiden Explorern 7 und 8, dass sie uns mit absoluter Ehrlichkeit über ihr geheimes Vorgehen aufklären. Wo ist übrigens Commander C3?"

Die beiden Explorer sind sehr verunsichert und in ängstlicher Stimmung. Sie berichten kurz, was mit Commander C3 geschehen ist, und erkennen großes Staunen bei den Versammelten. Die beiden wissen nicht, was nun auf sie zukommt und welche Strafen gegen sie ausgesprochen werden. Captain Brown und die gesamte Leitung starren sie missmutig an. Ihre Hoffnung, dass sie mit einem Verweis davonkommen und eine Vermittlerfunktion übernehmen können, damit ein Weg gefunden wird, dass die gelandete Raumstation doch noch einen friedlichen Kontakt zu den Menschen aufnehmen kann, ist geschwunden. Ihr Wunsch, die Menschen besser kennenzulernen und endlich zu verstehen, wie die kleinen Menschen entstehen, rückt in weite Ferne.

Epilog

Was hat sich wohl ergeben, nachdem die Explorer den Konferenz-raum betraten und der grimmig wirkenden Leitung gegenüberstan-den? Werden sie für ihr heimtückisches Vorgehen bestraft und müs-sen mit dem Schlimmsten rechnen? Oder gibt es eine andere Lösung?

Die Antwort bleibt offen und unserer Fantasie überlassen. Zwei mögliche Varianten zum Verlauf sind im folgenden Epi-log 1 und Epilog 2 dargestellt.

Epilog 1

Die beiden Explorer 7 und 8 werden von Captain Brown und der Leitung wegen ihres Fehlverhaltens massiv kritisiert. Ab sofort werden sie von ihrem Einsatz bei der ES-Alpha abgezogen und in einen Isolationsraum gebracht. Ein Kontakt nach außen zu den Kollegen ist nicht mehr möglich. Sie haben nur noch be-schränkten Zugang zur Informationszentrale.

Captain Brown hat den Kontakt zur Raumfähre auf der Erde verloren und sucht nach Möglichkeiten, doch noch eine Ver-bindung herzustellen. Er beschäftigt sich intensiv mit der Vor-bereitung einer Rückführung der Raumfähre zur Mondbasis. Der Zentralrat schaltet sich nun dauernd ein, will von ihm al-les Mögliche wissen und erteilt ihm immer mehr Aufträge und Anordnungen, denen er kaum nachkommen kann.

Die Situation auf der Erde ist konfus. Die Mehrzahl der Men-schen, involvierten Gremien und staatlichen Stellen ist gegen den Aufenthalt der Außerirdischen auf der Erde. Viele sind ver-unsichert und haben Angst. Das Militär bereitet die Erstürmung und die anschließende Gefangennahme der Besatzung der Raumfähre vor. Dazu muss zuerst eine Quarantänestation errichtet werden, in der anschließend die Besatzung untergebracht wird. Sodann wird das Militär die Raumfähre untersuchen. Ganz besonders interessieren sie die Technik der Energieversorgung sowie die Kommunikationsgeräte, ferner Waffen und Munition.

Auf der Erde gibt es lediglich zwei kleine Gruppen, die sich für die Außerirdischen interessieren. Eine Gruppe von Wissenschaftlern und eine Religionsgemeinschaft. Die Wissenschaftler betonen, dass der Kontakt zu den Außerirdischen eine einmalige Gelegenheit darstellt, mehr über das Universum und die Extraplanetarier zu erfahren. Man könnte bei einem Austausch Dinge erfahren, für deren Erforschung die Wissenschaft hunderte von Jahren bräuchte. Bei der Glaubensgemeinschaft wurde klar deklariert, dass sie die Außerirdischen nach ihrem Glauben und ihrem Gott befragen und sie vom Glauben an Jesus Christus überzeugen wollen. Commander C3 ist nicht mehr in Erscheinung getreten.

Ein Mitglied des Zentralrats, Commander C5, unterstützt Captain Brown in seinem Bemühen, die Raumstation wieder zur Mondbasis zu bringen. Dazu ist es unabdingbar, dass die Menschen ihre Einwilligung geben und militärisch nicht eingreifen. Um das zu erreichen, ist ein minimaler Dialog zu den Menschen absolut notwendig. Seine Idee ist nun, dazu einen DERO, ein hochintelligent-denkenden Roboter einzusetzen, der auf der Marsbasis für den Einsatz auf der Erde entwickelt wurde. Dieser DERO wird auf der Erde mithilfe eines digitalen Assistenten und einer Drohne abgesetzt. Er ist kleiner als ein Mensch und nicht furchterregend. Sodann soll der DERO mit den Menschen in Kontakt treten. Dazu verwendet er eine Art Gebärdensprache, die er auf der Marsbasis eingeübt hat. Hilfreich bei der Implementierung dieser Bewegungen waren dabei die Erkenntnisse der „ES-Bewegte Objekte" und der „ES Alpha" über Bewegungs- und Interaktionsmuster der Menschen, so zum Beispiel ihre Gestik bei der Verkehrsregelung.

Captain Brown ist diesem Vorgehen von Commander C5 gegenüber positiv eingestellt. Das Problem dabei ist jedoch, dass es zu lange dauert, bis der DERO von der Marsbasis auf dem Mond landet und von dort aus eingesetzt werden kann. Nun schlägt Commander C5 vor, dass man das Programm des DERO, der noch auf dem Mars stationiert ist, bei einem Roboter der „Mission Erde" installiert und diesen anschließend zur Erde schickt. Das Programm kann von der Marsbasis übermittelt werden, was relativ schnell erfolgen kann.

Captain Brown ist skeptisch, und dies aus verschiedenen Gründen. Die Roboter, die auf der Mondbasis zur Verfügung stehen, sind ältere Modelle, bei denen das Programm des DERO gar nicht aufgerüstet werden kann. Er glaubt nicht, dass das funktionieren wird. Ferner zweifelt er an der Nützlichkeit der Gebärdensprache. Selbst wenn die Menschen die Gebärden des DERO verstehen würden, wäre es ihm kaum möglich, die Antwort der Menschen zu verstehen und, ebenfalls in Form von Gebärden, zu beantworten. Falsch interpretierte Gebärden wären unvermeidbar und gerade in dieser Situation höchst problematisch. Deshalb will er seinen eigenen Weg verfolgen, den er für erfolgversprechender hält. Er will versuchen, die gelandete Raumfähre mit Energie zu versorgen, damit sie starten kann und vorderhand auf einer Umlaufbahn um die Erde stationiert wird, gerade so weit von der Erde entfernt, dass sie deren Anziehungskraft überwindet. Später soll sie sodann nochmals mit Energie versorgt werden und den Weg zur Mondbasis antreten. Zur Energieversorgung will er einen digitalen Assistenten und eine Drohne einsetzen, die nachts bis zur Raumfähre vordringt und über die Luke oben auf der Raumfähre die Ladeleitung einführt. Sodann könnte die Energie übertragen werden, was zeitlich vor Sonnenaufgang möglich sein sollte.

Dieser Plan von Captain Brown scheitert jedoch jämmerlich, da die Menschen den digitalen Assistenten entdecken und vernichten, aber ebenso den oberen Teil der Raumfähre, in den sich die Explorer zurückgezogen hatten. Die Menschen beschießen diesen Teil nun auch mit Rauchgranaten und die sechs Explorer realisieren, dass sie keine Überlebenschance mehr haben. Nach kurzer Diskussion ist sich die Besatzung einig: Sie müssen, und dies gemäß den Instruktionen, den „Roten Knopf" betätigen, der die Raumfähre zur selbstzerstörenden Explosion bringt und sie damit für immer aus dem Dienst der „Mission Erde" ausscheiden werden, und dies ohne eine abschließende Meldung zu hinterlassen, da die Kommunikation ja schon seit einiger Zeit abgebrochen ist.

Captain Brown und die Leitung realisieren kurze Zeit später das Desaster mit der befürchteten Explosion und damit den Verlust der Raumfähre. Höchst widerwillig meldet Captain Brown dies dem Zentralrat auf der Marsbasis und dieser befiehlt ihm den vollständigen Abbruch der „Mission Erde" und damit, die Rückkehr zur Marsbasis einzuleiten. Die Rückkehr mit den noch verfügbaren Mitgliedern der „Mission Erde", den Raumstationen und den Erkundungsstationen wird eingeleitet, Explorer 7 und 8 sowie Commander C3 belässt er aber in der Isolierstation auf dem Mond und kehrt ohne sie zur Marsbasis zurück. Er will die drei nicht mehr sehen. Wie lange die beiden in Isolationshaft überleben können, ist ungewiss. Eine minimale Energieversorgung für sie ist noch für kurze Zeit gewährleistet. Aber das ist auch alles. Die „Mission Erde" ist gescheitert, genauso wie damals die „Mission Lorenz".

Explorer 7 meint zu seinem Kollegen: „Wir haben nur noch eine allerletzte Chance, nämlich dass die Menschen eine Rakete auf den Mond senden, um nach den verbleibenden Teilen der Mondbasis Ausschau zu halten, und uns dabei als einzige Überlebende entdecken." „Das wäre wirklich unsere letzte Chance", antwortet sein Kollege. „Und sehr hilfreich wären dabei unsere Kenntnisse über die Sprache der Menschen, das erstellte Lexikon und das Übersetzungsprogramm. Wir haben glücklicherweise all das auf dem ausrangierten Armgerät gespeichert, das ich bei mir versteckt habe. Wir können es jederzeit bei einem Kontakt mit den Menschen aktivieren und mit ihnen in Kontakt treten. Die Menschen würden sicher staunen, wenn sie uns beide hier auf dem Mond finden und erkennen würden, dass ein Kontakt mit ihnen möglich ist." „Aber es ist wenig wahrscheinlich, dass die Menschen demnächst mit einer Rakete auf dem Mond lan-

den und uns finden. Und wie sollten sie uns auch erkennen?",
antwortet Explorer 8. „Wir könnten das Notsignal aktivieren,
das für kurze Zeit starke Lichtsignale aussendet, sofern dann
noch genügend Energie vorhanden ist. Wenn das nicht zutrifft,
sind wir tatsächlich am Ende." „Wenn wir nicht mehr funkti-
onsfähig sind und es uns nicht mehr gibt, könnten wir vorgängig noch eine Botschaft an die Menschen formulieren", meint
sein Kollege. „Und was wäre das?" „Wir schreiben auf eine Metallplatte: ‚Please contact farmer Chris and Bill. Yours, sincere-
ly: Pietro and Sandro'. Die Platte positionieren wir vor unserer
Isolierstation. Das wäre dann unsere allerletzte Tätigkeit vor
dem Abschied für immer. Wenn die Menschen hernach Chris
und Bill ausfindig machen können, werden die beiden sicher
von ihren Erlebnissen mit Sandro und Pietro erzählen. Aber
man wird ihnen vermutlich keinen Glauben schenken und zur
aktuellen Tagesordnung übergehen."

Epilog 2

Im Meeting mit der Leitung, kurz nachdem die Raumfähre auf
der Erde gelandet und der Tumult entstand, kritisieren Captain
Brown und die Leitung die beiden Explorer 7 und 8 heftig wegen ihres versteckten Vorgehens mit Farmer Chris und drohen
ihnen mit Konsequenzen. Die Leitung werde demnächst darüber befinden. Positiv sei allerdings, dass die beiden den Kontakt zu Farmer Bill bewerkstelligen konnten und die Sprache der
Menschen beachtlich gut gelernt haben, ja sogar mit der Programmierung eines Übersetzungsprogramms begonnen hatten.

Captain Brown orientiert nun die Leitung, dass er die gelandete Raumstation wieder zurück zur Mondbasis bringen will,
möglicherweise vorgängig mit einer zusätzlichen Energieversorgung vor Ort. Die Verbindung zwischen Captain Brown und
der gelandeten Raumstation ist nach wie vor blockiert. Damit

zeichnet sich ab, dass der Start zur Rückkehr nur mit Absprache und Einwilligung der Menschen realisierbar ist. Deshalb werden nun die beiden Explorer 7 und 8 von Captain Brown aufgefordert, mit Farmer Chris Verbindung aufzunehmen und ihn zu motivieren, als Vermittler zwischen ihm und den Menschen vor Ort tätig zu werden. Ziel von Captain Brown ist, dass die Besatzung der gelandeten Raumfähre unbeschadet zur Mondbasis zurückkehren kann.

Die beiden Explorer sind froh, dass sie im Moment noch gebraucht werden und kontaktieren Chris, was gelingt. Sie möchten Chris motivieren, mit dem Gouverneur Kontakt aufzunehmen um ihm zu erklären, dass er, Farmer Chris, genau wie der verschollene Farmer Bill die Möglichkeit habe, mit den Außerirdischen zu kommunizieren, was bisher auch gut gelungen sei. Der Gouverneur soll erfahren, dass Captain Brown dringend mit den Menschen in Kontakt treten möchte. Ein Kontakt könne für beide Seiten, für Menschen und Außerirdische, eine große Bereicherung sein.

Farmer Chris ist immer noch verstimmt und möchte diese Vermittlerfunktion zwischen Außerirdischen und Menschen nicht übernehmen. Er bespricht sich mit seiner Frau Betty und Reverend Markus, die zum Anliegen der Außerirdischen jedoch eher positiv eingestellt sind. Sie sind nicht wie Chris gekränkt worden und haben dadurch eine neutralere Sichtweise.

Schließlich stimmt Chris dem Vorgehen zu und richtet sich an den Gouverneur, der dem Kontakt mit Captain Brown zustimmt. Wenn er, der Gouverneur, bewirken kann, dass die Außerirdischen die Erde wieder verlassen, würde sicher sein Ansehen beim Volk steigen und seine Wiederwahl wäre gesichert.

Nun installiert sich Farmer Chris mit seinem Kommunikationsapparat unweit der Raumfähre und die Verbindung wird aufgenommen. Es erweist sich nun als großer Vorteil, dass die beiden Explorer die Sprache der Menschen verstehen und ihre Vermittlertätigkeit aufnehmen können.

Die Absprachen zwischen Captain Brown, dem Gouverneur und dem Militärkommandanten führen zu einem Konsens, dass die Raumfähre zuerst mittels digitalem Assistenten mit Energie versorgt wird und anschließend von der Erde abheben kann, was denn auch geschieht. Die restlichen versammelten Schaulustigen verschwinden wieder, ebenso die Presseleute und das Militär.

Nun wendet sich Captain Brown an die beiden Explorer 7 und 8 und gibt ihnen den Auftrag, das Übersetzungsprogramm zu beenden und im zentralen Rechner abzuspeichern, sodass auch andere Explorer das Übersetzungsprogramm benützen und den Kontakt zu Farmer Chris aufnehmen können. Diese Bemerkung verunsichert die beiden. *Was geschieht dann mit ihnen? Werden sie abgeschoben? Kommt dann die Strafe auf sie zu, die Captain Brown angedeutet hat? Vielleicht kann ihnen Chris helfen?*

Sie wenden sich an Chris und teilen ihm mit, dass Captain Brown sie vermutlich recht bald von ihrer Vermittlertätigkeit abziehen und durch andere ersetzen wolle, was sie aber unbedingt verhindern möchten. Deshalb bitten sie Chris um Unterstützung, indem er seine Vermittlertätigkeit zwischen Captain Brown und dem Gouverneur nur dann übernehmen wolle, wenn er weiterhin mit ihnen beiden, Pietro und Sandro, zusammenarbeiten könne.

Farmer Chris ist damit sehr einverstanden und will das bei seinem nächsten Kontakt mit Captain Brown vorbringen. Dies geschieht denn auch und Captain Brown erklärt sich mit dem Vorgehen einverstanden. Somit können die beiden Explorer 7 und 8 den vertieften Kontakt zu Chris weiterführen. Dies ist auch im Sinne von Chris, der mithilfe seiner Frau Betty alle Begebenheiten mit den Außerirdischen festhalten will, sodass vielleicht daraus ein Buch entstehen kann. Als Titel schwebt ihnen vor: „Unsere Begegnungen mit den Außerirdischen."

Pietro und Sandro erkennen, dass Farmer Chris und Betty sehr an Informationen über die Außerirdischen interessiert sind. Und das führt zu den geheimen Informationen von Commander C3 über die Herkunft der Explorer und der Titaner sowie über die Operationen auf der Transformationsstation. Dazu hatte Commander C3 ja auch angedeutet, dass Titaner und Menschen möglicherweise gemeinsame Vorfahren haben. Explorer 8 hatte den vertraulichen Bericht von Commander C3 an Chris übergeben. Zur Sicherheit hatte er ihn aber vorher noch auf dem „defekten" Armgerät gespeichert. Commander C3 ist nicht mehr in Erscheinung getreten, niemand weiß, wo er sich befindet. Sie beide und nun auch Chris sind vermutlich die Einzigen, die darüber Bescheid wissen und über das geheime Wissen verfügen. Vielleicht haben die Menschen, wenn sie dereinst darüber erfahren, eine Erklärung, weshalb Explorer und Menschen in so vieler Hinsicht einander ähnlich sind.

Chris bedankt sich für den geheimen Bericht und die beiden bitten Chris nochmals inständig, dass er sich bei Captain Brown für eine Weiterführung der gemeinsamen Kommunikation zwischen ihnen dreien einsetzt. Chris stimmt dem gerne und ohne Vorbehalte zu. Das bedeutet, dass sie beide noch längere Zeit mit Chris in Verbindung stehen und Informationen austauschen, und damit mehr und mehr über die Menschen erfahren.

In der Zwischenzeit ist bei Captain Brown die Bereitschaft gestiegen, einen zweiten Versuch zu einer Landung auf der Erde einzuleiten. Dazu braucht er die beiden, weil sie die engsten Verbindungen zu den Menschen haben und am besten mit ihnen kommunizieren können. Deshalb sind sie zuversichtlich, dass sie weiterhin gebraucht werden und vermutlich beim Landungsteam dabei sein können. Möglicherweise können sie sich dann auch mit Chris und Betty treffen. Das wäre für sie einmalig.

Die Verantwortlichen auf der Erde geben ihre Zustimmung für die Landung und die beiden Explorer 7 und 8 werden im Landungsteam aufgenommen. Auch ein Treffen mit Chris wird bewilligt. Sie freuen sich deshalb auf diesen direkten Austausch mit Chris und Betty und haben viele Fragen vorbereitet, die sie Chris unterbreiten möchten. Über eine mögliche gemeinsame Herkunft von Titanern und Menschen möchten sie sich auch gerne mit Fachpersonen unterhalten. Ganz allgemein steht für sie aber das Wesen der Menschen im Fokus, ihr Zusammenleben, ihre Geschichte, ihre Beziehung zu Gott und vieles mehr.

Dann steht da aber auch noch eine sehr persönliche Frage im Raum, die Frage, ob sie beide Ähnlichkeiten zu den männlichen respektive weiblichen Menschen haben. Commander C3 hatte ihnen ja die Geschichte mit den nicht ganz geglückten Transformationen der ‚ursprünglichen Explorer' in ‚neutrale Explorer' erzählt und dass sie vermutlich als Folge einer unvollständigen Transformation Teile ihrer früheren männlichen respektive weiblichen Identität behalten hätten. Dazu wollen sie sich ausführlich mit Chris unterhalten, und wenn möglich auch mit Fachleuten für Medizin und Biologie. *Vielleicht könnte die Transformation rückgängig gemacht werden?*

Und natürlich interessieren sie sich auch dafür, wie das wäre, wenn sie eine Frau und ein Mann sind und zusammen ein Kind haben möchten. Und wie das zu bewerkstelligen wäre. Sie wären dann nicht mehr Pietro und Sandro, sondern Pietro und Sandra, und hätten ein Kind. Sie haben aber in ihrem Gedankenrausch keine Ahnung, wie dies geschehen könnte und wie die anderen Explorer darauf reagieren würden. Aber vorerst wäre die Frage zu klären: „Wie entstehen kleine Menschen?"

Anhang

Die Belegschaft der „Mission Erde"

Captain Brown Leiter der „Mission Erde"
Leitungsteam diverse Explorer

Commander C3 Vertreter des Zentralrates

Erkundungsstation „ES Geografie" (ES Geo)
Explorer 1, 2, 3

Erkundungsstation „ES Bewegte Objekte"
(ES BO), Explorer 4, 5, 6

Erkundungsstation „ES Alpha Strichroboter"
Explorer 7, 8 (Pietro, Sandro)
Explorer 15, 16 (kommen später hinzu)

Erkundungsstation „ES Kommunikation"
Explorer 9, 10

Erkundungsstation „ES Raum und Zeit"
Explorer 11, 12

Erkundungsstation „ES Eta Tiere" (ES Eta)
Explorer 13, 14, ferner Explorer 3

Wichtige Personen auf der Erde

Farmer Chris und seine Frau Betty

Reverend Markus

Nachbar von Chris: Neurobiologe

Farmer Bill

Nachbar von Bill

Buchhändlerin

Reporterin

Gouverneur

Leiter der militärischen Führungsspitze

Staatliche Raumüberwachung

Dank

Mein herzliches Dankeschön geht an meine Partnerin MarieLise Jeanrenaud für den hilfreichen Austausch ab Beginn bis zur Abgabe an den Verlag, ferner Erica Binder und Rainer Bressler für ihre Tipps und schliesslich dem novum Verlag mit Frau Viktoria Pultz für ihre sehr freundliche Autorenbetreuung, ferner der Lektorin für das äusserst sorgfältige und hilfreiche Lektorieren.

Bewerten
Sie dieses Buch
auf unserer
Homepage!

w w w . n o v u m v e r l a g . c o m

HERZ FÜR AUTOREN A HEART FOR AUTHORS À L'ÉCOUTE DES AUTEURS MIA ΚΑΡΔΙΑ ΓΙΑ ΣΥΓΓΡ
ΙΑΡΤΑ FÖR FÖRFATTARE UN CORAZÓN POR LOS AUTORES YAZARLARIMIZA GÖNÜL VERELIM SZÍ
IORE PER AUTORI ET HJERTE FOR FORFATTERE EEN HART VOOR SCHRIJVERS TEMOS OS AUTC
ΝΖΟΙΝΚΕΡΤ SERCE DLA AUTORÓW EIN HERZ FÜR AUTOREN A HEART FOR AUTHORS À L'ÉCOU
ΡΑÇÃΟ ВСЕЙ ДУШОЙ К АВТОРАМ ETT HJÄRTA FÖR FÖRFATTARE Á LA ESCUCHA DE LOS AUTOI
ΕURS MIA ΚΑΡΔΙΑ ΓΙΑ ΣΥΓΓΡΑΦΕΙΣ UN CUORE PER AUTORI ET HJERTE FOR FORFATTERE EEN I
ΑΖΑRLARIMIZ ... ERZŌINKÉRT SERCE DLA AUTORÓW EIN HERZ FÜF
IR SCHRI ... ORACÃO ВСЕЙ ДУШОЙ К АВТОРАМ ETT HJÄRTA FÖI

Der Autor

Der Autor verbrachte als Sohn eines Maschinenfabrikanten und einer Drogistin eine unbeschwerte Vorschulzeit in Bern, nahe der Werkstatt seines Vaters. Mit 18 Jahren begann sich Martin Sieber für Psychologie und Soziologie zu interessieren und absolvierte ein Psychologiestudium, eine Lebensentscheidung, die er bis heute nicht bereut. Nach dem Studium verbrachte er mehrere Jahre in der Suchtforschung, fokussiert auf die Frage, warum einzelne Menschen abhängig werden und andere nicht. Die Ergebnisse erbrachten „nur" Korrelationen, also Hinweise, aber die Warum-Frage blieb unbeantwortet. Die Problematik zwischen Korrelation und Kausalität interessierte den Psychologen zunehmend und er gelangte zur Überzeugung, dass man mit Korrelationen immer an der Oberfläche bleibt und den wahren Grund nicht findet. Bei der Suche nach einer prägnanten Veranschaulichung dieses Problems entstand die Idee zu vorliegender Science-Fiction-Geschichte.